旗幟上的風景 ▷▷ ▶

中　國
現代小說中的
風景描寫

張夏放 著

推薦序

曹文軒

夏放的這部論著所涉及的話題，是一個新穎而有價值的話題。

我曾無數次在碩士生和博士生學位論文開題論證時對同學們講一個觀點：寫論文，首先題目要好，有了一個好題目，百分之七十就已經拿下了。所謂的好題目，就是那個話題別人沒有想到你想到了，不是一個大家說來說去都說爛了的話題；既然是一個少有人談論的話題，那麼你談什麼就有什麼，一切意思都是新鮮的，做順了很容易達抵圓滿之境界。寫論文——我說的是寫一篇好論文，其實與寫小說同理，也得有巧妙的選擇和構思。寫小說，特別是寫那些很文學很有藝術性的小說，在選材上一定是很有講究的，出人意料，這是最起碼的。寫小說，最忌諱的就是你所選擇的材料是無數的人從正面看到的材料。這樣的小說做起來很費勁，但再費勁也難以讓人稱道。寫論文也是這樣，話題太正，即便是再用力，也難以讓人看了雙目為之一亮的。而不幸的是，人們卻習慣於從正面和成千上萬的人一道打量這個世界，並且會煞有介事地將一些司空見慣的事情和道理看得十分嚴重。殊不知，這樣的事情和道理談與不談其實意思不大。夏放做博士之前是寫小說的，他當然懂這個道理。做這個題目，證明了他的敏銳，他的聰明，他的眼光，他的別具一格。題目一出，當時我就說：就是它，做。在對碩士生和博士生們講怎樣選擇學位論文時，我會不厭其煩地講這個道理，而差不多每次都要以夏放的題目選擇作為最有說服力的例子。

中國現代文學歷時三十年，在浩浩蕩蕩的中國文學史中，它只是一個極其短暫的時段。但這個時段似乎非常特殊，雖然上下不過三十年，但對它的關注和投放的研究力量卻廣大和強大到不可思議，只用了很短的時間——幾乎是在一夜之間，就圍繞它而形成了一個專門的、重要的並且是十分顯赫的學科。它吸引了中國一大批有思想、有素養、有功底、有才情的人，今日之文壇，佔據重要位置的學者、批評家和學術明星，竟然有許多都是在這個學科工作的。形成如此局面，可能主要是意識形態方面的原因（其實，這裏是有一篇文章可做的，只可惜至今還沒有人做過）。時間之短，涉足人員之多，規模之宏大，體制之完整，也造成了這個領域學術話題生產的緊張。年年歲歲，關於這個時段的文學的研究著作絡繹不絕，時至今日，長篇短幅，不說浩如煙海，也可稱得上洋洋大觀了。其中，還有不少稱之為「工程」的重大專案。對這個時段出現的作家作品，無論大家還是小家，無論是上品還是下品，也無論是老翁還是少壯，都有研究者反覆「侵擾」和光顧，真不知道無人到達的荒地還有沒有了。夏放卻要做這個時段的文章，多少帶有挑戰的意味。到底還能做些什麼?這就看夏放的眼力了。事實上，對一個領域的研究即使達到了「圍殲」的聲勢，達到了席捲一切的「掃蕩」狀態，研究的可能性卻依舊是存在的。對任何一段時期的文學研究，都是無法真正窮盡的。但難度顯然加大了。夏放做的這個題目，居然還不是這個領域被有意無意忽略的細微末節的話題或是一些無人問津的邊角料，而是重大的話題。天網恢恢，並非疏而不漏，漏掉的還可能是大魚。夏放談論的話題，顯然是一個隱藏於學術盲區的重大話題。這個話題之下的幾位作家，都是現代文學史上的重要作家。關於他們的研究，在我們的感覺裏，似已無話可說了。但夏放卻非說不可——說他們的風景描寫。風景描寫的話題不是多多少少說過了嗎？誰不知這幾位都是風景畫大師？但夏放說的風景描寫並非是通常意義上的風景描寫。過去說這幾位的風景描寫，只是從寫作手段的意義上去說的，是個方法技巧，而且從沒有當個什麼大事去看待過。夏放說風景描寫超越了方法技巧的層面，而到達了意識形態的層面。他是深入到風景描寫的背後去看這幾位作家的風景描寫的。運用的理論，已不是創作論意義上的理論，而是種種現代的學術話語資源，這些話語具有很濃重的形而上的意味。過去，也很少見到以如此大的規模來談論這個話題的，更少有將這幾位具有代表性的作家放到這個話題下來一起論述和比較的。這一學術性工作無疑是具有開拓性的。

對於夏放的學術語風我也是很欣賞的。夏放是經過了專門的學術訓練的，他很瞭解學術文章的寫法以及論述的腔調。今天這個世界，是一個非常講規範化的世界。論文怎麼寫，用什麼樣的語言進行表述，經過那些專門訂立規範的人員一次又一次的修訂之後，已經程式化了——程式化到了刻板，你必須要照這個規範的樣式去完成你的論文寫作，不可越雷池一步。這樣的規範對一部生動的多姿多彩的學術文章寫作史視而不見。勃蘭兌斯式的寫作、斯太爾夫人式的寫作、尼采式的寫作，還有王國維式的寫作，就不算是學術文章的寫作嗎?事實上，即使被我們認為是標準的學術文章寫作的那些人，比如黑格爾，比如海德格爾，比如福柯等，他們的學術表達也並非就一定合我們現在的學術規範。這個規範最大的問題就是無法將個人的寶貴經驗融入他的寫作之中。對客觀性的絕對化強調和對主觀性的絕對排斥，使文章的寫作人已經失去自我，個人的寶貴經驗變得一錢不值。還有一點，就是個人的才情被徹底打壓。一種集體性的語體，已經在不知不覺中變成了當下學術刊物、學術論壇的唯一語體，彷彿，凡學術就必須操如此腔調說話。如今，看學術文章，我們除從署名得知作者是誰，從文字的風格已很難看到作者的身份了。夏放就是在這樣的語境中開始他的學術寫作的。他知道學術規範是他必須跨越的門檻，但他又不願完全屈從於這樣的規範。他希望他的論文是一個叫夏放的活生生的人寫的論文，夏放的名字不僅僅是在署名處得以出現，而應該在整個文章中始終隱形地存在。我喜歡他的才氣，他對文學的感悟能力，他在文學創作實踐中獲得的純粹的理論家們所無法提供的寫作經驗。我們讀到了一部學術規範無法挑剔的，卻有著表述個性的論著。他為我們提供了一份可讀性的論著。

　　這本書的意義還在於我們對風景意義的再度認識。它既關乎文學，也關乎我們的生存取向。它可能會引發我們對風景描寫的人文性思考。今天，我們不無悲哀地看到：現代小說已不再注目風景了——最經典的現代小說已完全放逐了風景。當年，川端康成稱他與自然的關係是「幸運的邂逅」，而如今風景在小說中已無一寸藏身之地。原因種種，其一，人類進入現代之後，對自然已失去了崇尚與敬畏之心。其二，工業文明使自然在退卻與貧化，城市與人口的膨脹，在一天天地擠壓著風景，現代人的肉體與靈魂從一開始就缺乏自然所給予的靈氣與濕潤。其三，現代人的閱讀已經失去了足夠的耐心，再也無心閱讀那些有關風景的文字，更難體會風景的境界了。其四，現代作家的寫作功底薄弱。風景描寫其實是考量作家寫作能力的一個指標，從某種意義上說，風景描寫是所有描寫中最見功底的。鑒於這種種原因，現代小說在我們毫無覺察中遠離了風景。而我以為這些還並非是最根本的原因——最根本原因在於現代人的審美趣味與審美意識的歷史性變異。我們看到，在經過相當漫長的時間之後，一些現代的文學藝術家無聲地達成一個共識——這一共識雖未被一語道破，更未加認證，但卻使人堅信不疑：思想的深刻只能寄希望於對醜的審視，而不能寄希望於對美的審視；美是虛弱的、蒼白而脆弱的，甚至是矯情的，美的淺薄決定了它不可能蘊藏什麼深刻的思想，而醜卻是沉重的、無底的、可被無窮解讀的，那些不同尋常的思想恰恰藏匿於其背後。我們知道，風景的被注意，是與雅致、雅趣、雅興聯繫在一起的。既然這一切已被冷淡與放逐，風景在小說中也就自然消失了。噁心的感覺、陰冷的感覺，不可能來自冬天的太陽、月下的清泉、雨中的草莓。

這是一個失去風景的時代。現代小說因缺乏古典小說中的森林、草原、河流、小溪、露珠與青草，使閱讀變得焦灼、枯澀，怎麼說也是一種缺憾。在如此情形之下，閱讀夏放這部研究風景描寫研究的著作，與魯迅、沈從文、廢名、蕭紅、丁玲再度相遇，也許會使我們有更合適、更美好也更正確的希望和思考。

2014年2月7日于北京大學藍旗營住宅

目 次

緒　言

你站在橋上看風景，
看風景人在樓上看你。

明月裝飾了你的窗子，
你裝飾了別人的夢。
——卞之琳《斷章》

一

柄谷行人在《日本現代文學的起源》（日本近代文學の起源，1980）中以「風景之發現」來考察日本「現代文學」的形成過程，在他看來，「所謂的風景與以往被視為名勝古蹟的風景不同，毋寧說這指的是從前人們沒有看到的，或者更確切地說是沒有勇氣看的風景」[1]。然後他又把這兩種風景的不同與康德所論及的美與崇高的區別聯繫起來，「被視為名勝的風景是一種美，而如原始森林、沙漠、冰河那樣的風景則為崇高。美是通過想像力在對象中發現合目的性而獲得的一種快感，崇高則相反，是在

[1] 柄谷行人，《日本現代文學的起源》（北京：生活・讀書・新知三聯書店，2003），趙京華譯，〈序〉頁1。

怎麼看都不愉快且超出了想像力之界限的對象中，通過主觀能動性來發現其合目的性所獲得的一種快感」[2]。從這樣的區分中，柄谷行人進而認為「現代的風景不是美而是不愉快的對象」[3]，日本的「現代文學就是要在打破舊有思想的同時以新的觀念來觀察事物」[4]。

若以柄谷行人的這種看法來看待中國「現代文學」中的風景，大體也不差，因為中國現代文學一開始也是「破舊立新」（包括在形式上廢棄文言文，使用白話文），這一點在中國現代小說中表現得尤其明顯，對比一下魯迅小說中的風景描寫和古典小說《紅樓夢》中的風景描寫就可以看出，前者的風景（比如《故鄉》、《藥》中的一些描寫）並不見得是「美」，更多的是一種「不愉快的對象」，而後者的風景多是一種可供玩賞的「美」（古典詩詞起了很大作用）。但更重要的是，中國現代小說有一個「現代」任務，就是它參與到「現代民族國家」的確立中去。這一點也和日本現代文學有幾分相似，如柄谷行人所表白

---

[2] 柄谷行人，《日本現代文學的起源》（北京：生活‧讀書‧新知三聯書店，2003），趙京華譯，〈序〉頁1。康德（Immanuel Kant）在論力量的崇高時說：「好像要壓倒人的陡峭的懸崖，密佈在天空中迸射出迅雷疾電的黑雲，帶著毀滅威力的火山，勢如掃空一切的狂風暴，驚濤駭浪中的汪洋大海以及從巨大河流投下來的懸瀑之類景物使我們的抵抗力在它們的威力下相形見絀，顯得微不足道。但是只要我們自覺安全，它們的形狀愈可怕，也就愈有吸引力；我們就欣然把這些對象看作崇高的，因為它們把我們的心靈的力量提高到超出慣常的凡庸，使我們顯示出另一種抵抗力，有勇氣和自然的這種表面的萬能進行較量。」參見：朱光潛，《西方美學史》（北京：人民文學出版社，1981），頁379。

[3] 柄谷行人，《日本現代文學的起源》（北京：生活‧讀書‧新知三聯書店，2003），趙京華譯，〈序〉頁2。

[4] 柄谷行人，《日本現代文學的起源》（北京：生活‧讀書‧新知三聯書店，2003），趙京華譯，〈序〉頁2。

的那樣，「本尼迪克特・安德森（Benedict Anderson）在其著作《想像的共同體》（*Imagined Community,* 1983）中指出以小說為中心的資本化出版業對國民的形成起到了巨大的作用，而我在本書中所考察的文言一致也好，風景的發現也好，其實正是國民的確立過程」[5]。柄谷行人在這裏提到的「國民」是英文nation的翻譯，中文則譯為「國家或民族」，所謂的nation state則譯為「民族國家」。最有意思的是，柄谷行人舉了一個例子來說明「風景」在確立「民族國家」時所起的作用：「我們甚至可以說，nation是因資本主義市場經濟的擴張，族群共同體遭到解體後，人們通過想像來恢復這種失掉的相互扶助之相互性（reciprocity）而產生的。這是否可以和民族這一概念聯結在一起還沒有定說。再以美利堅合眾國為例，nation的社會契約側面是以國歌《星條旗永不落》（Stars and Stripes）來表徵的。可是，只有這一點是無法建立起共通的感情之基礎的，而作為多民族國家又不可能訴諸於『血緣』，故只好訴諸於『大地』。就是說，這是通過讚美『崇高』風景之準國歌《美麗的亞美利加》（America the beautiful）來表徵的。」[6]這是把「風景」提升到了一個很高的地位，雖然它還只是一個表徵。如果聯繫到中國的一首在各種聯歡晚會中很流行的歌曲《五十六個民族五十六朵花》，大概也能看出同樣的「表徵」，中國同樣是多民族國家，如果不能以血緣來聯結時，還可以用「花」來聯結，因為人們根據「常識」就會知道，在大自然中各種花是可以生長在同一塊土地上的。

---

[5] 柄谷行人，《日本現代文學的起源》（北京：生活・讀書・新知三聯書店，2003），趙京華譯，〈序〉頁3。

[6] 柄谷行人，《日本現代文學的起源》（北京：生活・讀書・新知三聯書店，2003），趙京華譯，〈序〉頁4、5。

從以上引述可以看出，柄谷行人是從「現代民族國家」的確立這個角度來考察現代文學中的風景的，也是本書參考的一種視角，因為在魯迅開創的現代鄉土小說（風景描寫在其中不可或缺）中，大多是著眼於所謂「國民性」的問題的，而這一點往往是和對建立「現代民族國家」的嚮往密切相關的。柄谷行人沒有更多地從風景的「審美功能」來考慮，而在一些小說家兼學者的眼裏，小說中的「風景」更多是從小說藝術方面來「看」的。以往有關小說藝術的研究中，專門研究風景的不多，人們往往也只是把風景當作小說故事發生的一個背景。比如E・M・福斯特（Edward Morgan Forste）的《小說面面觀》[7]（*Aspects of the Novel,* 1927）中很少提到小說中的風景描寫，他談的是故事、人物、情節、幻想、預言、圖式、節奏等等。卡爾維諾（Italo Calvino）的《未來千年文學備忘錄》[8]（*Six Memos for the Next Millennium,* 1985）也很少談到風景描寫，只是在談到「輕逸」[9]，提出要讓語言輕鬆化時引用了艾米莉・狄金森（Emily Dickinson）寫風景的詩，而不是引用小說。大衛・洛奇（David Lodge）的《小說的藝術》（*The Art of Fiction,* 1992）中有一章標題是「開頭」，提到小說開頭的方式有多種，其中有一種就是「小說可以從描寫故事發生地點的風景開始，即電影評論者所說的『佈景』。例如湯瑪斯・哈代（Thomas Hardy）在《還鄉》（*The Return of the Native,* 1878）中一開始就對埃格頓希斯進行了一番描寫，格調低沉。E・M・福斯特在《印度之行》（*A Passage to India,* 1924）

[7] 福斯特，《小說面面觀》（廣州：花城出版社，1985），蘇炳文譯。

[8] 卡爾維諾，《未來千年文學備忘錄》（瀋陽：遼寧教育出版社，1997），楊德友譯。

[9] 卡爾維諾在1985年認為「輕逸」是未來千年裏小說應該繼承的品質之一。

中一開始對昌德拉普爾也進行了一番導遊性描繪，文筆優美雅致」[10]。該書還有一章是「異域風情」，大衛・洛奇寫道：「帝國主義及其餘波在全球範圍內掀起了一浪又一浪前所未有的旅遊、冒險和移民潮。在這股大潮中，作家或者說那些有望成為作家的人自然也被捲了進來。結果是，近一百五十年來的小說，尤其是英國小說，大都以異域風情作為背景。」[11]這中間自然有對異域風景的描寫，很顯然從這些風景描寫裏能看到很濃厚的殖民主義或烏托邦色彩〔比如笛福（Daniel Defoe）的《魯濱遜漂流記》（*Robinson Crusoe,* 1719）〕。亨利・詹姆斯（Henry James）在《小說的藝術》（*The Art of Fiction*）中談到屠格涅夫（Ivan Turgenev）時，認為屠格涅夫的風景描寫體現了作者獨特的「既生動又明確的寫法」，當人物出現在這樣的風景中時會產生一種「感人效果」[12]。詹姆斯在分析巴爾扎克（Balzac）的風景描寫時認為這體現了他的「地方色彩」，並拿巴爾扎克的短篇小說《石榴村》為例說，「這個故事實際上是為了那些它所涉及的種種迷人的景觀而存在下去的——一座綠蔭環繞的白色的房子，半隱半現地建築在那條法國大河岸邊的一座砌著臺階的小山的斜坡上。坦率地說，我們可以認為，換了一個人，手上有著同樣多的事要做，絕不會為了這些景觀而特別費神去描寫一番，或者把它們描繪得並不假借任何外力就使它們本身躍然紙上。作為一個土生土長的都蘭之子，我們必須這麼說，他懷著拳拳的孺慕之情，用非

[10] 大衛・洛奇，《小說的藝術》（北京：作家出版社，1998），王峻岩等譯，頁5。

[11] 大衛・洛奇，《小說的藝術》（北京：作家出版社，1998），王峻岩等譯，頁176。

[12] 亨利・詹姆斯，《小說的藝術》（上海：上海譯文出版社，2001），朱雯等譯，頁53。

凡的雄渾之氣，以各種藉口，抓住各個時機，描寫他自己的父母之鄉」[13]。如此來說，巴爾扎克的這一點與沈從文倒有些相似，沈從文寫湘西時也是懷著同樣的熱忱。對小說中的風景描寫論述得比較完備的是曹文軒的《小說門》[14]，有一章的標題就是「風景」。曹文軒認為，風景是小說的「一個重要元素」，接著他詳細分析了小說中風景描寫的若干類型（比如現實主義是「如實描寫」，浪漫主義描畫的其實是「心靈中的風景」，象徵主義則是把風景當作「一種象徵」）、風景的意義（主要是風景在小說中的審美功能，比如「引入與過渡」、「調節節奏」、「營造氛圍」、「烘托與反襯」、「靜呈奧義」、「孕育美感」、「風格與氣派的生成」等）、風景描寫的藝術經驗、失去風景的時代的特徵（分析現代主義小說不再注目風景的原因）等等。

按照勃蘭兌斯（George Brandes）的說法，西方小說中出現大量的風景描寫要追溯到1801年的「一本帶有新時代印記的書」，就是夏多布里昂（Franois-René de Chateaubriand）的《阿達拉》（*Atala*）。勃蘭兌斯這樣介紹：「這是一本描寫北美原野和神秘森林的小說，帶有濃郁、奇異的處女地的氣息，閃耀著強烈的異國色彩，更強烈動人的是那猛烈燃燒的激情。」接著又說，「一個作者花幾頁篇幅來描繪自然風景，這在當時是顯得很奇特的」[15]。從社會思潮來說，這當然和盧梭（Jean-Jacques Rousseau）等資產階級啟蒙思想家開始倡導的「自然」口號是分不開的，甚

[13] 亨利・詹姆斯，《小說的藝術》（上海：上海譯文出版社，2001），朱雯等譯，頁99。

[14] 曹文軒，《小說門》（北京：作家出版社，2003）。

[15] 勃蘭兌斯，《十九世紀文學主流》（*Essential Aspects of the Nineteenth Century Literature*）第一分冊（北京：人民文學出版社，1997），張道真譯，頁7。

至有研究者認為，「啟蒙時代最重要的思想革命是確立自然之神的地位」[16]。夏多布里昂「在描寫愛情的主要場面時，不僅有響尾蛇的響聲，狼的嗥叫以及熊和美洲虎的怒吼等大量聲音作為伴奏，還有震撼森林的大雷雨，一道道的閃電劃破漆黑的天空，最後使森林起火。在這對相愛的人周圍，燃燒著的松樹就像是舉行婚禮燃起的火炬」[17]。在今天看來，未免有些誇張，在當時卻是典型的浪漫主義的寫法。甚至連勃蘭兌斯在評價《柯麗娜》（*Corina*）這部作品的女主角時也用了一種「很浪漫」的說法，把人物和風景看作一體：「和這個時期的其他重要典型人物一樣，必須把她和她所處的環境聯繫起來看，她和環境很諧調，感到悠然自得，就像勒奈在原始森林裏，奧勃曼在阿爾卑斯山的山峰上，聖普勒在日內瓦湖畔感到的那樣。她的形象在《柯麗娜在米賽諾角即席賦詩》這張畫中給後代保留了下來，這張畫經過刻印我們都很熟悉了。她火山似的熱情洋溢的性格和這個多火山的色彩絢麗的地區是調和的。那不勒斯灣彷彿是一個巨大的沉沒在水中的火山口，周圍是漂亮的城鎮和綠樹覆蓋的群山。海水比天還要藍，整個海灣酷像一隻盛滿泛起泡沫的美酒、杯沿和杯邊上裝飾有葡萄葉和葡萄鬚的翡翠酒杯。」[18]

和勃蘭兌斯這種「浪漫派」的描述方式不同，李楊以「知識考古學」的方式來追溯「現實主義」作品中「景物描寫」的「歷史」。李楊認為，景物描寫在小說中大量出現「是現代小說

---

[16] 劉小楓，《現代性社會理論緒論》（上海：上海三聯書店，1998），頁177。

[17] 勃蘭兑斯，《十九世紀文學主流》第一分冊（北京：人民文學出版社，1997），張道真譯，頁14。

[18] 勃蘭兑斯，《十九世紀文學主流》第一分冊（北京：人民文學出版社，1997），張道真譯，頁133。

與傳統小說的重要區別」。然後他進一步分析道：「在黑格爾（Georg Wilhelm Friedrich Hegel）提出了歷史邏輯中的個人主體性之後，作家才可能站在傳統之外、歷史之外、環境之外對『客觀世界』進行一種細緻的描寫，正因為這個原因，十八世紀以後隨著啟蒙運動產生出來的現實主義小說與傳統傳奇史詩的一個非常基本的區別就是現實主義對環境的描寫。這種描寫在巴爾扎克那裏達到了頂點，在巴爾扎克的小說中，常常出現有時長達數頁的環境描寫。」李楊進而認為出現在現實主義作品中的「景物」也是一種「現代敘事」，他接著寫道：「在今天，已經充分現代的我們已經習慣認為環境是客觀的，不管作家是否去描寫它，它都是存在的。但為什麼在古代作品中幾乎完全找不到這種靜態的客觀的描寫，而在現實主義作品中描寫驟然出現，並幾乎成為了所有現實主義小說的共同特徵呢？可見，環境與景物並不是客觀存在的，它只能存在於某一套敘事話語中。只有人不在『環境』與『景物』之中的時候，人才可能去客觀描述它，而認為人能夠站在環境、歷史之外的觀點，是一種典型的黑格爾式的現代敘事。環境是歷史的象徵，在環境中，也就是在歷史中，個人性格成長起來，本質成長起來。」[19] 從這一點來看，「風景」的出現成了現代小說與傳統小說的分水嶺。把「風景描寫」看作一種「現代敘事」，就更容易理解「風景」所體現的「話語」特徵，也就是說它總是在一種話語秩序中才會被「看到」的。

說到中國，在中國傳統詩詞、散文中有關風景的描寫很多[20]。中國一向是詩文大國，對小說的重視是較晚的事，這也影

[19] 李楊，《抗爭宿命之路》（長春：時代文藝出版社，1993），頁98-99。

[20] 比如宋朝范仲淹的《漁家傲》：「塞下秋來風景異，衡陽雁去無留意。四面邊聲連角起，千嶂裏，長煙落日孤城閉。濁酒一杯家萬里，燕然未勒歸

響到古典小說中的風景描寫，多是用散文或詩歌的寫法。現代小說寫景狀物時會顧及到全篇的構思，而古典小說的寫景文字卻有侷限性，常常是寥寥數筆，點到為止，寫意性較強，不像現代小說那樣為了小說的整體目標致力於對風景或風俗的刻畫。現代小說相比「古典小說」來說，現代小說更注重小說整體的象徵，這一點在現代小說的形成時期已表現出來，即使像廢名這樣的偏愛「古典情調」的作家也有了新的開拓，有研究者指出，「追求意境，是中國古典文學（特別是詩詞）的傳統之一，這本是朝著浪漫主義抒情的方向的手法，但『五四』作家取而用之，與現代寫實手法交融並用，顯出新的風采。朝這方面嘗試的作家主要有廢名。收在他1925年出版的《竹林的故事》中的散文化的小說，最突出的藝術特徵是追求意境的構設，雖然寫的多是平凡的鄉村野居生活，用的是自然、沖淡、寫實的筆致，可是作者目的並不在於揭示生活矛盾，而在於從平凡的生活中發掘詩情畫意，特別注重表現自然環境的古樸靜美與鄉民樸訥的人性美的交織融合，從而造成一種返樸歸真的意境」[21]。但是廢名的這種追求也有讓人不滿的地方，王瑤曾指出，「在沖淡的外衣下，浸滿了作者的哀愁。『於是從率直的讀者看來，就只見其有意低徊，顧影自憐之態了』」[22]。

無計。羌管悠悠霜滿地，人不寐，將軍白髮征夫淚。」傅庚生稱「此詞豪壯蒼涼，情景相稱」。參見：傅庚生，《中國文學欣賞舉隅》（西安：陝西人民出版社，1983），頁46。

[21] 溫儒敏，《新文學現實主義的流變》（北京：北京大學出版社，1988），頁85。

[22] 王瑤，《中國新文學史稿》（《王瑤全集》第三卷，石家莊：河北教育出版社，2000），頁158。

二

本書使用的「風景」概念主要是指自然風景。《現代漢語詞典》中這樣解釋「風景」：一定地域內由山水、花草、樹木、建築物以及某些自然現象（如雨、雪）形成的可供人觀賞的景象[23]。《辭海》解釋為：風光，景色。並舉《世說新語・言語》例：「過江諸人，每至美日，輒相邀新亭，藉卉飲宴。周侯中坐而歎曰：『風景不殊，正自有山河之異！』皆相視流淚。」在英文中和這個詞意最接近的一個詞是scenery，在The advanced learner's dictionary of current English[24]中是這樣解釋的：the general appearance of a district, with reference to natural features（e.g. rivers, hills, mountains, valleys, woods, plains, etc.）, as mountain scenery.可以看出，這幾種解釋中都有「自然」[25]的概念（natural features），漢語詞典中還加上了「可供觀賞」的字眼，對小說中的「風景」來說，它本來就是被「看」（閱讀）的，這也是筆者在本書中要強調的一點。筆者對「風景」這一概念的運用就是指「在小說中用文字描繪的和自

[23]《現代漢語詞典》修訂本（北京：商務印書館，1996），頁375。

[24]牛津大學出版社，1948，頁1130。

[25]事實上，福柯（Michel Foucault）主張，無論「自然的」這個概念在人文科學話語的哪個部分出現，在它的背後總是隱藏著某種「規範」的側面，因此我們可以推斷，任何通過研究「自然」得出的「法律」總歸不過是一種「規則」的產物，借助這種「規則」，可以界定何為「正常」，並且使那些借助懲罰、囚禁、教育或某種「道德工程」（moral engineering）針對越軌者的「紀律控制」（disciplining）顯得有根有據。參見：約翰・斯特羅克（John Sturrock）編，《結構主義以來》（*Since Structuralism*）（瀋陽：遼寧教育出版社、牛津大學出版社，1998），渠東、李康、李猛譯，頁119。

然界有關的景象」。當然按馬克思（Karl Marx）的說法，從來就沒有純粹的「自然」，有的只是「人化的自然」。同樣，在小說中出現的「風景」並不是真正的自然界中的事物，它也是「人化的風景」，特別是經過語言的描述之後，這些「風景」都被符號化了，打上了各式各樣的意識形態（審美的、道德的、階級的、政治的、慾望的，等等）的烙印。在這裏可以借用一下艾柯（Umberto Eco）的小說題目《玫瑰之名》（*The Name of the Rose,* 1980）來概括這一點，因為眾多的研究者對小說中「玫瑰」的解釋五花八門，有的顯然已「離題太遠」，艾柯自己忍不住跳出來在《詮釋與過度詮釋》（*Interpretation and Overinterpretation*）中指出：「玫瑰，由於其複雜的對稱性，其柔美，其絢麗的色彩，以及在春天開花的這個事實，幾乎在所有的神秘傳統中，它都作為新鮮、年輕、女性溫柔以及一般意義上的美的符號、隱喻、象徵而出現。」[26]從這個角度來「看」中國現代小說中的「風景」，考察「風景」背後的「符號、隱喻、象徵」，也是本書努力的一個方向。

其實在日常生活中，經常可以看到這種「自然風景」的符號化現象，特別是在今天的「消費社會」中，「自然風景」也成了消費品，比如2002年11月22日生產的一種百事薯片，稱為「夏威夷（Hawaii）迷情香辣味天然薯片」，包裝袋上印著這樣的廣告詞：「鮮香縈繞周身，熱辣回味綿長，如沐夏日海風，令人迷失自我。」2003年春節期間，包括中國中央電視臺在內的多家電視臺播放同一個麥當勞速食的廣告片：先是一個小男孩從街頭跑過，三個孩子從門口探出頭來看他要到哪裏去，然後一大群孩子緊隨其後，大家跑到了一片草地上，中間有一棵大樹，孩子們歡

[26] 參見：《讀書》雜誌2003年2期，頁148。

呼雀躍，因為他們頭頂的樹枝上不僅僅有綠葉，還掛著麥當勞的炸雞翅、漢堡、薯條，而且色彩絢麗，與綠葉「相得益彰」。這是兩個特別明顯的把「商品」融入到「風景」中例子，給人的感覺是「商品」也「自然化了」，彷彿是樹上長出來似的。當然在文學作品中，「風景」的作用不會這樣「露骨」，但仔細看來，同廣告中的「風景」起著類似的作用。一個最為明顯的例子是勞倫斯（D.H. Lawrence）的小說《查泰萊夫人的情人》（*Lady Chatterley's Lover,* 1928）中的一個場景：在園丁的小屋裏，康妮和園丁一番巫山雲雨之後，園丁往康妮的裸體上撒花瓣。花當然是美好事物的象徵，更重要的是，它是屬於大自然的，勞倫斯在這裏用「花瓣」肯定了康妮的「自然情慾」，並且也美化了這種在勞倫斯看來是正當的性行為。在文學作品中，常見的是以自然界中的物象來描繪女性形象，女性形象往往成為一種「風景」，對這一點，有研究者做過深入的剖析：「我們古代詩詞中，往往可見到大量形容女性『外觀』之美的筆墨。這種寫『眼見之物』的審美表現手法，對於一個有著象形和表意文字的、習慣於靜觀默察而不是概念思維的民族而言，是無可驚詫的。驚人的倒是歷代文人們對女性外觀想像模式上的大同小異，尤其表現在一個歷史悠久的修辭手法上，即將所寫女性形象『物化』，藉物象象喻女性外觀。最常見的譬喻有如花似玉、弱柳扶風、眉如遠山、指如春蔥，以及軟玉溫香、冰肌玉骨等等其他已成為陳詞濫調的比興慣例。有時乾脆就略去所形容的人身而徑直以物象替之，纏足女子似乎不再有『腳』而只剩下『金蓮』和『蓮步』。」[27]這

[27] 孟悅、戴錦華，《浮出歷史地表》（臺北：時報文化出版有限公司，1993），頁16、17。

種女性的「自然化」、「風景化」背後隱藏的是男權社會的「眼光」，就是說「當女性外觀被物化為芙蓉、弱柳或軟玉、春蕙、金蓮之美時，其可摘之採之、攀之折之、棄之把玩之的意味隱然可見。在這種人體取物品之美的轉喻中，性慾或兩性關係實際上已發生了一個微妙轉變，它不僅表現或象徵著一種對女性的慾望，而且借助物象形式摒除了女性自身的慾望，它所表現的與其說是男性的慾望，不如說是男性的慾望權」[28]。與此相關的，有這樣一個極端的例子，就是穆時英在一篇小說裏把女主人公余慧嫻的身體比作「一張優秀國家的地圖」，然後非常細緻地描繪道：「（下巴）下面的地圖給遮在黑白圖案的棋盤紋的、素樸的薄雲下面！可是地形還是可以看出來的。走過那條海岬，已經是內地了。那兒是一片豐腴的平原。從那地平線的高低曲折和彈性和豐腴味推測起來，這兒是有著很深的黏土層。氣候溫和，徘徊在七十五度左右；雨量不多不少；土地潤澤。兩座孿生的小山倔強的在平原上對峙著，紫色的峰在隱隱地，要冒出雲外來似地。這兒該是名勝了吧。……可是那國家的國防是太脆弱了，海岬上沒一座要塞，如果從這兒偷襲進去，一小時內便能佔領了這豐腴的平原和名勝區域的。再往南看，只見那片平原變成了斜坡，均勻地削了下去……底下的地圖叫橫在中間的桌子給擋住了！南方有著比北方更醉人的春風，更豐腴的土地，更明媚的湖泊，更神秘的山谷，更可愛的風景啊！」[29] 按說這是帶有「色情」意味的對一個女人身體的描寫，但穆時英以「一張優秀的國家地圖」作比喻，他是在「看風景」，這樣就把那種赤裸裸的慾望遮掩起來

[28] 孟悅、戴錦華，《浮出歷史地表》（臺北：時報文化出版有限公司，1993），頁17。

[29] 穆時英，《南北極》（北京：九洲圖書出版社，1995），頁205。

了。還有一種比較常見的、「隱蔽」的比喻是把女性比作花草，同時把男性比作陽光甘露，比如凌叔華的《花之寺》（1928）中寫到詩人的愛妻燕倩匿名以一個女讀者的口吻寫給詩人一封信，中間這樣寫道：「在爛縵晨霞底下，趁著清明的朝氣，我願自承一切。我在兩年前只是高牆根下的一棵枯瘁小草。別說和藹的日光及滋潤的甘雨是見不著的，就是溫柔的東風亦不肯在牆畔經過呢。我過著那沉悶暗淡的日子不知有多久，好容易才遇到一個仁慈體物的園丁把我移在滿陽光的大地，時時受著東風的吹拂，清泉的灌溉。於是我才有了生氣，長出碧翠的葉子，一年幾次，居然開出有顏色的花朵在空中搖曳，與眾卉爭一份旖旎的韶光。幽泉先生，你是這小草的園丁，你給它生命，你給它顏色（這也是它美麗的靈魂）。」[30]

和這種以人「擬物」相對，是以物「擬人」，但背後的「慾望」動機是相同的。這樣的例子在文學作品中也很多。比如郁達夫的小說《還鄉記》中寫敘述者到達杭州火車站時，眼前這座他所衷愛的城市的熟悉景象深深地吸引住了他，故地重遊，他感慨良多，但苦於找不到合適的辭彙來描述它（城市），這時候敘述者採用了一個「擬人」的譬喻：「這種幻滅的心理，若硬要把它寫出來的時候，我只好用一個譬喻。譬如當青春的年少，我遇著了一位絕世的佳人，她對我本是初戀，我對她也是第一次的破題兒。兩人相攜相挽，同睡同行，春花秋月的過了幾十個良宵。後來我的金錢用盡，女人也另外有了心愛的人兒，我就學了樊素，同春去了。我只得和悲哀孤獨，貧困惱羞，結成伴侶。幾年在各地流浪之餘，我年紀也大了，身體也衰了，披了一件破襤的

---

[30] 凌叔華，《花之寺》（上海：上海古籍出版社，1997），頁23。

衣服，仍復回到我兩人並肩攜手的故地來。山川草木，星月雲霓，仍不改其美觀。我獨坐湖濱，正在臨流自吊的時候，忽在水面看見了那棄我而去的她的影像。她容貌同幾年前一樣嬌柔，衣服同幾年前一樣的華麗，項下掛著的一串珍珠，比以前更添加了一層光彩，額上戴著的一圈瑪瑙，比曩時更紅豔多了。且更有難堪者，回頭來一看，看見了一位文秀閒雅的美少年，站在她的背後，用了兩手在那裏摸弄她腰背。」這裏是有意用浪漫愛情的象徵性敘述來描繪他對離別多年的杭州城的眷戀之情，對此有研究者這樣分析，「它暴露了一段浸染著被壓抑慾望的情愛想像，以及敘述者無意公開的自我焦慮感（他可能對此無從知曉）。當思鄉的敘述著上了額外的情慾敘述色彩之際，刻意的虛構就不只是敘述者杭州之戀的一個寓言而已。人們並不把敘述者的性愛想像與幻化了的激情看作是他對杭州的歸依感的單純象徵性替代，而是在這裏發現了一種被移置了的慾望，它通過多餘的指涉復活了自身」[31]。

從以上幾個例子都能看到，「風景」在文學作品中已經不單純是「自然風景」了，而被人們（作家、批評家甚至一般讀者）賦予了更多的內涵，而其中最為引人注目的是「風景」背後的慾望色彩。這也表明，雖然看起來是寫外部的事物，但「風景」往往是向內的，在人的心底才有「風景」的發現，對這一點柄谷行人曾這樣說，「只有在對周圍外部的東西沒有關心的『內在的人』（inner man）那裏，風景才得以發現」[32]。

---

[31] 劉禾，《跨語際實踐》（北京：生活・讀書・新知三聯書店，2002），宋偉傑等譯，頁204、205。

[32] 柄谷行人，《日本現代文學的起源》（北京：生活・讀書・新知三聯書店，2003），趙京華譯，頁15。

三

在中國「現代小說」中，「風景」是一個很重要的元素。在魯迅所開創的現代鄉土小說中，「風景」更是不可或缺的，其中也被注入了很多的「意識形態」色彩，比如在魯迅的小說中，鄉村景色的主色調往往是「荒蕪、淒涼」的，這和他對「現實」的批判有關。沈從文小說中的「田園風光」往往是「優美、牧歌般」的，這是因為他在「風景」中寄寓著他的「理想」。在蕭紅筆下，鄉村「風景」時而「淒厲」，時而「溫暖」，這不同景象卻是和她作為一個女性的「傷痛」體驗有關，前者是「傷痛」的直接反應，後者卻更像是「療傷」的處方。在丁玲的小說中，風景的「意義」顯得更為複雜，在她不同時期風格和主題都迥然不同的小說中，風景的面孔也是多變的，從表現女性命運、心理到揭示「歷史進程」，自然界的事物（星、月、霧、雲、太陽、樹木等等）都體現著不同的內涵，或是女性孤獨命運的隱喻，或是「革命樂觀主義」的象徵。在現代小說中描寫風景最為「極端」的是廢名，他在小說中追求古典的詩意，講究「禪趣」，他筆下的「風景」也似乎「不食人間煙火」，而帶有一種純粹的夢幻般的色彩。如果以「風景」為線索的話，大概可以挖掘出一本中國「現代小說」的「風景描寫史」。

但無論如何，怎樣「看」現代小說中的「風景」與小說家（也包括讀者）所信奉的「意識形態」旗幟（世界觀、藝術觀、政治立場甚至性別等）是密不可分的。對小說家來說，他（她）如何描寫風景又與個人體驗、閱歷、藝術趣味有關。對讀者（看風景的人）來說，他（她）自然會「看到」他（她）「想看到」

的風景，就是說他（她）的眼光（意識形態）本身也是風景的一部分。這樣對本書而言，「看」中國「現代小說」中的「風景描寫」就包含了雙重目光，有些類似卞之琳在《斷章》一詩中寫的那樣，「你站在橋上看風景／看風景人在樓上看你」。或者打個比方說，風景是畫在一面鏡子上的，看風景的人在看風景的同時，其實在「風景之鏡」中已映出了自己的影子。從這一點來看，「風景」的話語性質是很明顯的，它是在某種話語秩序中「出現」和「被看」的。因此，考察「風景描寫」中的意識形態內容也是本書努力的一個方向。

如前所述，本書在「旗幟上的風景」這一題目下要做的主要工作就是：第一，考察中國「現代小說」[33]中「風景描寫」背後的「隱喻、象徵」等審美因素，以及它在小說所起的作用。第二，挖掘建立在這樣的審美因素基礎之上的「風景」所包含的「意識形態」內容。在具體文本分析中，這兩點也是融為一體的，不可能分辨得很清楚。雖然有這樣「整體性」的構思，但本書可能更注重小說中的一些細節（細節在小說中也被人稱作「偉大的細節」），比如《藥》中那隻站在樹枝上的「鐵鑄似」的烏鴉，《巧秀和冬生》中巧秀媽被沉潭時在最後一刻「所看到的那一片溫柔沉靜的黃昏暮色，以及在暮色倏忽中，兩個船槳攪碎水中的雲影星光」，《呼蘭河傳》末尾馮歪嘴子的那個比黃瓜長得還慢的小兒子咧嘴一笑時「露出來的小白牙」等等。也正是出於對細節的考慮，本書結構基本上是按有代表性的作家為線索來分章論述的，因為每個作家對「風景」的處理不同，在一些細節

[33]「現代小說」的時間範圍，按通常的說法，指從五四新文學到新中國成立前這一時段。至於新中國成立後的「當代文學」中的風景描寫，將會融入到「現代」中去分析，以顯示其前後相承關係，但不作為重點論述。

第一章　返鄉路上「蕭索的荒村」

第一節　荒村

1921年1月，魯迅在小說《故鄉》一開頭[1]寫道：

> 我冒了嚴寒，回到相隔二千餘里，別了二十餘年的故鄉去。
>
> 時候既然是深冬，漸近故鄉時，天氣又陰晦了，冷風吹進船艙中，嗚嗚的響，從蓬隙向外一望，蒼黃的天底下，遠近橫著幾個蕭索的荒村，沒有一些活氣。我的心禁不住悲涼起來了。
>
> 阿！這不是我二十年來時時記得的故鄉？[2]

---

[1] 藤井省三曾把俄國作家契里珂夫的小說《省會》（魯迅在1921年曾譯過該小說）與魯迅的《故鄉》作一比較，他說，「雖然都以相隔二十年乘船回鄉的構思作為故事的開頭，但給人以完全對照的印象。前者的甚至過多的傷感主義，是作為該作品的一貫的基調；而後者對風景的排除，則是起了重要的伏線作用。」參見：（日）藤井省三，《魯迅比較研究》（上海：上海外語教育出版社，1997），陳福康編譯，頁143。筆者不同意藤井省三所說的《故鄉》的開頭是「對風景的排除」，認為是另一種有意為之的「風景」，儘管並不優美，但確實是起著他說的「重要的伏線作用」。

[2] 《魯迅小說集》（北京：人民文學出版社，1990），頁57。以下魯迅小說引文均出自本書，不再一一注明。

這篇小說其實很像一篇回憶性的散文，結構上似乎很散，信筆寫來，敘述回故鄉搬家的前後經過和所見所感，沒有通常意義上的小說的「戲劇性」。「近鄉情更怯」是很多人都有過的人生體驗。賀知章的詩句「少小離家老大回，鄉音無改鬢毛衰。兒童相見不相識，笑問客從何處來？」也道出了飽經滄桑的人回鄉時的一番感慨。但在魯迅的筆下，回鄉的經驗和記憶顯然不是一番「滄海桑田」的感慨就能了結的。在「我」不顧嚴寒、輾轉千里回到故鄉的時候，進入眼簾的竟是這樣一副「蕭索」的景象：陰晦、冷、嗚嗚的風聲、蒼黃的天色、荒涼的村莊。顯然，這是「我」不能接受的，「我二十年來時時記得的故鄉」不應該是這樣子的，儘管「我」在懷疑，但「沒有一些活氣」的荒村「橫」在「我」面前時（一個「橫」字不由分說，也顯出「現實」灰色的強制力量），「我」又不能不接受，「我」的「悲涼」也由此而來。

按王國維在《人間詞話》中說：「有造境，有寫境，此理想與寫實二派之所由分。然二者頗難分別。因大詩人所造之境，必合乎自然，所寫之境，亦必鄰於理想故也。」[3]《故鄉》中這一段風景描寫當屬「寫境」，魯迅也一直被當作一個「憂國憂民」的「現實主義」作家。但我們分明又能感覺到，魯迅其實是一個「大詩人」，他的「所寫之境」背後隱藏著他的「理想」，因此，這返鄉路上「蕭索」的風景實在是包含著很多的「良苦用心」的，那麼作為中國現代鄉土小說的開拓者，魯迅筆下的鄉村為什麼就是「荒涼的」、「蕭索的」？在筆者看來，這是一個關涉到現代小說發端時的社會背景、小說文體本身所受的影響（傳

---

[3] 王國維，《人間詞話》卷上（上海：上海古籍出版社，1998），頁1。

統的和西方的）、作家風格等各方面的問題。從魯迅小說中的風景描寫出發，大致可以領會此後中國現代小說中所謂「現實主義」傳統這一主流的變遷。

這話得從1918年《新青年》雜誌第四卷第五號上刊載的小說《狂人日記》說起。小說用的是筆名「魯迅」，而本名叫「周樹人」的作者已年屆三十七歲，是當時北洋政府教育部社會教育科的科長。小說是在業餘時間寫的，除了當時《新青年》的兩三個同事以外，沒有幾個人知道「周科長」在寫小說。在這裏可以對周樹人此前的經歷作一個簡要的介紹：「他於1881年生於浙江紹興一個敗落的書香之家，少年時受過傳統教育，以後到南京上學堂，接受新學，1902年官費留學日本。去日本先是學醫，1906年突然停止學醫，全力作文學工作。在日本的七年中他的文學工作是失敗的，1909年回國。直到1918年才又重新從事文學。」[4]周樹人回國後的十年間可以說是沉寂的[5]，但在多年的默默無聞中他也積蓄了足夠的能量，終於在《狂人日記》中釋放出來，這篇小說在當時讓「魯迅」一夕成名，也以其「表現的深切和格式的特別」被認為是中國現代小說史上的開山之作[6]，這不僅僅因為

---

[4] 李歐梵，《鐵屋中的吶喊》（長沙：嶽麓書社，1999），尹慧珉譯，頁5。

[5] 多年後他這樣回憶，「S會館裏有三間屋，相傳是往昔曾在院子裏的槐樹上縊死過一個女人的，現在槐樹已經高不可攀了，而這屋還沒有人住；許多年，我便寓在這屋裏鈔古碑。客中少有人來，古碑中也遇不到什麼問題和主義，而我的生命卻居然暗暗的消去了，這也就是我唯一的願望。夏夜，蚊子多了，便搖著蒲扇坐在槐樹下，從密葉縫裏看那一點一點的青天，晚出的槐蠶又每每冰冷的落在頭頸上。」參見：《吶喊‧自序》。

[6] 也有人認為陳衡哲寫於1917年的小說《一日》應該算是中國新文學以來最早的一篇，它也採用了白話，結構也不是舊小說的模式。但從影響來說，它顯然不及《狂人日記》。參見：尹雪曼，《五四時代的小說作家和作品》（臺北：成文出版社有限公司，1980），頁28。

它採用了「白話」而具有「現代性」，它在觀念上、表現形式上相對於此前的「古典小說」（文言小說）都是嶄新的。

「凡事總須研究，才會明白」，筆者翻閱魯迅的小說「一查」，吃驚地發現這第一篇「現代小說」是以「月光」開始的，而魯迅小說中（包括《吶喊》與《彷徨》中的二十五篇）很少有對「太陽」一類明朗事物的描寫，常見的是「昏暗」、「陰鬱」的底色，往往和夜晚裏的諸種意象糾纏在一起。筆者認為，這都是從「今天晚上，很好的月光」這一句開始的。如果說有一個「陽」的世界，同樣有一個「陰」的世界，而魯迅筆下用力刻畫的是這「陰」的一面，因此他開創的現代鄉土小說傳統總給人留下灰色、壓抑、緊張的印象[7]，這是現代小說的幸與不幸則很難說清，寫「陰」的一面容易「深刻」，讓人從「現實」中警醒，但也會讓人絕望。魯迅對這一點有所反省，在《吶喊・自序》中這樣表達過他的憂慮：「假如一間鐵屋子，是絕無窗戶而萬難破毀的，裏面有許多熟睡的人們，不久都要悶死了，然而是從昏睡入死滅，並不感到就死的悲哀。現在你大嚷起來，驚起了較為清醒的幾個人，使這不幸的少數者來受無可挽救的臨終的苦楚，你倒以為對得起他們麼？」[8] 不過，他的朋友「金心異」不同意他的悲觀：「然而幾個人既然起來，你不能說絕沒有毀壞這鐵屋的希望。」可以說，魯迅小說一個總的象徵就是「鐵屋」以及抱著「毀壞這鐵屋的希望」而不斷發出的「吶喊」，只不過這「吶喊」聲愈來愈弱，愈來愈不自信，到後來就只有「荷戟獨彷徨」了。

---

[7] 當然還有沈從文、廢名等人的另一路抒寫「人性美」的鄉土小說，但遠不如魯迅這一路更「深入人心」，後者在中國現代文學史上一直扮演著主要角色，產生過重要的影響。

[8] 《魯迅小說集》（北京：人民文學出版社，1990），頁6。

> 今天晚上，很好的月光。我不見他，已是三十多年；今天見了，精神分外爽快。才知道以前的三十多年，全是發昏；然而須十分小心。不然，那趙家的狗，何以看我兩眼呢？我怕得有理。

這就是「現代小說」開篇的第一節，雖然說是「很好的月光」，令人「精神分外爽快」，但月光下一隻狗的眼光卻讓「我」心有餘悸。這樣的情景讓人感到莫名的緊張，但一句「我怕的有理」似乎又表明「我」對眼前的處境瞭解得一清二楚，知道這隻狗的眼光背後還深藏著更大的陰謀。小說中反覆出現的「月亮」形象是筆者更為關心的，它的象徵性是無庸置疑的，相比「古典小說」來說，這一點也是現代小說「現代性」的一個特徵。現代小說更注重小說整體的象徵，寫景狀物會顧及到全篇的構思，而古典小說的寫景文字卻有侷限性，只在情節轉換的某一處渲染氣氛，或營造意境，或烘托人物情懷，常常是寥寥數筆，點到為止，寫意性較強，不像現代小說為了小說的整體目標而致力於對風景的刻畫。比如蘇曼殊的小說《斷鴻零雁記》中有這樣一段風景描寫：「時正崦嵫落日，漁父歸舟，海光山色，果然清麗。忽聞山後鐘聲，徐徐與海鷗逐浪而去。」這樣的文字讀起來很美，這與古詩和古文悠久的傳統對小說家的薰陶有關，古詩文中寫景狀物有一套豐富的辭彙，隨處可見一些「清麗」的成語。再比如徐枕亞的小說《玉梨魂》中寫夢霞大病初癒早晨出門看到的景色：「朝陽皎皎，含笑出門。一路和風指袖，嬌鳥喚晴；兩旁麥浪翻黃，秧針刺綠。曉山迎面，爽氣撲人；遠水連天，寒光映樹。曉行風景，別具一種清新之致。『煙消日出不見人』，非身處江鄉，亦不能領略些天然佳趣。」這樣的古文中運用四字句，讀起來音調和諧，中間又夾入一句柳宗元的詩（煙消日出不見人），使句子節奏有所變化，相映成趣，這是長處，但此類寫景抒情文字常常流連於筆墨情趣，有時會有堆砌詞藻、賣弄典故之嫌，給人留下千人一面的俗套印象，顯然和現代小說是兩樣面貌。從這一點來看《狂人日記》中的「月亮」形象，就可以清楚看出現代小說脫離古典小說後的「現代」特徵：月亮意象在小說中出現有三次，雖然不多，但整篇小說卻籠罩在一片「月色」之下：「我」是在月光下看到那隻狗眼的兇險，不僅僅是趙貴翁和小孩子看「我」的眼色、「我」翻查寫滿「仁義道德」的歷史書，就連狼子村的佃戶來告荒、中醫老頭來給「我」看病，包括在「大清早」「我」和大哥的對話，這一切都彷彿是在或明或暗的「月色」底下進行的。小說第六節只有短短兩行：「黑漆漆的，不知是日是夜。趙家的狗又叫起來了。獅子似的凶心，兔子的怯弱，狐狸的狡猾……」這裏沒有寫到月亮，但我們又分明能感到黑暗中月色的「存在」，這一切都是以「瘋狂的月色」為背景的。在魯迅的第一篇現代小說中，能達到這樣一個高度象徵化的境地[9]，確實是了不起的成就，在後來的一些小說中，魯迅似乎失去了這篇「處女作」充沛的才情和象徵能力。

「月亮」的意象在西方有時是和「人狼」的傳說連在一起

[9] 按照韓南和佛克瑪（Douwe Fokkema）的看法，魯迅的文學趣味實質上更傾向於象徵主義或「象徵的現實主義」，而並非傾向於現實主義或自然主義。參見：樂黛雲主編，《當代英語世界魯迅研究》（南昌：江西人民出版社，1993）。後來魯迅被「改造」為「現實主義」作家，有魯迅本人對民間疾苦的關注的原因，也有研究者把他當作「現實主義」大師來評價的一份「功勞」，但在《野草》集中，在這朵開放在「地獄邊上的」「慘白色的小花」上，魯迅的象徵能力得到了完滿體現，具有令人驚異的「超現實主義因素」。

的。據說在月圓之夜，有些人會變成狼，這是一種關於「瘋狂」的恐怖想像：人獸互變。而在漢語語彙裏，「月亮」有清澈明朗之意，因此也有「啟蒙」的含義。以此來看《狂人日記》，彷彿是月亮導致了「我」的發狂，恰恰是這樣的瘋狂才使「我」對自身的處境有了清醒又深刻的認識，看清了「歷史」的真正本質。還有一點值得注意，「我」雖然沒有在月色下變成「獸」，但「我」卻感受到了周圍的人「青面獠牙」，「他們的牙齒，全是白厲厲的排著」，彷彿在磨牙吮血。魯迅在行文中不斷地增加了有關動物的意象：在第一節就寫「我」對「趙家的狗」感到害怕；第三節提到「狼子村」；第六節有突兀而來的一行「獅子似的凶心，兔子的怯弱，狐狸的狡猾」；第七節「我」又進一步思考狗、狼和「海乙那」之間的親戚關係，它們一個比一個更兇惡、一個比一個更殘暴。在這裏，魯迅似乎把人與獸並列，讓人想起孟子的一句話「人之異於禽獸者幾希」，而且魯迅走得更遠，認為人不僅有獸的本能，人比獸還更殘酷，因為人竟吃自己的同類，而有些獸不會這樣，比如「虎毒不食子」[10]。

寫於1919年4月的短篇小說《藥》更是魯迅小說中象徵意味最深的一篇[11]。這篇小說的基調依然是令人感到壓抑的，整篇小

---

[10] 這樣一副慘烈的「人吃人」的景象幸虧是用抽象的文字表達的，雖讓人驚悚，但還能承受。到了電影大師帕索里尼（Paolo Pasolini）的影片中，他即使用遠景畫面來表現這一場面，也使人的心理和生理都受到極大的挑戰。

[11] 李歐梵則直接稱「《藥》是魯迅所寫的最複雜的象徵主義小說。小說的結構是錯綜複雜地編織起來的幾條象徵之流。這幾條象徵之流合在一起，在一個似乎是現實主義的情節佈局中述說一個寓意的故事，並最後彙集為一個有力的，但極為含混的結尾。」參見：李歐梵，《鐵屋中的吶喊》（長沙：嶽麓書社，1999），尹慧珉譯，頁73。李的說法，和筆者理解的「象徵主義」小說有出入。在筆者看來，象徵主義小說的「寓意」往往是帶有「人類的」更普遍色彩的問題，比如「愛」、「痛苦」、「幸福」、「命

說也彷彿是從《狂人日記》裏提到的「去年城裏殺了犯人，還有一個生癆病的人，用饅頭蘸血舐」這一細節發展而來的。小說第一節從「秋天的後半夜，月亮下去了」寫起，寫到華老栓的茶館裏微弱的燈光、病人的咳嗽聲、街上的行人「很像久餓的人見了食物一般，眼裏閃出一種攫取的光」，一直到手裏拿著正在滴血的人血饅頭要華老栓「一手交錢，一手交貨！」的黑衣人的「眼光正像兩把刀，刺得老栓縮小了一半」，這樣的場景給人一種「鬼世界」的陰森森的印象。第二、三節是現實主義小說常見的對一個場所（茶館）的描寫，以人物對話來寫背後的革命者夏瑜的故事，表達的意思也很清楚。最有爭議的是小說的第四節，兩個同失去兒子的母親在墳地相遇時，出現了兩個有「象徵」意味的景象（在不同背景的研究者那裏有不同的解釋）：一個是墳上的「一圈紅白的花」，另一個是「站在一株沒有葉的樹上」的烏鴉。

按魯迅所說，「但既然是吶喊，則當然須聽將令的了，所以我往往不恤用了曲筆，在《藥》的瑜兒的墳上平空添上一個花環，在《明天》裏也不敘單四嫂子竟沒有做到看見兒子的夢，因為那時的主將是不主張消極的」[12]。看起來魯迅似乎是「聽將令」才在墳上添了一圈相對周圍背景來說很鮮豔的花（「這一年的清明，分外寒冷；楊柳才吐出半粒米大的新芽」，墳地裏也是枯草，還「露出一塊一塊的黃土，煞是難看」），想表達一種「希

運」等等，而《藥》中要表達的更多地侷限在「中國特色」上，「華」與「夏」的暗示一點兒也不含混，就是指涉一個「中國之子」（革命者夏瑜，其原型是秋瑾）的血無益地做了另一個「中國之子」（華小栓）治病的人血饅頭，而後者本是前者想要「喚醒」的對象，而且在他們的名字中，「瑜」之「美玉」與「栓」之「木材」也顯出精英與平民的區別，兩者之間是「啟蒙」與「被啟蒙」的姿態，這一「寓意」也並不複雜。

[12]《吶喊・自序》，見《魯迅小說集》，頁7。

望」和「樂觀精神」，但實際上的效果卻是有些反諷意味的，因為烈士的母親是從民間迷信的角度來理解的，她把「花」當成了兒子在「顯靈」：「瑜兒，他們都冤枉了你，你還是忘不了，傷心不過，今天特意顯點靈，要我知道麼？」從根本上說，「革命者的希望」與「顯靈」是不搭界的兩回事，並置在一起，既有相互消解的衝突，也有相通相承的一點，就是人在對現實感到絕望時常常會期望有什麼東西給人心靈帶來一絲慰藉，儘管有時是祈求某種超自然的力量（迷信的人相信「天命」、「老天」，革命者則相信「永恆的」時間，相信「總有一天」、「等到勝利的那一天」這樣的承諾），而且魯迅在這裏並沒有寫明這花的出處，當然很可能是「革命同志」送來的（希望的象徵）[13]，這也表明了他的一種猶疑不定，即他一方面表示是「聽將令」，但在心底裏卻不抱太多的樂觀。這裏的含混在小說情節上顯得比較突兀，如同枯草中「長出」一兩朵鮮花一樣，讓人稍稍有些驚訝，不能相信小說的「真實感」[14]。對比一下戴望舒的一首詩，也寫到墳頭的花，讀起來讓人感覺是很和諧的，就是《蕭紅墓畔口占》，只有短短的四行：走六小時寂寞的長途，／到你頭邊放一束紅山茶，／我等待著，長夜漫漫，／你卻臥聽著海濤閒話。[15]

---

[13]孫伏園曾這樣說過，「《藥》的篇末，烈士墓上發現花圈，這在當時也是事實。浙江一帶學校的學生，爭向秋女俠墓前瞻禮。花圈在當時是極時髦的禮物。一般人絕不瞭解的，在壘壘荒塚之中，竟有一處著了花圈，不但一般人不解，即先烈的母親也以為這是先烈顯聖。」參見：藤井省三，《魯迅比較研究》（上海：上海外語教育出版社，1997），陳福康編譯，頁72。

[14]可以比較一下卡夫卡（Franz Kafka）的小說《變形記》（*Die Verwandlung*, 1915），按理說，人變成甲蟲是不可能的，但小說細節的樸素、準確讓人覺得很「真實」、「可信」。

[15]參見：《讀書》2001年12期臧棣的文章《一首偉大的詩可以有多短》，臧棣對這首詩有很精彩的分析，他認為「紅山茶」的隱喻巧妙地表達了詩所

相比墳上的花，魯迅對樹上的烏鴉的處理要好得多，我認為這也是《藥》這篇小說的「文心」所在，顯示了魯迅作為一個小說家的卓越才華。先是一個細節的轉換，迷信的母親想讓烏鴉來證明兒子墳上的花是在「顯靈」，這樣就把對花的關注轉到了烏鴉身上。這樣，烏鴉一下子就成了一個「重心」，小說的氣氛就凝結在這一個黑點上：一隻烏鴉站在一株沒有葉的樹上。畫面極簡單，甚至有些簡陋，但是簡潔有力，而且「一株沒有葉的樹」也給人一種枯竭之感，沒有任何的生命力[16]。如果說烏鴉是有生命的，它也彷彿是一片「黑色的樹葉」。當兩個母親（還有讀者）眼盯著它，祈求它有所動作時，下邊一段描寫卻讓人在等待中有些窒息：

> 微風早已停息了；枯草支支直立，有如銅絲。一絲發抖的聲音，在空氣中愈顫愈細，細到沒有，周圍便都是死一般靜。兩人站在枯草叢裏，仰面看那烏鴉；那烏鴉也在筆直的樹枝間，縮著頭，鐵鑄一般站著。

這裏用「銅絲」寫枯草，以「鐵鑄一般」寫烏鴉，用無生命的金屬來造成一種被凝固的畫面，連「一絲發抖的聲音」（按常理說是看不見的氣流）也似乎金屬化了，聲音消失在金屬似的

蘊含的感情深度。

[16] 近藤直子在分析殘雪的小說《我在那個世界裏的事情》中的樟樹時說「樹往往作為世界的軸心或中心的象徵使用」。參見：近藤直子，《有狼的風景》（北京：人民文學出版社，2001），廖金球譯，頁14。此說成立的話，魯迅這裏的「一株沒有葉的樹」真是應了那句古話「天地不仁，以萬物為狗芻」，它不會顧及人間的痛苦的。這也暗示了這位母親的祈求是不會有回應的。

空氣裏。但同時，這凝固的景象又有一種不穩定感，隨時要被打破一樣，因為樹枝上站著的鐵鑄一樣的東西會給人一種傾斜感，樹枝本身會不堪重負，樹木與金屬很難融為一體，按古人「五行說」就是「金克木」。這樣一種「凝固／傾斜」的雙重衝突讓這一副畫面充滿張力，達到了萊辛（Gotthold Ephraim Lessing）在《拉奧孔》（*Laocoon,* 1766）一書中描述的那種雕塑的效果，而且它的象徵意味也凝聚在這一點上：烏鴉到底是否聽得見這位母親的祈求？它是否「理解」老天會有報應這一類的話？它的一舉一動實在是承載著兩位母親（也包括作者、讀者在內的「盯著它」的人們）賦予它的「意義」，而且「仰面看著」這樣的仰視姿態也給烏鴉賦予了不同一般的意義。接下來魯迅的處理是很高明的：當兩位母親見它一動不動，終於慢慢離去時，烏鴉卻又在她們後面「啞」地大叫一聲，「直向著遠處的天空，箭也似的飛去了。」

對這最後的一飛，歷來都有爭論。按傳統迷信，烏鴉當然是惡兆，但魯迅在這裏顯然是對迷信的反諷，因為烏鴉並沒有按這位母親的祈求那樣飛上墳頭。當然也有很多人把「直向著遠處的天空」的一飛當作是革命的暗喻，烏鴉的「啞」的一聲是革命的「吶喊」。如此來說，烏鴉也和墳頭的花一樣，是革命樂觀精神和希望的象徵。但在筆者看來，烏鴉的舉動恰恰消解了鮮花可能具有的象徵色彩，它更多地表達了魯迅深刻的懷疑精神，它「箭也似的飛去了」，是一種決絕的姿態，並不顧及迷信的人的祈求，當然也不會給人們開「藥方」，不管是迷信的人祈求的「藥」，還是革命者寄以希望的「藥」。這一點和魯迅在《吶喊・自序》裏的疑惑是一致的。這雙重的懷疑也讓小說的結尾更有力量，如果說前邊描寫華老栓如何去取藥、華小栓如何吃藥、在茶館裏人們如何議論革命者的「發了瘋了」的行為，對這些場面的描繪是清楚明瞭的，人們的理解沒有多少歧義的話，這最後一節的風景描寫，特別是在烏鴉的身上，卻有著多重的含義，不再是一個簡單故事的敘述，而深藏著作者的思慮，這樣就使得小說的內涵飽滿起來，不再是簡單地「圖解」「將令」，這也是這篇小說最成功的地方[17]。魯迅曾高度評價過俄國的安特萊夫（現譯為安德列夫）：「安特萊夫的創作裏，又都含著嚴肅的現實性以及深刻和纖細，使象徵印象主義與寫實主義相調和。俄國作家中，沒有一個人能夠如他的創作一般，消融了內面世界與外面表現之差，而現出靈肉一致的境地。他的著作是雖然很有象徵印象氣息，而仍然不失其現實性的。」[18]這樣的評價對魯迅本人的小說也是很恰當的。

接著《藥》，魯迅於1920年6月寫了短篇小說《明天》。故事主線是寫單四嫂子喪子的前後經過。小說裏三次寫到「明天」。第一次是小說開始，在深夜裏，單四嫂子抱著生病的兒子，「黑沉沉的燈光，照著寶兒的臉，緋紅裏帶著一點青」。她心裏盼著，「到了明天，太陽一出，熱也會退，氣喘也會平的」。這裏的「明天」寄託著單四嫂子的希望。第二次是兒子雖然吃了何小仙的藥，但也無濟於事，死了。同樣是在晚上，「單四嫂子坐在床沿上哭著，寶兒在床上躺著，紡車靜靜的在地上立著」。她這時因為悲傷已經恍惚起來，不相信眼前的事實，她「心裏計算：不過是夢罷了，這些事都是夢。明天醒過來，自己

[17] 夏志清曾這樣說：「老女人的哭泣，是出於她內心對於天意不仁的絕望，也成了作者對革命的意義和前途的一種象徵式的疑慮。那筆直不動的烏鴉，謎樣的靜肅，對老女人的哭泣毫無反應：這一幕淒涼的景象，配以烏鴉的戲劇諷刺性，可說是中國現代小說創作的一個高峰。」參見：夏志清，《中國現代小說史》（臺北：傳記文學出版社，1985），劉紹銘等譯，頁69。

[18] 參見：藤井省三，《魯迅比較研究》（上海：上海外語教育出版社，1997年），陳福康編譯，頁75。

好好的睡在床上，寶兒也好好的睡在自己身邊。他也醒過來，叫一聲『媽』，生龍活虎似的跳去玩了」。在這裏，「明天」只是她自我安慰的一個幻想，其實是絕望。第三次是小說結尾，單四嫂子埋葬了兒子，一個人在屋子裏，哭泣著，想著兒子，最後「終於朦朦朧朧的走入夢鄉」[19]，隔壁的咸亨酒店也關了門，「這時的魯鎮，便完全落在寂靜裏。只有那暗夜為想變成明天，卻仍在這寂靜裏奔波；另有幾條狗，也躲在暗地裏嗚嗚地叫」。可以看出，「明天」作為小說題目，又是小說結構上的一個「繩結」，讓整篇小說顯得緊湊、不拖遝。這是出於小說技巧上的考慮，但筆者認為更重要的是魯迅在小說題旨上的用意，特別是結尾的那個「明天」，雖然用了一個擬人化的比喻，說「暗夜為想變成明天，卻仍在這寂靜裏奔波」，但已經不再有前兩個「明天」所包含的感情色彩（不管是希望還是幻想），它會讓人想起時間本身的「殘酷、冷漠」性質，如孔夫子所說「逝者如斯夫，不舍晝夜」，其實也是「天地不仁」的一個象徵。暗夜當然會變成明天，但只是時間在奔波，沒有絲毫的對人間不幸的憐憫，它不理會「幾條狗躲在暗地裏嗚嗚地叫」，自然也不會顧及單四嫂子如何想在夢裏「去會他的寶兒」。這一點和《藥》裏寫到的鐵鑄似的烏鴉有同樣的冷冰冰的感覺，蘊藏著作者的深意，體現了作家的風格特徵，這也是魯迅小說的一個悲觀基調[20]。在《明

[19] 在《吶喊・自序》裏，魯迅說「不敘單四嫂子竟沒有做到看見兒子的夢，因為那時的主將是不主張消極的」，可見寫夢在「主將」眼裏成了一個消極因素，魯迅本人雖然沒有寫夢，但他也不是很樂觀地相信「明天」會怎麼樣。

[20] 在後來的《野草》集中，魯迅更流露出孤獨、抑鬱的情緒，比如寫於1925年2月24日的《好的故事》，寫到很美的景色，但終究是一個夢罷了。夢的「美麗」和現實的「昏沉的夜」之間的反差更讓人心緒難寧，看來寫「夢的破滅」是魯迅一直鍾愛的主題。其中寫景的一段歷來為人稱道：

天》和《故鄉》之間，魯迅先後寫了《一件小事》、《頭髮的故事》、《風波》。這三篇小說總的來說很平，沒有更多的深意，《一件小事》還有些過於誇張[21]，《頭髮的故事》中N先生的滔滔不絕又顯得急躁，《風波》倒是體現了魯迅的諷刺才能，其中的喜劇色彩、戲謔反諷在以後的《阿Q正傳》（寫於1921年12月）中發揮得淋漓盡致。

繞了這麼大一個圈子，再回到《故鄉》上來。前邊說過了，這篇小說像一篇回憶散文，敘述上很沉穩，從容不迫，看不出技

「我彷彿記得曾坐小船經過山陰道，兩岸邊的烏桕，新禾，野花，雞，狗，叢樹和枯樹，茅屋，塔，伽藍，農夫和村婦，村女，曬著的衣裳，和尚，蓑笠，天，雲，竹，……都倒影在澄碧的小河中，隨著每一打槳，各各夾帶了閃爍的日光，並水裏的萍藻游魚，一同蕩漾。諸影諸物，無不解散，而且搖動，擴大，互相融和；剛一融和，卻又退縮，復近於原形。邊緣都參差如夏雲頭，鑲著日光，發出水銀色焰。凡是我所經過的河，都是如此。」「河邊枯柳樹下的幾株瘦削的一丈紅，該是村女種的罷。大紅花和斑紅花，都在水裏面浮動，忽而碎散，拉長了，縷縷的胭脂水，然而沒有暈。茅屋，狗，塔，村女，雲，……也都浮動著。大紅花一朵朵全被拉長了，這時是潑剌奔迸的紅錦帶。帶織進狗中，狗織入白雲中，白雲織入村女中……在一瞬間，他們又將退縮了。但斑紅花影也已碎散，伸長，就要織進塔，村女，狗，茅屋，雲裏去。」參見：《魯迅散文集》（北京：人民文學出版社，1993），頁90、91。藤井省三在引用這一段風景描寫後說，「支持著寂寞時代的魯迅的，事實上也許就是這一類美麗的故鄉——紹興的風景吧。對魯迅來說，這是在黑暗與孤獨中唯一留下的確認同一性的地方。」參見：藤井省三，《魯迅比較研究》（上海：上海外語教育出版社，1997），陳福康編譯，頁157。

[21] 小說中寫到車夫扶著老婦人向巡警分駐所走去，「我」覺得車夫的身影「剎時高大了，而且愈走愈大，須仰視才見。而且他對於我，漸漸的又幾乎變成一種威壓，甚而至於要榨出皮袍下面藏著的『小』來。」這篇小說長期被選入中學語文課本，是作為「歌頌勞動人民的高尚品德」的教材來對待的，同時也是對像「我」這樣的知識份子進行「教育」的素材。如此以來，在學生作文中常見到的「遇見好人好事」、「使我深受教育」一類的「新八股」就不奇怪了，「以小見大」也成了一種寫作模式和評價模式。

巧上的痕跡，雖然沒有《狂人日記》那樣給人一種才情勃發、石破天驚的印象，但要表達的東西仍舊「深切」。《故鄉》中有兩處風景描寫是相互對照的，一是「現實中」的返鄉路上「蕭索的荒村」景象，一是「記憶中」的一幅「神異的圖畫」：

> 深藍的天空中掛著一輪金黃的圓月，下面是海邊的沙地，都種著一望無際的碧綠的西瓜，其間有一個十一二歲的少年，項帶銀圈，手捏一柄鋼叉，向一匹猹盡力的刺去，那猹卻將身一扭，反從他的胯下逃走了。[22]

這兩處風景的對照又對應著另外一組對比，就是少年閏土與中年閏土的天壤之別：「他身材增加了一倍；先前的紫色的圓臉，已經變作灰黃，而且加上了很深的皺紋；眼睛也像他父親一樣，周圍都腫得通紅，這我知道，在海邊種地的人，終日吹著海風，大抵是這樣的。他頭上是一頂破氈帽，身上只一件極薄的棉衣，渾身瑟索著；手裏提著一個紙包和一支長煙管，那手也不是我所記得的紅活圓實的手，卻又粗又笨而且開裂，像是松樹皮了。」可以說，《故鄉》整篇小說就是以對比的手法來結構的，有風景的對比，有人事的變更，有記憶的「美麗」與現實的「灰色」的對照，再深一層是兒童世界和成人世界的反差。而且正是

---

[22] 魯迅在這段風景描寫中有一個「唯美化」的意圖，或許魯迅本人也沒有意識到，就是他寫的這個少年並沒有刺中那匹猹，甚至有一個戲劇性的動作：按常理來說，猹的逃跑不同尋常，那猹反而迎向少年奔去，並從他的胯下逃走。不寫鋼叉刺中猹，這樣就減少了血腥的場面，而讓這處風景描寫有了一種神奇的色彩。可以想像，實際上閏土也會向「我」講過刺中猹會是怎麼樣的情形，但「我」在回憶時只是記得這個純淨的畫面。由此可見，回憶中的美景往往帶著烏托邦的痕跡。

記憶與眼前感受的差別，才更增強了「現實感」。現實感的獲得離不開對差異的把握和表現，這一點往往是「現實主義」小說依賴的表現手法，也是現實主義的「意識形態」（在對比中就有「正確／錯誤」之分）[23] 的一種體現。就是說，一個小說家用這樣的表現手法來寫小說時，背後依靠的是一種「意識形態」，即「現實主義」往往是包含了一種對現實的不滿，「批判」是它的本色：「現實」不應該是這樣的，而「應該是那樣的」。它要喚起的是「改變現實」的慾望和衝動。這是一個有趣的現象：「現實主義」小說要達到的目標往往是「反現實」、「否定現實」[24]。在《故鄉》中，「現實」是以「蕭索的荒村」開始的，顯然這不是「我」願意看到的，而且「現實」中人的生存狀況也不能讓人滿意，有的「如我的辛苦輾轉而生活」，有的「如閏土的辛苦麻木而生活」，有的「如別人（楊二嫂）的辛苦恣睢而生活」。這樣的生活顯然也是「我不願意」的，接下來自然是希望下一輩人「他們應該有新的生活，為我們所未經生活過的」。

---

[23] 唐小兵在分析《故鄉》時說，「借用雷蒙—威廉斯的話，『故鄉』兩個字便已構成了一套『情感結構』（structure of feeling），而這個結構捕捉到的，甚至促生催發的，正是層層疊疊內在記憶、想像、慾望與外在環境的差異和異質性。」參見：唐小兵，《英雄與凡人的時代》（上海：上海文藝出版社，2001），頁50。從這一點來說，當魯迅寫《故鄉》時，在他心裏已經感受到了這種差異性，而且他正是借著這「差異性」來表達他的題旨。

[24] 按李楊的說法，現實主義小說還有一個「非常奇怪的現象，一個忠實於事實的敘事會被認為在理論上是『虛假的』，如果它所表現的不道德、不合法的行為沒有得到懲罰的話。相反，一個充滿不可信和巧合之事的作品卻有可能『忠實』於詩的正義：勸善懲惡。因為，在盧卡契那裏，像鏡子一樣反映的自然並不是現實，判斷現實主義描寫的生活是否真實並不取決於它與日常生活現象的近似程度，而在於與『理性』接近的程度」。參見：李楊，《抗爭宿命之路》（長春：時代文藝出版社，1993），頁23。

以往有的研究者常把《故鄉》中的「現實」指認為當時的「黑暗的社會現實」，具體在閏土身上，就是「饑荒，苛稅，兵，匪，官，紳，都苦得他像一個木偶人了」。這樣一來「批判」的對象就更加明確，「否定」的力量也瞄準在這一個靶心上[25]。但有一點不能忽略，就是這些研究者之所以指認這是對「黑暗現實」的「否定」，要達到的目標是對「新社會」的肯定，繼而是對能代表「新社會」的政治力量的頌揚，有一些「憶苦思甜」的味道，是把魯迅當成了刺向「舊社會」的「匕首和投槍」。在筆者看來，這是把魯迅和他的小說都「簡單化」了，《故鄉》結尾時所用的「路」的比喻也被「樂觀化」了。其實，整篇小說的情緒是很失落的，因為「我」記憶中的「美麗」故鄉在現實中已經面目全非，連景物也變得蕭索，人們（閏土、楊二嫂等）在為生活苦苦掙扎，而「我」與閏土的隔閡也使「我」有一種無力感，所以把「希望」寄託在下一代也顯得沒有底氣，比較勉強，只是覺得「他們應該有新的生活」，但馬上又對「希望」懷疑起來：「我想到希望，忽然害怕起來了。閏土要香爐和燭臺的時候，我還暗地裏笑他，以為他總是崇拜偶像，什麼時候都不忘卻。現在我所謂希望，不也是我自己手製的偶像麼？只是他的願望切近，我的願望茫遠罷了。」這裏把「希望」與帶迷信色彩的「香爐、燭臺」並列，說到底是懷疑所謂的「希望」也只

---

[25] 王瑤這樣說：「這個善良、樸實、勤勞的農民的命運，激起了人們對封建社會制度及其精神壓迫的憤恨，和啟發人民群眾覺悟的民主革命熱情。小說雖然寫的是農民的痛苦生活，但結尾是很樂觀的。作者相信下一代的宏兒和水生，再也不會有這樣痛苦的生活，而應該有新的生活。這樣的希望，表現了五四時期魯迅的樂觀主義精神和改變農民命運的信心。」參見：《王瑤全集》第三卷（石家莊：河北教育出版社，2000），頁137。

是一種烏托邦式的願望罷了[26]。

最後一節的風景又重複了對「故鄉」的「記憶和想像」：

> 我在朦朧中，眼前展開一片海邊碧綠的沙地來，上面深藍的天空中掛著一輪金黃的圓月。我想：希望本是無所謂有，無所謂無的。這正如地上的路；其實地上本沒有路，走的人多了，也便成了路。

這和小說開頭處的「蕭索」景象相互對照，再一次表達了對「現實」的不滿，但「我」卻對「應該有」的希望並不抱很大的嚮往，因為所謂的「美麗」故鄉是過去的，不可能舊夢重溫。進一步說，正是記憶中的「故鄉」美景消解了「路」的積極意義[27]，因為按理說「路」應該是向前的，如果是「回頭路」（回憶過去），這「路」包含的意義就大打折扣了。所以「路」的比喻是很無奈的，「路」的形成似乎有一些存在主義的色彩，只是一種「選擇」的結果（走的人多了），而且「方向」是不明的，空缺的。在某種程度上，把「深藍的天空中掛著一輪金黃的圓月」和「地上的路」放在一起，給人的感覺也是虛空的，兩者之間也許會有一段「通天路」，但卻是不可攀登的。相比《狂人日記》的結尾

[26]夏志清認為，「在這一段文字中，魯迅表露出他最佳作品中屢見的坦誠，他雖想改造社會，但他也深知為滿足自己的道德意圖而改變現實，是一種天真之舉」。參見：夏志清，《中國現代小說史》（臺北：傳記文學出版社，1985），劉紹銘等譯，頁70。

[27]海德格爾（Martin Heidegger）最愛用「田野裏的小徑」作為人類生活的象徵，他認為「田野裏的小徑」象徵著人類怎樣在無意義的物質世界中留下自己的足跡，創造出不同於物質世界的東西，那就是意義。參見：傑姆遜（Fredric Jameson），《後現代主義與文化理論》（*Post-modernism and Cultural Theory,* 1985）（北京：北京大學出版社，1997），唐小兵譯，頁184。

「救救孩子」的吶喊，這裏的「路」已經很少那種積極色彩了[28]。

第二節　雪

在《故鄉》之後，魯迅應《晨報副刊》之邀，在該報的「星期附刊」上以連載形式來寫一個人的「傳記」，這是他在1921年寫的第二篇小說，即《阿Q正傳》。它歷來被認為是《吶喊》集裏的巔峰之作，是對「國民性」的有力剖析，「阿Q的精神勝利法」也成了眾所周知的代名詞。這篇小說的敘述者是一個極具諷刺才能的人，也是寫戲劇性場面的好手，可能因為在報上連載，有些地方免不了有「插科打諢」之嫌。因為敘述者的語調是戲謔的，是集中在人物身上的，小說裏的風景描寫顯得很少。不過，就是在很有限的風景片斷中，還是體現著敘述者的「別有用心」。在小說第五章「生計問題」中，阿Q因為「戀愛的悲劇」，結果沒人請他做短工了，他的生存受到了威脅，「有一日很溫和，微風拂拂的頗有些夏意了，阿Q卻覺得寒冷起來，但這還可擔當，第一倒是肚子餓」。四處求食而不得，饑腸轆轆中他走出了未莊：

---

[28] 劉禾在分析《傷逝》中「路」的形象時說：「與籠中鳥的形象相關聯，敘事者反覆召喚路的形象，以體現他對自由的渴望。在老調重彈地提及創造新開始的需要時，他將自己對未來的希望，寄託在子君脫離他的生活這一點上。由於缺乏勇氣首先提出斷絕兩人的關係，所以他決定以暗示和隱喻的方式，向子君『說出我的意見和主張來：新的路的開闢，新的生活的再造，為的是免得一同滅亡。』對子君而言，新的路走向的是死胡同，而『路』這一意象卻有助於敘事者把捉從當下的現實逃脫的可能。這是來自魯迅《故鄉》的遙遠吶喊，在那篇小說裏，路的形象體現了一種希望。」參見：劉禾，《跨語際實踐》（北京：生活・讀書・新知三聯書店，2002），宋偉傑等譯，頁241。從這一對照中可以看出，《故鄉》中的敘事者何嘗也不是借「路」的形象來逃脫呢？

> 村外多是水田，滿眼是新秧的嫩綠，夾著幾個圓形的活動的黑點，便是耕田的農夫。阿Q並不賞鑑這田家樂，卻只是走，因為他直覺的知道這與他的「求食」之道是很遼遠的。但他終於走到靜修庵的牆外了。

這裏有一個微妙的反諷，對一個饑餓的人來說，田園風光再美也不能當飯吃，「精神勝利法」也不起作用了，陶淵明「採菊東籬下，悠然見南山」式的田園風光，更多的是在吃飽了肚子後才會發現「此中有真意」，阿Q自然「並不賞鑑」[29]，他想到的是相對於「新秧的嫩綠」，靜修庵的蘿蔔倒可以吃，這才演出了被黑狗追的戲劇，「連人和蘿蔔都滾出牆外面了」，一發狠要進城去謀生，由此他見識到了什麼是「革命」，他的人生才起了大轉折。

《吶喊》於1922年12月結集之後，又過了一年，在1924年2月間，魯迅先後寫了三篇小說，其中《祝福》寫於2月7日（農曆正月初三），《在酒樓上》寫於2月16日，《幸福的家庭》寫於

---

[29] 這就跟小說第九章「大團圓」中寫阿Q畫圓圈時的情形一樣，劉禾認為，「既然書寫的權力掌握在敘事者手裏，阿Q畫不圓並不奇怪。他只能跪伏在文字面前，在書寫符號所代表的中國文化巨大象徵權威面前顫抖。相對而言，敘事人的文化地位則使他避免做出阿Q的某些劣行，並且佔有阿Q所不能觸及的某些主體位置。敘事人處處與阿Q相反，使我們省悟到橫亙在他們各自代表的『上等人』和『下等人』之間的鴻溝。敘事人無論批評、寬容或同情阿Q，前提都是他自己高高在上的作者和知識地位。他的知識不限於中國歷史或西方文學，而且還包括全知敘事觀點所附帶的自由出入阿Q和未莊村民內心世界的能力。」參見：劉禾，《跨語際實踐》（北京：生活・讀書・新知三聯書店，2002），宋偉傑等譯，頁102。如果按照劉禾的分析，那麼阿Q不能鑑賞「詩意的」田園樂趣，是因為敘事人的文化地位決定的，因為對風景的欣賞也是只有敘事者這樣的、有一定的文化地位的人才擁有的一種「優越才能」。

2月18日。後一篇是「擬許欽文」所作，很像一個人「寫小說」時的意識流，有一些「元小說」的味道，不是很成功，但前兩篇是非常優秀的短篇，可以看作是《彷徨》集裏的代表作。這兩篇小說都寫到了雪，可能與魯迅寫小說時正值冬季有關。《祝福》裏的祥林嫂就是在風雪之夜死去的，《在酒樓上》的背景也是兩個人在樓上飲酒，窗外大雪紛飛。雪是小說中常見的一個意象，它一方面是純潔的、樸素的冰雪世界，讓人歡喜，另一方面它又常常伴隨著死亡的影子，讓人絕望。魯迅筆下的雪景，既有他在小說敘事上的考慮，也體現了他骨子裏深深的悲劇感。在《祝福》中，敘述者「我」講故事的時間就正在下雪，「天色愈陰暗了，下午竟下起雪來，雪花大的有梅花那麼大，滿天飛舞，夾著煙靄和忙碌的氣色，將魯鎮亂成一團糟」。這樣陰鬱的風景也是「我」的情緒的底色，「我」已不堪這樣的「亂成一團糟」，準備第二天離開魯鎮，就在這時候「我」回想起昨天遇見祥林嫂的事，她的「彷彿木刻似的」神色和對「魂靈」、「地獄」的疑問讓「我總覺得不安」。雪在這裏是讓人淒淒然的風景，傍晚時「我」又知道了祥林嫂死了的消息，在暫時的「驚惶」之後，「我」在雪夜裏把祥林嫂的「半生事蹟的斷片」拼湊在一起。小說在這裏有一段風景和「我」的思慮混在一起的描寫：

> 冬季日短，又是雪天，夜色早已籠罩了全市鎮。人們都在燈下匆忙，但窗外很寂靜。雪花落在積得厚厚的雪褥上面，聽去似乎瑟瑟有聲，使人更加感得沉寂。我獨坐在發出黃光的菜油燈下，想，這百無聊賴的祥林嫂，被人們棄在塵芥堆中的，看得厭倦了的陳舊的玩物，先前還將形骸露在塵芥裏，從活得有趣的人們看來，恐怕要怪訝她何以

> 還要存在，現在總算被無常打掃得乾乾淨淨了。魂靈的有無，我不知道；然而在現世，則無聊生者不生，即使厭見者不見，為人為己，也還都不錯。我靜聽著窗外似乎瑟瑟作響的雪花聲，一面想，反而漸漸的舒暢起來。

雪在這裏「瑟瑟有聲」，卻讓天底下其他的一切沉寂下來，「厚厚的雪褥」似乎有一點兒溫柔的氣息，但對祥林嫂來說卻是「屍衣」[30]，就是說如果她死了沒有人埋的話，雪就是掘墓者，會給她帶來一絲死後的安慰罷，可在另一方面，又是「雪」的寒冷奪去了她的生命，這雪分明又指涉著人世間的寒冷，祥林嫂只是「被人們棄在塵芥堆中的，看得厭倦了的陳舊的玩物」。不過接下來「我」從祥林嫂的角度考慮，覺得「雪」這樣的「無常」把她「打掃得乾乾淨淨」，「為人為己，也還都不錯」，「我」心裏也「漸漸的舒暢起來」，這裏是正話反說，以生不如死、以不得已的「舒暢」寫極度的悲憤。這種「以樂景寫哀」的手法在《祝福》的結尾更加明顯，敘述者「我」回憶著祥林嫂的故事：

[30] 巴爾扎克的小說《薩拉辛》中有這樣一段風景描寫 ：「天空積著雲，一片灰白，樹朦朧地挺立著，披雪斑駁，月光疏疏淡淡，給它灑上些白色。在這奇異的環境當中，它們看來彷彿是半探出屍布的鬼魂，有如著名的《死之舞》的大規模再現。」羅蘭·巴特（Roland Barthes）這樣分析：「在此，雪指代冷，但不一定，它甚至極珍奇：雪，柔軟的、絨毛似的覆蓋物，反而蘊有均勻質體的溫暖、遮蔽物的保護這類意味。此處，斑駁的雪，這局部性製造了冷：不是雪，而是這不完整，冷氣凜冽；不祥的形式，是部分覆蓋的：毛髮脫落，樹葉凋零，牆灰散落，這是空白咬噬完整留剩下的一切（意素：冷）。」參見：羅蘭·巴特，《S/Z》（上海：上海人民出版社，2000），屠友祥譯，頁89。

> 我給那些因為在近旁而極響的爆竹聲驚醒，看見豆一般大的黃色的燈火光，接著又聽得畢畢剝剝的鞭炮，是四叔家正在「祝福」了；知道已是五更將近時候。我在蒙朧中，又隱約聽到遠處的爆竹聲聯綿不斷，似乎合成一天音響的濃雲，夾著團團飛舞的雪花，擁抱了全市鎮。我在這繁響的擁抱中，也懶散而且舒適，從白天以至初夜的疑慮，全給祝福的空氣一掃而空了，只覺得天地聖眾歆享了牲醴和香煙，都醉醺醺的在空中蹣跚，預備給魯鎮的人們以無限的幸福。

在某種意義上，祥林嫂其實也是作了「祝福」的一個「犧牲」，小說在這裏有一個對這「祝福」場景的戲謔的反諷[31]，魯迅誇張地描寫「天地聖眾歆享了牲醴和香煙，都醉醺醺的在空中蹣跚」，一群據說能給人世間帶來「無限的幸福」的神通廣大的「天地聖眾」，在享用了人間的「犧牲」後，在雪花飛舞的空中竟是一副「醉鬼」的模樣，腳步蹣跚，這種景象裏有一些超現實主義的幻想成分[32]，讓人在驚訝之際，不免感到可笑。我想，魯

[31] 韓南說：「對於魯迅這樣一位充滿道德義憤和教誨激情的內心自覺的作家來說，反諷和超然是心理和藝術的必要。」參見：李歐梵，《鐵屋中的吶喊》（長沙：嶽麓書社，1999），頁70。

[32] 海明威（Ernest Hemingway）有一篇小說《白象似的群山》（*Hills Like White Elephants*），裏邊沒有直接寫出篇名所示有些超現實主義色彩的景象，而是由那個因為要墮胎而心神不寧的姑娘說出來的，還是讓人驚訝。她這樣聯想是因為想要逃避眼前沉重壓抑的現實，「白象似的群山」有一種化重為輕的虛空感。原文是這樣的：「姑娘正在眺望遠處群山的輪廓。山在陽光底下是白色的，而鄉野則是灰褐色的乾巴巴的一片。『它們看上去像一群白象。』她說。」參見：《海明威短篇小說選》（上海：上海譯文出版社，1981），鹿金等譯，頁91。

迅當初寫到這裏時可能也要笑出聲來，儘管那雙深邃的眼裏透露著憂憤之色。

雪和死亡之間的象徵意味在詹姆斯・喬伊絲（James Joyce）的短篇小說《死者》（*The Dead*）中表現得特別明顯。《死者》是喬伊絲於1914年完成的短篇小說集《都柏林人》（*Dubliners*）的最後一篇，也是壓卷之作。小說有近十處寫到雪[33]，而在結尾達到了「高潮」，晚會結束後，在旅館裏，加布里埃爾得知妻子多年來一直在懷念她早年的戀人（十七歲就死去的邁克爾・富里）後思緒澎湃，這時窗外又開始下雪了：

> 他睡眼迷蒙地望著雪花，銀色的、暗暗的雪花，迎著燈光在斜斜地飄落。該是他動身去西方旅行的時候了。是的，報紙說得對：整個愛爾蘭都在下雪。它落在陰鬱的中部平原的每一片土地上，落在光禿禿的小山上，輕輕地落進艾倫沼澤，再往西，又輕輕落在香農河黑沉沉的、奔騰澎湃的浪潮中。它也落在山坡上那片安葬著邁克爾・富里的孤獨的教堂墓地上的每一塊泥土上。它紛紛飄落，厚厚地積壓在歪歪斜斜的十字架上和墓石上，落在一扇扇小墓門的尖頂上，落在荒蕪的荊棘叢中。他的靈魂緩緩地昏睡了，當他聽著雪花微微地穿過宇宙在飄落，微微地，如同他們

[33] 第一次寫到雪是加布里埃爾參加晚會，從屋外進來，雪就糾纏著他：「薄薄一層雪繞邊兒蓋在他大衣的肩頭上，像條披肩似的；蓋在他的套鞋上，像鞋頭上的花紋似的；他咯吱咯吱地解開被雪凍硬的粗呢大衣上的鈕扣，這時一陣室外的芳香的寒氣從他衣服的縫隙和皺褶中散發出來。」參見：詹姆斯・喬伊絲，《都柏林人》（上海：上海譯文出版社，1984），孫梁等譯，頁206。這裏看似平常的一個細節，雪的清冷氣息卻由此貫穿全篇。

最終的結局那樣，飄落到所有的生者和死者身上。[34]

格非在分析這一段風景描寫時這樣寫道：「大地白茫茫一片，它是這個世界最終的主宰。在我看來，這篇小說不止是悲哀，簡直是哀慟。在快樂的對立面，不是悲劇，而是虛無和無邊無際的寂靜。這當然會使我們聯想到曹雪芹的主題，聯想到高鶚筆下的那埋葬一切醜惡、痛苦、青春、歡愉的『雪世界』，聯想起梅勒里山中的修士——他每天夜裏在棺材裏睡覺，只是為了讓自己不要忘記註定要來臨的死亡。」相比《祝福》裏的雪景，喬伊絲更多地把心思用在象徵上，這也是他「處心積慮」選取的手法之一。有趣的是，喬伊絲寫《都柏林人》時抱著和魯迅的「揭示病痛」大致一樣的抱負，他寫這些故事的宗旨在於揭露都柏林生活中的「精神痲痹」，他在1906年寫給朋友的信中說：「我的目標是要為祖國寫一章精神史。我選擇都柏林作為背景，因為在我看來，這城市乃是痲痹的中心。對於冷漠的公眾，我試圖從四個方面描述這種痲痹：童年、少年、成年，以及社會生活。這些故事正是按這一順序撰述的。在很大程度上，我用一種處心積慮的卑瑣的文體來描寫。我堅信，倘若有人在描繪其所見所聞時，膽敢篡改甚至歪曲真相，此人委實太大膽了。」[35] 在這裏，喬伊絲強調「真相」，但畢竟是從他的目標出發才能達到的「真實」，他的「處心積慮」之處也正好顯現了「現實主義」的意識形態，這一點和魯迅是相通的。不僅如此，《都柏林人》中的十

[34] 詹姆斯・喬伊絲，《都柏林人》（上海：上海譯文出版社，1984），孫梁等譯，頁263。

[35] 詹姆斯・喬伊絲，《都柏林人》（上海：上海譯文出版社，1984），孫梁等譯，頁4。

五個短篇也時時流露著在我們在《彷徨》中熟識的抑鬱和迷惘。但喬伊絲在「彷徨」之後還有宗教可以寄託（雪可以落在十字架上），而魯迅只有在「無物之陣」的「虛無」困境裏來回奔突[36]。

按李歐梵的說法，《在酒樓上》表現的是一出「內心戲劇」，敘述者「我」和呂緯甫「在某種意義上，兩人都是魯迅自我的投影。他們的對話，實際上是作者安排的一次內心的戲劇虛構」[37]。那麼在這個「象徵的舞臺」上，雪景扮演了什麼樣的角色？小說一開始，就提到在小城裏「深冬雪後，風景淒清」，這其實就是小說的感情基調，如同《故鄉》一開頭寫「蕭索的荒村」一樣[38]，「我」眼前的景物也都陌生了，叫「一石居」的酒樓還在，但也是「物是人非」。呂緯甫的「獨白」裏也有兩個遠比閏土更為淒慘的故事，讓人有些寒意：一個是在雪地中遷葬，挖開墳墓後卻什麼也沒有；一個是阿順姑娘的夭折，未及出嫁就吐血而亡。但在寫到這兩個淒涼的故事前，「我」獨自一人在酒樓上時，窗外的景物卻有些驚豔：

> 幾株老梅竟鬥雪開著滿樹的繁花，彷彿毫不以深冬為意；倒塌的亭子邊還有一株山茶樹，從晴綠的密葉裏顯出十幾

---

[36]有意思的是，夏志清也這樣說，「我們可以把魯迅最好的小說與《都柏林人》互相比較：魯迅對於農村人物的懶散、迷信、殘酷和虛偽深感悲憤；新思想無法改變他們，魯迅因之擯棄了他的故鄉，在象徵的意義上也擯棄了中國傳統的生活方式。然而，正與喬哀斯（喬伊絲）的情形一樣，故鄉同故鄉的人物仍然是魯迅作品的實質」。參見：夏志清，《中國現代小說史》（臺北：傳記文學出版社，1985），劉紹銘等譯，頁66。

[37]參見：李歐梵，《鐵屋中的吶喊》（長沙：嶽麓書社，1999），頁72。

[38]這篇小說與《故鄉》在某種程度上有「互文」關係，呂緯甫說過「前年，我回來接母親的時候，長富正在家」這樣的話，而且故事模式都是「故鄉遇故人」，一個是少年的夥伴，一個是過去的同窗同事。

> 朵紅花來，赫赫的在雪中明得如火，憤怒而且傲慢，如蔑視遊人的甘心於遠行。我這時又忽地想到這裏積雪的滋潤，著物不去，晶瑩有光，不比朔雪的粉一般乾，大風一吹，便飛得滿空如煙霧。[39]

這裏的梅花和山茶花分明有一種生命力旺盛的意味，特別是山茶花如火一樣「憤怒而且傲慢」，有一股張揚的激情在，這跟小說後來頹廢的、失敗的氣氛是兩樣的。那麼，這一段似乎與全篇不大和諧的風景描寫到底表達了什麼呢？顯然，「梅花鬥雪」、「茶花如火」不可能指涉呂緯甫，因為先前他還是一個激進的理想主義者（「到城隍廟裏去拔掉神像的鬍子」、「連日議論些改革中國的方法以至於打起來」），現在對一切事情有了一個「口頭禪」似的應付辦法：「現在就是這樣子，敷敷衍衍，模模糊糊」，在談話中呂反覆了好幾次他這樣的「生活哲學」。同樣，也不可能指涉敘述者「我」，因為在某種程度上，「我」和呂緯甫是相似的，「大約也不外乎繞點小圈子」。與這雪中的花相近的是後來呂緯甫準備送給阿順的「大紅的」、「粉紅的」剪絨花，但阿順顯然是生命力脆弱的一個，和雪地裏的花也不相配。

---

[39] 大約一年後，魯迅在1925年1月18日寫的散文詩《雪》中，也對雪有一個極盡渲染的描繪：「江南的雪，可是滋潤美豔之至了；那是還在隱約著的青春的消息，是極壯健的處子的皮膚。雪野中有血紅的寶珠山茶，白中隱青的單瓣梅花，深黃的磬口的蠟梅花；雪下面還有冷綠的雜草。蝴蝶確乎沒有；蜜蜂是否來採山茶花和梅花的蜜，我可記不真切了。但我的眼前彷彿看見冬花開在雪野中，有許多蜜蜂們忙碌地飛著，也聽得他們嗡嗡地鬧著。」但散文詩的立意似乎是對朔方的雪的讚美，「那是孤獨的雪，是死掉的雨，是雨的精魂」。參見：《魯迅散文集》（北京：人民文學出版社，1993），頁85。

也許合理的解釋是，這裏的雪中風景更多地體現了魯迅本人的某些情調[40]，這也是他的小說的抒情特徵的體現。普實克（Jaroslav Prusek）從魯迅小說的抒情性出發，認為中國現代文學與歐洲現代文學之間存在著某種「彙聚」，他說，「魯迅作品突出的回憶的抒情特色，不僅將他引向十九世紀現實主義的傳統，而且引向了兩次世界大戰之間歐洲那些有明顯抒情色彩的散文作家」。李歐梵則認為，「普實克這種不無誇張的看法是因為他強調魯迅繼承了中國古詩中主導的抒情意味，因而在寫作中注意情緒、意象、抒情意味、隱喻景象等方面，不惜忽略作為現實主義特點的情節、背景的細節描寫、系統敘述等方面」[41]。《在酒樓上》的這一段雪中風景描寫與全篇的人物的某種「游離」，卻可能正是魯迅自我情感的不經意透露，雪中的老梅、如火的山茶花的「憤怒而且傲慢」，讓人更多地看見的是魯迅的影子。周作人也曾說過呂緯甫是魯迅和范愛農兩個人的「合影」。這雪中怒放的花給小說的灰色情緒增添了一些亮色，不至於讓人完全地絕望。從這一點也可以看出，被指認為「現實主義」的魯迅小說有時候已經游離開現實主義的「真實性」規則，這樣的「缺陷」正好也暴露了現實主義的「真實性」是有預謀的，它的「客觀性」也是有意為之的[42]。

---

[40] 據周作人回憶，這雪中的梅花與山茶花樹正是魯迅小時居住的屋子前邊的兩棵樹。參見：周作人，《魯迅小說裏的人物》（石家莊：河北教育出版社，2002），止庵校訂。

[41] 參見：李歐梵，《鐵屋中的吶喊》（長沙：嶽麓書社，1999），頁73。

[42] 可以比較一下明朝張岱筆下的雪景：崇禎五年十二月，余住西湖。大雪三日，湖中人鳥聲俱絕。是日更定矣，余拿一小舟，擁毳衣爐火，獨往湖心亭看雪。霧凇沆碭，天與雲、與山、與水，上下一白。湖上影子，惟長堤一痕，湖心亭一點，與余舟一芥，舟中人兩三粒而已。到亭上，有兩人鋪氈對坐，一童子燒酒，爐正沸。見余大驚喜，曰：「湖中焉得更有此

小說中第二次寫到雪是在敘述者偶遇故人呂緯甫後，兩人對飲聊天時，「樓外的雪也越加紛紛的下」。這裏的雪既有交待環境的作用，也讓小說的節奏有所變化，同時也暗藏著一種故人相遇的興奮感，還暗示了接下來的「雪中遷葬」的場景。第三次寫到雪是在呂緯甫談起阿順的故事中間，他帶了兩朵剪絨花準備回鄉時送給曾對她有好感的阿順姑娘，這時候場面轉到風景上：

> 窗外沙沙的一陣聲響，許多積雪從被他壓彎了的一枝山茶樹上滑下去了，樹枝筆挺的伸直，更顯出烏油油的肥葉和血紅的花來。天空的鉛色來得更濃，小鳥雀啾唧的叫著，大概黃昏將近，地面又全罩了雪，尋不出什麼食糧，都趕早回巢來休息了。

此時插入的雪景讓對話的節奏緩和下來，也是對時間流動的一個交待，而且這裏的「烏油油的肥葉和血紅的花」倒是和後邊阿順的悲慘命運有些關聯，因為她正是在青春年紀上吐血而亡的。如果說這樣把意象與人物拉扯在一起有些牽強的話，筆者覺得此處雪中血紅的花和前邊的雪中如火的紅花還是相互回應的，同樣是一種作者本人情感的不經意洩露，「烏油油的肥葉和血紅的花」給人的視覺感是很特別的，不是通常的紅和綠搭配在一起的那種鮮豔感，而是有些陰鬱的頹廢色彩[43]。小說結尾又一次寫

人！」拉余同飲。余強飲三大白而別。問其姓氏，是金陵人，客此。及下船，舟子喃喃曰：「莫說相公癡，更有癡似相公者。」參見：張岱，《陶庵夢憶》卷三（北京：作家出版社，1995），頁73。張岱的雪景更多的是個人性情的表露，「天人合一」，對人與自然融洽相處的欣喜是古代文人常用的「言志」抒情模式。

[43] 此前寫於1922年11月的小說《補天》中也有一段色彩近似於歐洲現代抽象

到了雪，「我」和呂緯甫分手後：「我獨自向著自己的旅館走，寒風和雪片撲在臉上，倒覺得很爽快。見天色已是黃昏，和屋宇和街道都織在密雪的純白而不定的羅網裏。」這裏的「密雪的純白而不定的羅網」給人一種看不清前途的迷茫感，也有一種在羅網中掙扎的無力感，這和全篇的氣氛倒是很相配的。

第三節　小結

通過對魯迅小說中風景描寫的分析，可以看出，不論是「荒村」景色還是「雪」的意象，大都出自他「揭示病痛，以引起療救的注意」的初衷，但實際上這些景物的「內涵」大大超出了他的動機，在有些方面甚至有衝突，特別是他的小說中的抒情特徵（在《彷徨》集裏更明顯），似乎也違背了「現實主義」對「客觀性」的要求。他的小說在所說的「吶喊」意旨之外，還有他自身的藝術風格特徵，正是後者，才是他作為一個小說家的才華的集中體現。這一方面來自於他對中國古典詩文傳統的抒情性的繼承[44]，另一方面也得益於對「域外小說」的借鑑，他長期以來對外國小說的翻譯介紹對他的小說創作也有很大的影響。

畫派作品的風景描寫：「粉紅的天空中，曲曲折折的漂著許多條石綠色的浮雲，星便在那後面忽明忽滅的䀹眼。天邊的血紅的雲彩裏有一個光芒四射的太陽，如流動的金球包在荒古的熔岩中；那一邊，卻是一個生鐵一般的冷而且白的月亮。」「地上都嫩綠了，便是不很換葉的松柏也顯得格外的嬌嫩。桃紅和青白色的斗大的雜花，在眼前還分明，到遠處可就成為斑斕的煙靄了。」從中可以看出魯迅對色彩的敏感，這樣的畫面也分明透露出一種常常被「現實主義」成規所拒絕的情調。

[44] 魯迅的舊體詩是他繼承古典傳統的最好例子，他只寫過少量的「新詩」，卻寫過六十多首舊體詩，在嚴格的格律限制之下往往能寫出新意。他喜愛屈原的詩，又在屈原詩的意象上表現出「現代」意味，比如這一首《湘靈

魯迅自己也曾把他的小說之所以有影響歸功於他從西方引進的新的小說形式，而不是作品的內容，「又因為那時的認為，『表現的深切和格式的特別』頗激動了一部分青年讀者的心。然而這激動卻是向來怠慢了介紹歐洲大陸文學的緣故」[45]。1909年魯迅曾與周作人一起編譯《域外小說集》，臨去世前他還在翻譯果戈理（Nikolai Gogol）的《死魂靈》（*Dead Souls,* 1842），翻譯也許是魯迅文學生涯的一個重要方面。也是出於現實的考慮，魯迅注重的是俄國和東歐等「被壓迫民族」國家的短篇小說，這些小說也大多是「現實主義的」。M・安德森在描述「現實主義」小說的特徵時說：「這個術語只是用來指與十九世紀後半期歐洲小說相同的形式上的特徵，在短篇小說裏以契訶夫（Anton Chekhov）和莫泊桑（Guy de Maupassant）最有代表性。這些基本特徵包括：一、出身社會中下層的非英雄主人公。二、情節的基本姿態乃是一種揭露。剔除本文編寫的人工的、偽善的意義層次，以建立一個更接近本質的意義層次（實際上，這些故事傾向於表現希望、幻想後來怎樣受挫，或者，在較長的作品裏，表現主人公的好運和個性在社會、命運的強大壓力下逐漸退化、墮落）。三、作品的故事性削弱。作者不再公開介入，避免過分的虛構和超自然的因素。最後這點並不排除象徵的使用，而且正像喬治・盧卡契（Georg Lukacs）所說的，象徵事實上成為後期現實主義和自然主義的一個顯著特點。」安德森進一步注解說，

歌》：「昔聞湘水碧如染，今聞湘水胭脂痕。湘靈妝成照湘水，皎如皓月窺彤雲。高丘寂寞竦中夜，芳荃零落無餘春。鼓完瑤瑟人不聞，太平成象盈秋門。」李歐梵稱，這首詩將屈原詩中「哀高丘之無女」的那種失落感轉向現代性的焦慮，變成「太平成象」中使人恐懼的寂寞。參見：李歐梵，《鐵屋中的吶喊》（長沙：嶽麓書社，1999），頁47。

[45] 魯迅，《中國新文學大系・小說二集・序》。

「盧卡契認為早期的現實主義作家（以巴爾扎克為代表）圍繞主人公組織、安排敘述，使情節多細節描寫，並帶上社會意義。後期的現實主義作家，如福樓拜（Flaubert）、左拉（Zola），卻常常描寫一些與故事和人物無關的事物，這種描寫就要求一種藝術結構法（如象徵主義）來組織。因此，左拉自然就要經常運用象徵和其他修辭手法，儘管這與他的客觀主義有點矛盾。魯迅早期小說中運用的一些象徵可以溯源到安特列夫。魯迅認為安特列夫把現實主義和象徵主義融合起來。儘管安特列夫與我這裏討論的現實主義並不完全背離，儘管魯迅明顯地表現出對果戈里和安特列夫的偏愛，但我還是願意用契訶夫和莫泊桑做例子，他們是一種純粹的現實主義形式。魯迅從果戈理和安特列夫那裏借鑑到的是語調而不是形式」[46]。從安德森的描述中可以看出，魯迅小說確實表現了「現實主義」的某些主要特徵，比如寫下層人、意在揭露、故事性較弱等。但筆者感興趣的是，在這些現實主義特徵的「縫隙」間，特別是在一些景物描寫中，魯迅個人的才華已經衝破了現實主義的表象，他使用的象徵手法使他的小說其實具有「現代主義」的一些特點，而且在所謂「真實性」和「客觀性」[47]的底下，他的抒情性帶著鮮明的個人風格，他的深層思考（比如對「希望」的烏托邦性質的認識）、個人審美趣味（有些「頹廢」的傷感傾向）往往和「現實主義」的要求是衝突的。

---

[46] 參見：《當代英語世界魯迅研究》（南昌：江西人民出版社，1993），頁56、57。

[47] 魯迅曾經說過，「所謂客觀，其實是樓上的冷眼，所謂同情，也不過是空虛的佈施」，這表露了他對寫作本身的懷疑和自省。參見：《關於小說題材的通信》，《魯迅全集》第4卷（北京：人民文學出版社，1981），頁368。

這裏其實還牽涉到一個常被人們忽略的問題，就是「現實主義」小說的倫理問題。換句話說，在「現實主義」作品中，當敘述者以文字「控訴」社會的冷酷時（包括風景的「灰暗」與「壓抑」），在道德上卻常常處於失敗的尷尬中[48]。比如在《故鄉》中，是「我」來講閏土的故事，而對閏土來說卻不能掌握文字作為工具，在某種意義上，這個差別也把「我」和閏土隔成了兩個世界，難以溝通。在《祝福》中，「我」在敘述祥林嫂的故事時沒有一點要承擔她的苦難的意思，但「我」具有她所缺少的那種把不幸講出來的能力，並給故事賦予一定的「意義」，但這「意義」對祥林嫂是毫無意義的，甚至「我」也不能給祥林嫂關於靈魂的問題一個讓她滿意的答案。在這方面吳組緗的小說《官官的補品》（1932）也可以作一個注解的例子。吳組緗的小說也大多寫鄉村生活，基本上和魯迅屬於一路，對社會問題和個人苦難都極為關注。《官官的補品》裏的敘述者「我」是個小少爺，不同於魯迅小說中常見的那種在道德、良心上因清醒而受折磨的敘述者，這個「官官」完全是毫無道德可言的寄生動物。小說主要是講「官官」如何靠農村一個奶婆的奶來滋補，在這之前如何耽於與女人享樂而出車禍，在醫院裏又靠輸這個奶婆的男人（陳小禿子）的血來恢復，而這陳家又是被「官官」家逼得無法過活的佃戶，後來陳小禿子又被誣陷為土匪，在河灘上被「官官」家的團勇用刀砍死[49]。讓人吃驚的是，敘述者「我」是以一種有些無賴

[48] 在這裏可以對照這樣的說法，「法國左翼知識份子的感召力是建立在他們的一種內疚心理上的，即對他們自己與他們所捍衛的無產階級之間存在著的經濟上的、精神上的差距的內疚心理。」參見：約翰・斯特羅克編，《結構主義以來》（瀋陽：遼寧教育出版社、牛津大學出版社，1998），渠東、李康、李猛譯，頁65。

[49] 參見：吳組緗，《宿草集》（北京：北京大學出版社，1988）。

的、猥褻的口吻來講述的，但卻讓人感到是「真實的」、完全可信的。如果進一步反省，讀者其實同樣也是在分享著「我」的「低級趣味」（對肉慾和暴力的迷戀），雖然在某些方面會厭惡「官官」的小少爺式的寄生嘴臉。再往深處想一想，讀者從閱讀這樣的鄉村故事中得到的「消遣」和小少爺從農民（陳小禿子的血、奶婆的奶）那裏得到的「補品」有多大的區別？

羅蘭・巴特說過，「寫作在本質上是形式的道德。」現實主義小說的倫理可疑性就在於作者和大眾之間的難以溝通的隔閡，他們的初衷是想替目不識丁的被壓迫的人發出一聲「吶喊」，但他們的作品卻是只能在「上流社會」產生並流通的，對那些作為他們「題材」[50]的對象來說是關閉的，它一開始就染上了道德的「污點」。怎麼樣來解決這個問題，在三、四十年代的現實主義作家中，各人的處理是不相同的，能清醒認識到這一點的人，大多會用魯迅那樣的「曲筆」，給人們一個「希望」、「光明的尾巴」，也有的以諷刺和抒情的筆調來反省敘述者和作品中人物的關係（如吳組緗、艾蕪等），向寫作本身提出疑問，這一點無疑是難能可貴的。不過到後來，在特定的時期，當作家們被要求充當道德的典範、宣傳新的社會價值觀時，這種懷疑也被吹得煙消雲散了。

[50]張天翼有一篇小說叫《一個題材》，裏邊的敘述者是一個職業寫作者，他一再慫恿一個老婦人講她的隱私，並使之成為他的小說「題材」，同樣很明顯，讀者也樂於看到這有八卦、帶些色情的內容。

第二章　邊城的「渡口」

魯迅寫完《吶喊》和《彷徨》兩集後，在三十年代更多地捲入了各種論爭，寫了大量的可以作「投槍」和「匕首」的雜文，寫小說的時間也少了，雖然有寫長篇小說的計畫，但終究沒有實現。這讓一個人很為他惋惜，認為魯迅寫雜文是「浪費了寫小說的才華」[1]。這個人就是三十年代已經是著名作家的沈從文。

到了1959年，沈從文回憶一年前在南京看到的一個「文化躍進」展覽會，「記得擱在二樓陳列案上有三個大蒲包，每個蒲包都裝得滿滿的，可能有二三十斤重。這種蒲包向例是裝江南農村副產物菱芡、筍乾、芋艿或鹽板鴨的，這回也並不完全例外，原來裝的是大躍進後江蘇省某縣某鄉一種嶄新農業副產物，有關人民公社化後生產大躍進的詩歌！每一包中都有幾萬——或過十幾萬首來自農村，讚美生活、歌頌集體、感謝共產黨毛主席的素樸而熱情的詩歌，正和屏風牆上五彩鮮明新壁畫一樣，反映的全是中國農村新面貌」[2]，而且沈同當時「熱情洋溢的」人民一道這樣憧憬：「到不久的將來，地面將矗起長江三峽能發電二千五百

---

[1] 參見：〔美〕金介甫（Jeffrey C.Kinkley），《沈從文傳》（北京：中國友誼出版公司，2000），符家欽譯，頁157。

[2] 沈從文，《我怎麼就寫起小說來》，1959年10月左右寫，12月完成於北京歷史博物館。參見：劉洪濤編，《沈從文批評文集》（珠海：珠海出版社，1998），頁313。

萬千瓦的大水壩，而且還一定會要把巨大的人造衛星送上天空！人人都會作詩，詩歌將成為人類向前的一種新動力，使得十三億隻勤勞敏捷的手，在一定計劃中動得更有節奏。任何一種偉大的理想，到時也都可望成為現實！這些詩歌給我的啟發是這樣的。」[3]

不管這段話是否言不由衷，對比一下沈從文二十世紀三十年代同樣寫鄉村風物的文字，還是會讓人感慨一番的。沈從文曾這樣描述他的家鄉風俗：

> 一切事保持一種淳樸習慣，遵從古禮；春秋二季農事起始與結束時，照例有年老人向各處人家斂錢，給社稷神唱傀儡戲。旱時祈雨，便有小孩子共同抬了活狗，帶上柳條，或紮成草龍各處走去。春天常有春官，穿黃衣各處念農事歌詞。歲暮年末居民便裝飾紅衣儺神於家中正屋，捶大鼓如雷鳴，苗巫穿鮮紅如血衣服，吹鏤銀牛角，拿銅刀，踴躍歌舞娛神。城中的住民，多當時派遣移來的戍卒屯丁。此外則有江西人在此賣布，福建人在此賣煙，廣東人在此賣藥。地方由少數讀書人與多數軍官，在政治上與婚姻上兩面的結合，產生一個上層階級，這階級一方面用一種保守穩健的政策，長時期管理政治，一方面支配了大部分屬於私有的土地；而這階級的來源，卻又仍然出於當年的戍卒屯丁，地方城外山坡上產桐樹杉樹，礦坑中有朱砂水銀，松林裏生菌子，山洞中多硝。城鄉全不缺少勇敢忠誠適於理想的士兵，與溫柔耐勞適於家庭的婦人。在軍校階

---

[3] 劉洪濤編，《沈從文批評文集》（珠海：珠海出版社，1998），頁314。

級廚房中，出異常可口的菜飯，在伐樹砍柴人口中，出熱情優美的歌聲。[4]

在2002年（筆者開始寫這本書的時間），回頭看沈從文三、四十年代的作品，比如《邊城》和《長河》，也會替沈感到一點惋惜，因為他和魯迅同樣是在某種情勢下「浪費了寫小說的才華」，儘管原因各不相同。在某種意義上說，魯迅開創了中國現代小說中鄉土小說的一脈傳統，沈從文則是繼承者，但更重要的是，後者在這一傳統中增添了新的色彩，顯示出現代小說向另一方面深入的可能。在魯迅寫完《故鄉》的一年後，即1922年，二十歲的湖南鳳凰縣人沈從文才來到北京，並開始寫作，他當時對一個親戚說，「我來北京尋找理想，想讀點書」[5]。在經歷了早期的雙重痛苦折磨（生理的折磨主要是饑寒交迫，心理的痛苦主要是求學無門、文章無處發表）之後，在寫了大量的習作之後，沈從文在三十年代達到了他寫作的鼎盛時期，而他的筆下最動人的篇章是關於他的故鄉的風土人情的，在描繪湘西這塊富於傳奇色彩的土地上的人和事時，風景描寫占了很多的篇幅，沈也被認為是善寫鄉村風景畫的聖手[6]。

---

[4] 《沈從文別集》之《自傳集》（長沙：嶽麓書社，1992），頁5。

[5] 沈是對他的親戚黃鏡銘說這番話的，「讀好書，救救國家」。沈對郁達夫也這樣談過。參見：金介甫，《沈從文傳》（北京：中國友誼出版公司，2000），符家欽譯，頁114。

[6] 沈從文早期寫都市的小說充滿了強烈的諷刺，比如《紳士的太太》；寫自己的遭遇有時也像郁達夫一樣充滿自哀自憐，比如自傷貧賤的短篇小說《棉鞋》，但都不很成功，只有他的眼光轉向鄉村時，他的小說才華才得以展現。只有寫鄉村生活才能體現他對人生的基本看法，並傳達出自己的信念，因此他一直說「我實在是個鄉下人」。

沈從文在小說《鳳子》（1937）裏，寫到那位城裏客人看了當地土著的宗教儀式後，就很興奮的對總爺說：「我現在才明白為什麼二千年前中國會產生一個屈原，寫出那麼一些美麗神奇的詩歌，原來他不過是一個來到這地方的風景紀錄人罷了。屈原雖死了兩千年，九歌的本事還依然如故。若有人好事，我相信還可從這古井中，汲取新鮮透明的泉水！」其實這個「風景紀錄人」的稱號與沈本人是極相稱的。在沈從文的小說裏，風景在某種程度上是他的鄉土小說中唯一貫穿始終的主角。這些風景畫既是小說中人物的活動背景，也是沈從文為了表達他的人生信念所要竭力渲染的。有時甚至會讓人感覺到，可能這些人物有生有死，命運有起伏變化，這風景卻彷彿是永遠的橫亙在蒼茫的天地之間。比如在《斷虹》的引言裏，沈從文先如此詳盡地描繪自然界的現象：

> 南太平洋的熱風，每年從四月中旬起始，沿海上岸成陣掠向西去。待一接觸亞洲屋脊喜馬拉雅山的雪嶺，夾著雪谷中的寒風被逼而迴旋，即作成沿海各屬的候雨。這種雨季在印緬平原，在暹羅和越南，在中國境內雲南省的西南區，拔海高度不盡相同，雨量大小和時期長短也往往不同。雲南境西部，飽落了將近半年的行雨後，到九、十月間，已差不多快要結束。強烈的陽光有機會長日直射地面，氣候便益趨穩定，比較前兩月也就轉而熱了一點。地勢即萬山比肩，凡是人類手足勤勞所及的墾殖區域，從土地裏茁起生長的秋稼，都已漸次成熟，處處見出人力與自然同功的成果。即一些尚未由人力經營過的地方，以及人類手足永遠無望觸及的懸崖絕澗，也無不點綴上萬千種不

> 知名的花藥，於明朗秋陽中紅紫爛漫，表示自然佈置的細膩與巧慧，大膽而無私。據科學家的記錄，則一萬六千尺的雪峰間，每年還照例有顏色華美形狀秀奇的龍膽花開放。「自然無為而無不為」，從這種自然景象上，像是重新得到解釋。[7]

在這一段帶有濃厚地理學色彩的描述裏，充分表達了沈從文的自然觀，很明顯，這中間帶有傳統的道家思想[8]。沈從文接下來在寫了邊境上馱馬幫的生活後說，「藝術史發展的檢討，歷來多認為繪畫，雕刻，以及比較近代性的音樂的偉大成就，差不多都由於一種宗教情感的氾濫。宗教且多依賴這種種，而增加對於人類影響的重要性，卻很少人提及某種東方宗教信仰的本來，乃出於對自然壯美與奇譎的驚訝，而加以完全承認。正因為這種『皈於自然』一無保留的虔敬，實普遍存在，於是在這個宗教信仰中，就只能見到極端簡單的手足投地的膜拜，別無藝術成就可言了。由皈於自然而重返自然，即是邊民宗教信仰的本旨，因此我這個故事給人的印象，也終不免近於一種風景畫集成。人雖在

---

[7] 《沈從文文集》第十一卷（廣州：花城出版社、三聯書店，1984），頁54。沈從文作品的版本始終是個問題，沈本人經常修改自己的作品，後來的版本因各種原因也一直有刪改。本書所依據的主要是花城出版社、三聯書店1984年版的《沈從文文集》，嶽麓書社1992年版的《沈從文別集》和四川人民出版社1983年版的《沈從文選集》。

[8] 夏志清也這樣描述過沈的道家思想，他評論小說《會明》時認為：「在這樣一個簡單的故事中，我們不難從會明對那些小雞自然流露出來的關心與快樂，看出沈從文對道家純樸生活的嚮往。會明不但是個華滋華斯（William Wordsworth）詩中的人物，而且還是個永恆不變的『中國佬』，對土地長出來的智慧，堅信不移，又深懂知足常樂的道理，使自己的生活，不流於卑俗。」參見：夏志清，《中國現代小說史》（臺北：傳記文學出版社，1985），劉紹銘等譯，頁219。

這個背景中凸出，但終無從與自然分離，有些篇章中，且把人縮小到極不重要的一點上，聽其逐漸全部消失於自然中」[9]。這段話簡直就是沈本人的「夫子自道」，在他的藝術觀裏，自然風景占著一個舉足輕重的位置（甚至把人縮小到極不重要的一點上）。那麼，他借著這些「風景畫集成」想要表達什麼樣的信念呢？

第一節　水

辰河流域是沈從文小說描寫的主要背景。水在沈從文的小說中也承擔了很重要的角色。沈從文有一篇文章，題目就叫《我的寫作與水的關係》，一開頭就說：「在我一個自傳裏，我曾經提到過水給我的種種的印象。簷溜，小小的河流，汪洋萬頃的大海，莫不對於我有過極大的幫助。我學會用小小腦子去思索一切，全虧得是水。我對於宇宙認識得深一點，也虧得是水。」[10]在辰河兩岸的五年生活，更是成為沈從文一生中最寶貴的財富，水上生活甚至也影響到他的文體風格：「我文字中一點憂鬱氣氛，便因為被過去十五年南方的陰雨天氣影響而來。我文字風

---

[9]《沈從文文集》第十一卷（廣州：花城出版社、三聯書店，1984），頁61。

[10]《沈從文文集》第十一卷（廣州：花城出版社、三聯書店，1984），頁323。華滋華斯也有一個相類似的看法，他認為「城市生活及其煩囂已經使人忘卻自然，人也已經因此而受到懲罰；無盡無休的社會交往消磨了人的精力和才能，損害了人心感受純樸印象的靈敏性。」華滋華斯在許多詩篇裏都提到自然的壯麗景色在他青少年時期給他留下的強烈印象，其中一首，按照他的習慣也用了一個冗長標題：《自然景物對於喚醒並增強童年和少年時期的想像力的影響》。參見：勃蘭兑斯，《十九世紀文學主流》第四分冊（北京：人民文學出版社，1997），徐式谷、江楓、張自謀譯，頁42、46。

格，假若還有些值得注意處，那只是因為我記得水上人的言語太多了。」[11]

對沈從文來說，水上生活既是他小說的主要題材之一，也是他的感情與理想的寄託之地。在《一九三四年一月十八日》這篇文章裏他這樣寫道：

> 望著湯湯的流水，我心中好像忽然徹悟了一點人生，同時又好像從這條河上，新得到了一點智慧。的的確確，這河水過去給我的是「知識」，如今給我的是「智慧」。山頭一抹淡淡的午後陽光感動我，水底各色圓如棋子的石頭也感動我。我心中似乎毫無渣滓，透明燭照，對萬彙百物，對拉船人與小小船隻，一切都那麼愛著，十分溫暖的愛著！我的感情早已融入這第二故鄉一切光景聲色裏了。[12]

不僅如此，水上人的生活也使沈對所謂的「歷史」進行反思，下邊這段話每次讀來都會讓人唏噓不已：「看到日夜不斷，千古長流的河水裏的石頭和砂子，以及水面腐爛的草木，破碎的船板，使我觸著了一個使人感覺惆悵的名詞。我想起了『歷史』。一套用文字寫成的歷史，除了告給我們一些另一時代另一群人在這地面上相斫相殺的故事以外，我們絕不會再多知道一些要知道的事情。但這條河流，卻告給了我若干年來若干人類的哀樂！小小灰色的漁船，船舷船頂站滿了黑色沉默的魚鷹，向下游緩緩划去了。石灘上走著脊樑略彎的拉船人。這些東西於歷史似

[11]《沈從文文集》第十一卷（廣州：花城出版社、三聯書店，1984），頁325。
[12]《沈從文別集》之《湘行集》（長沙：嶽麓書社，1992），頁185。

乎毫無關係，百年前或百年後彷彿同目前一樣。他們那麼忠實莊嚴的生活，擔負了自己那份命運，為自己，為兒女，繼續在這世界中活下去。不問所過的是如何貧賤艱難的日子，卻從不逃避為了求生而應有的一切努力。在他們生活、愛憎、得失裏，也依然攤派了哭、笑、吃、喝。對於寒暑的來臨，他們便更比其他世界上的人感到四時交替的嚴肅。歷史對於他們儼然毫無意義，然而提到他們這點千年不變無可記載的歷史，卻使人引起無言的哀戚。」[13]筆者覺得，這段話是理解沈從文的一個關鍵，沈的偉大之處也體現在這裏，即他對所謂「歷史」的懷疑，用文字寫成的「歷史」留下來的只是血腥的相斫相殺，說到底，這也是人類貪婪的慾望本性帶來的結果。而引起沈從文「無言的哀戚」的是「小小灰色的漁船，船舷船頂上站滿了黑色沉默的魚鷹，向下游緩緩划去了。石灘上走著脊樑略彎的拉船人……」這樣的人生圖景，在沈看來，相比於文字寫成的「歷史」，後者是更值得尊敬的。因此，沈從悲憫情懷出發，也賦予這樣的人生以倫理道德上的「優越性」，儘管他們過的是「貧賤艱難的日子」，但他們是在「忠實莊嚴的生活」，而且「他們便更比其他世界上的人感到四時交替的嚴肅」[14]。可以說，這也是沈從文小說的一個基調，就是一面描繪這些被文字「歷史」遺忘的生活圖景，一面要從各

---

[13]《沈從文別集》之《湘行集》（長沙：嶽麓書社，1992），頁186。

[14]很顯然，這可能是沈一廂情願的想像，因為在如此處境下討生存的人可能無從感覺所謂的「莊嚴」和「嚴肅」。這裏就有了一種在知識份子中間普遍存在的傾向，即當他們面對這樣的生存不住地感慨、卻無力改變現狀的時候，就會想當然地給這些人們賦予一種「道德倫理」上的優越感。其實從骨子裏說，這樣的舉動更多的是給知識份子自身的道德以虛弱的安慰（內疚感）。在某種意義上，知識份子不是一直也「積極地」參與到一套用文字寫成的「歷史」中去嗎？這可能也是知識份子心靈中一個難以解除的困惑。

個不同的角度不斷地「美化」它，或是讚美它與自然合一的優美風景，或是讚美其中普通人的優美的天性[15]。在沈從文的作品中，經常可以看到城裏人與鄉下人的衝突（包括生活方式的反差、品德的高下、生活觀念的迥異），而且在大多數情形下是以「鄉村視點」來觀察城裏人的，無形中帶了一些夾雜著某種「優越感」的嘲諷，比如在小說《三三》（1931）中，沈這樣寫十五歲的女孩子三三與她的母親對城裏生活的一種想像：

> 自從兩個客人到來後，碾坊裏有些不同過去的樣了，母女兩人說話，提到「城裏」的事情，就漸漸多了。城裏是什麼樣子，城裏有些什麼好處，兩人本來全不知道。兩人只有從那個白臉男子、白袍女人的神氣，以及平常從鄉下聽來的種種，作為想像的依據，摹擬到城裏的一切景況，都以為城裏是那麼一種樣子：有一座極大的用石頭壘就的城，這城裏就豎了許多好房子。每一棟好房子裏面都住了一個老爺同一群少爺；每一個人家都有許多成天穿了花綢衣服的女人，裝扮得同新娘子一樣，坐在家中房裏，什麼

[15] 有意思的是，這種對普通人的天性的讚美在文學藝術中是一個普遍的現象，梵谷（Vincent van Gogh）曾這樣說：「當我把城市居民與這裏的人做一個比較時，我毫不猶豫地說，荒地上的人，挖泥炭的工人，在我看來要比他們好。最近我與房東談到這個問題；他本人是一個農民。這次談話是由於他問我倫敦的情況而引起的；他聽到很多關於倫敦的情況。我告訴他，我以為一個樸實的農民，他勞動，勤懇地勞動，他就是一個有文化的人；事情本來就是這樣的，事情始終還會是這樣的。人們在城市裏，在極其稀少的好人中間，可以找到幾個比較高尚的人（雖然完全是另一種不同方式的高尚）；但是一般說來，在鄉村裏比在城市裏更容易發現一個有理性的人。人們愈靠近大城市，他就愈深地陷入墮落、愚蠢與邪惡的黑暗之中。」參見：文森特・梵谷，《親愛的提奧》（海口：南海出版公司，2001），平野譯，頁320。

> 事也不必作。每一個人家，房子裏一定還有許多跟班同丫頭，跟班的坐在大門前接客人的名片，丫頭便為老爺剝蓮心，去燕窩毛。城裏一定有很多條大街，街上全是車馬。城裏有洋人，腳桿直直的，就在大街上走來走去。城裏還有大衙門，許多官都如「包龍圖」一樣，威風凜凜，一天審案到夜，夜了還得點了燈審案。雖有一個包大人，壞人還是數不清。城裏還有好些鋪子，賣的是各樣希奇古怪的東西。城裏一定還有許多大廟小廟，成天有人唱戲，成天也有人看戲。看戲的全是坐在一條板凳上，一面看戲一面剝黑瓜子；壞女人想勾引人就向人打瞟瞟眼。城門口有好些屠戶，都長得胖敦敦的。城門口還坐有個王鐵嘴，專門為人算命打卦。[16]

在三三母女的想像裏，城裏人的生活簡直就是一齣戲，遙不可及，匪夷所思，又似乎可以讓她們驚訝到發出笑聲。

既然沈從文有著這樣的原鄉情結，他心目中對故土的人又懷著如此「溫暖的愛」，因此不難理解為什麼在他的作品中不遺餘力地描繪「詩意的」風景，他是想憑籍著這樣的風景來肯定在其中生活的、有著美好天性的人物及其生活方式。在沈的字裏行間，在他耐心的描繪中間，處處都體現著他的一片拳拳之心。在《邊城》（1934）的開頭，沈從文就先以中國山水畫的技法描繪出一幅優美、恬靜的風景畫來：

[16] 中國現代文學館編，《沈從文代表作》（上）（北京：華夏出版社，1999），頁237。

> 由四川過湖南去，靠東有一條官路。這官路將近湘西邊境到了一個地方名為「茶峒」的小山城時，有一小溪，溪邊有座白色小塔，塔下住了一戶單獨的人家。這人家只一個老人，一個女孩子，一隻黃狗。
>
> 小溪流下去，繞山嘴流，約三里便匯入茶峒大河，人若過溪越小山走去，則只一里路就到了茶峒城邊。溪流如弓背，山路如弓弦，故遠近有了小小差異。小溪寬約廿丈，河床為大片石頭作成。靜靜的河水即或深到一篙不能落底，卻依然清澈透明，河中游魚來去皆可計數。小溪既為川湘來往孔道，限於財力不能搭橋，就安排了一隻方頭渡船。[17]

唐朝王維在「學畫秘訣」中說：「凡畫山水，意在筆先，丈山尺樹，寸馬分人。」這句話似乎也完全可以用在沈從文的這幅風景畫裏，山水與人物的比例搭配也很相宜。景物由大到小，由遠及近，細細道來，彷彿正是人們看中國山水畫時目光的緩緩移動。從句式上說也很簡捷，流暢的白話文與簡約的文言辭彙相得益彰，就像山水畫中樸素的白描線條，也完全是古典式的美感。最讓人心動的就是那條小溪，因為這幅風景畫就是靠它才得以充滿靈性的，而且它也一直流淌在這篇小說的始終。「河中游魚來去皆可計數」一句也可在唐代柳宗元的《至小丘西小石潭記》中找到迴響：「從小丘西行百二十步。隔篁竹，聞水聲，如鳴佩環。心樂之，伐竹取道，下見小潭，水尤清洌。全石以為底，近岸捲石底以出，為坻為嶼，為嵁為岩。青樹翠蔓，蒙絡搖綴，參

---

[17]《沈從文選集》第四卷（成都：四川人民出版社，1983），頁267。

差披拂。潭中魚可百許頭，皆若空遊無所依。日光下澈，影布石上，怡然不動，俶爾遠逝。往來翕忽，似與游者相樂。」[18] 從這一點來說，沈從文的小說繼承了中國傳統散文的一些寫法，而沈受的影響在很大程度上是從周作人和廢名而來。沈從文在1930年曾這樣說過：「從五四以來，以清淡樸訥文字，原始的單純，素描的美支配了一時代一些人的文學趣味，直到現在還有不可動搖的勢力，且儼然成為一特殊風格的提倡者與擁護者，是周作人先生。周先生在文體風格獨特以外，還應有所注意的是他那普遍趣味。在路旁小小池沼負手閒行，對螢火出神，為小孩子哭鬧感到生命悅樂與糾紛，用平靜的心，感受一切大千世界的動靜，從為平常眼睛所疏忽處看動靜的美，用略見矜持的情感去接近這一切，在中國新興文學十年來，作者所表現的僧侶模樣領會世情的人格，無一個人有與周先生相似處。」[19] 沈這樣來誇周作人，其實他自己也是有著相似的文學「趣味」，只不過沈是在小說這一體裁上努力，而周作人從來不寫小說。

把《邊城》的這個開頭與魯迅小說《故鄉》的開頭做個比較，就會看清沈、魯兩人在不同方向上的開拓。在魯迅筆下，故鄉的荒涼與蕭瑟的「現狀」正是他力圖想有所改變的，雖然他也承認這還只是一個「希望」。魯迅即使寫到故鄉的「美麗」，但那只是記憶中的、過去的時光，也只是為了反襯「現狀」的灰色和沉重。到了沈從文這裏，鄉村景象是充滿「詩情畫意」的，甚至從他描述的語調裏就能感受到他的喜愛之情：

---

[18]《柳河東全集》（北京：中國書店，1991），頁316。

[19]沈從文，《論馮文炳》。參見：《沈從文文集》第十一卷（廣州：花城出版社、三聯書店，1984），頁97。

那條河水便是歷史上知名的酉水，新名字叫作白河。白河下游到辰州與沅水匯流後，便略顯渾濁，有出山泉水的意思。若溯流而上，則三丈五丈的深潭可清澈見底。深潭中為白日所映照，河底小小白石子。有花紋的瑪瑙石子，全看得明明白白。水中游魚來去，全如浮在空氣裏。兩岸多高山，山中多可以造紙的細竹，長年作深翠顏色，逼人眼目。近水人家多在桃杏花裏，春天時只需注意，凡有桃花處必有人家，凡有人家處必可沽酒。夏天則曬晾在日光下耀目的紫花布衣褲，可以作為人家所在的旗幟。秋冬來時，酉水中游如王村、保靖、里耶和許多無名山村，人家房屋在懸崖上的、濱水的，無不朗然入目。黃泥的牆，烏黑的瓦，位置卻永遠那麼妥貼，且與四圍環境極其調和，使人迎面得到的印象，實在非常愉快。一個對於詩歌、圖畫稍有興味的旅客，在這小河中，蜷伏於一隻小船上，作三十天的旅行，必不至於感到厭煩。正因為處處若有奇蹟可以發現，人的勞動的成果，自然的大膽處與精巧處，無一地無一時不使人神往傾心。[20]

這樣的寫法在小說中比較少見，更多的是會出現在專寫風物的遊記當中。遊記是中國傳統的散文體例，但在沈從文筆下，小說和散文的體裁界限已經很模糊了，有時給人的感覺是完全沒有什麼區別，這和沈從文的小說理念有關[21]。沈從文一直想在小說

[20]《沈從文選集》第四卷（成都：四川人民出版社，1983），頁272。

[21]在二十世紀八十年代賈平凹、何立偉等人的所謂「尋根」小說中，可以看出沈的這一脈傳統的影響。賈平凹的《商州初錄》、《商州又錄》中很多篇章就是遊記式的寫法，其中也有大量的風景風俗描寫，比如《桃

中注入他所說的「詩的抒情」，他認為：「由於對詩的認識，將使一個小說作者對於文字性能具有特殊敏感，因之產生選擇語言文字的耐心。對於人性的智愚賢否、義利取捨形式之不同，也必同樣具有特殊敏感，因之能從一般平凡哀樂得失景象上，觸著所謂『人生』。尤其是詩人那點人生感慨，如果成為一個作者寫作的動力，作品的深刻性就必然因之而增加。」[22] 正因為這樣，沈從文為了達到他的詩意，在小說中融入了更多的景物描寫，而且多是優美的風景，在視覺上給人一種如畫的美感，這也是沈一直對傳統中國畫頗有心得所致，他認為寫小說也應「從宋元以來中國人所作小幅繪畫上注意。我們也可就那些優美作品設計中，見出短篇小說所不可少的慧心和匠心。這『似真』、『逼真』都不是藝術品最高的成就，重要處全在『設計』。什麼地方著墨，什麼地方敷粉施彩，什麼地方竟留下一大片空白，不加過問。有些作品尤其重要處，便是那些空白處不著筆墨，因比例上具有無言之美，產生無言之教」[23]。

其實，沈從文的這種散文化的寫法在五四以來的新文學實踐中並不少見，有很多的作家也以各種方式來增強小說的詩性、抒情性。五四時期，西方小說創作及其理論對環境背景描寫（特別是自然風景的描寫）的推重，曾經引起現代小說家的極大興

沖》一篇的開頭這樣寫道：「從商洛進入關中，本來只有一條正道：過武關，涉五百里河川，仰觀山高月小，俯察水落石出，在藍田縣的峪口裏拐六六三十六個轉角彎兒才掙脫而去。」參見：賈平凹，《商州三錄》（西安：陝西旅遊出版社，2001），頁29。

[22] 沈從文，《短篇小說》，參見：《沈從文文集》第十二卷（廣州：花城出版社、三聯書店，1984），頁126。

[23] 沈從文，《短篇小說》，參見：《沈從文文集》第十二卷（廣州：花城出版社、三聯書店，1984），頁126。

趣。瞿世英從西方小說發展史上看到，自從盧梭（Jean-Jacques Rousseau）的書信體小說《新愛洛綺絲》（*the New Heloise,* 1761）出現之後，西洋近百年來的小說發展，引出一種新的勢力，「山川湖沼成為小說中主要部分」。因此，自然風景的描寫，就成了小說的「極重要的背景」、「極重要的元素」。郁達夫也從西洋小說創作的成功實例中看到，一本小說如果能對自然風景做出深刻的觀察和綿密的描寫，「那麼這本小說的人物事件的結構，暫且不問，就單從風景描寫上來說，也不失為一本最上乘的小說」[24]。周作人也提出了「抒情詩的小說」這一概念。朱光潛用「花」與「花架」的關係作比喻，強調小說中「詩」比「故事」具有更高的審美價值：「第一流小說家不盡是會講故事的人，第一流小說中的故事大半隻像是枯樹搭成的花架，用處只在撐持住一園錦繡燦爛、生氣蓬勃的葛藤花卉。這些故事以外的東西就是小說中的詩。」[25] 趙景深還為短篇小說提出了這樣一個「假定的公式」：短篇小說＝抒情文＋敘事文＋寫景文。趙景深認為，「抒情和寫景，不再是敘事的僕人，而是與敘事平起平坐的『把兄弟』，成了小說文體形式不可缺少的重要構成要素了。」[26] 鄭伯奇曾經把郁達夫小說「詩趣」的成因，歸結為「主觀的抒情的態度」、「流麗而紆徐的文字」、「描寫自然和描寫情緒的才能」等幾個方面，這幾乎可以拿來概括現代抒情寫意小

[24] 方錫德，《中國現代小說與文學傳統》（北京：北京大學出版社，1992），頁221。

[25] 方錫德，《中國現代小說與文學傳統》（北京：北京大學出版社，1992），頁214。

[26] 方錫德，《中國現代小說與文學傳統》（北京：北京大學出版社，1992），頁219。

說的一般特點[27]。這些說法似乎也驗證了普實克的一個觀點，即他認為新文學和中國古典傳統之間密切相關，其中就有「士大夫文學的抒情性的一面，尤其是古典詩歌所表現的抒情性，同樣不失為一份不朽的遺產，五四作家就是從這份遺產中陶冶了他們的文學靈感」[28]。普實克甚至認為，在抒情作品領域，五四時期文學所表現的某種傾向同兩次世界大戰期間產生的現代抒情風格極其相似。他進一步論述說，如果不考慮對中國古代詩歌抒情性的繼承性，魯迅的散文詩體現了同象徵主義詩人波德賴爾（Charles Pierre Baudelaire）的驚人相似，這種情況絕非偶然（雖然魯迅也許沒有細讀過波德賴爾的作品）[29]。從這樣的一個大的氛圍來看沈從文的小說，就不難理解他的小說中為什麼會有如此濃郁的、詩意的抒情色彩了。

沈從文既然如此來描繪「詩意的」風景，那麼在這風景中出現的人在某種程度上也被「詩意化」了，這樣兩者才相得益彰。在《邊城》中沈這樣來寫一個「自然之子」，在她身上似乎有一種近於完美的天性：

> 翠翠在風日裏長養著，故把皮膚變得黑黑的，觸目為青山綠水，故眸子清明如水晶。自然既長養她且教育她，為人天真活潑，處處儼然如一隻小獸物。人又那麼乖，如山頭黃麂一樣，從不想到殘忍事情，從不發愁，從不動氣。平

---

[27] 方錫德，《中國現代小說與文學傳統》（北京：北京大學出版社，1992），頁223。

[28] 普實克，《普實克中國現代文學論文集》（長沙：湖南文藝出版社，1987），李燕喬等譯，〈前言〉頁2。

[29] 普實克，《普實克中國現代文學論文集》（長沙：湖南文藝出版社，1987），李燕喬等譯，〈前言〉頁5。

> 時在渡船上遇陌生人對她有所注意時，便把光光的眼睛瞅著那陌生人，作成隨時都可舉步逃入深山的神氣，但明白了面前的人無機心後，就又從從容容的在水邊玩耍了。[30]

這裏的翠翠儼然是一個與自然融為一體的女兒，而且沈對她的描繪也多用自然界中的風、水晶、小獸、黃麂等來作比擬[31]，給人的感覺是她完全是靠「天性」的本能在成長，而且這「天性」又是善良的，「從不想到殘忍事情，從不發愁，從不動氣」。就連那個老船夫，儺送在誇他時也這樣說：「地方不出壞人出好人，如伯伯那麼樣子，人雖老了，還硬朗得同棵楠木樹一樣，穩穩當當的活到這塊地面，又正經，又大方，難得的咧。」[32]寫順順「為人既明事明理，正直和平，又不愛財」，寫他的兩個兒子「到如今，他的兒子大的已十六歲，小的已十四歲。兩個年輕人皆結實如小公牛，能駕船，能泅水，能走長路。凡從小鄉城裏出身的年輕人所能夠作的事，他們無一不作，作去無一不精。年紀較長的，性情如他們爸爸一樣，豪放豁達，不拘常套小節。年幼的則氣質近於那個白臉黑髮的母親，不愛說話，眼眉卻秀拔出群，一望即知其為人聰明而又富於感情」[33]。

---

[30]《邊城》（太原：北嶽文藝出版社，2002），頁13。

[31]這一點似乎也是中國文學的一個傳統，比如唐代李賀在《蘇小小》中以「幽蘭露，如啼眼」、「風為裳，水為佩」來寫一個妙齡女子。也有反其道而行之的，以女子來寫山水，比如明朝張岱這樣來「鑑賞」山水：「湘湖為處女，眠娗羞澀，猶及見其未嫁之時。而鑑湖為名門閨淑，可欽而不可狎。而西湖則為曲中名妓，聲色俱麗，然倚門獻笑，人人能得而媟褻之。」參見：《陶庵夢憶》（北京：作家出版社，1995）。當然這其中有明顯的男性「看」女性的目光，帶著男權社會的「權力」色彩。

[32]《邊城》（太原：北嶽文藝出版社，2002），頁62。

[33]《邊城》（太原：北嶽文藝出版社，2002），頁26。

在沈的筆下，這樣近乎「完美」的人物才配得上如此優美的風景，儘管這樣的人物有時會「失真」，可信度讓人懷疑[34]，但這已不是沈從文所要考慮的。沈對他筆下的人、事自有一番良苦用心。沈從文一直自稱「鄉下人」，按夏志清的一個說法，「無非是要我們注意一下他心智活動中一個永不枯朽的泉源。這就是他從小在內地就與之為伍的農夫、士兵、船夫和小生意人。他對這些身價卑微的人，一直忠心不二」[35]。很顯然這是出於一種道義上的取捨，更重要的這也是出自沈從文在他的作品中表達的「一種堅強的信念，那就是，除非我們保持著一些對人生的虔誠態度和信念，否則中國人——或推而廣之，全人類——都會逐漸的變得野蠻起來。因此，沈從文的『田園氣息』，從道德意識上來講，其對現代人處境關注之情，是與華滋華斯、葉芝（William Butler Yeats）和福克納（William Faulkner）等西方作家一樣迫切的」[36]。夏志清對沈的作品中「田園氣息」的評價與羅

[34]夏志清在批評沈的小說《龍朱》時說：「在描寫苗族青年戀人的歡樂與死亡時，沈從文就讓自己完全耽溺於一個理想的境界。結果是，寫出來的東西與現實幾乎毫無關係。我們即使從文字中也可看出他這種過於迷戀『牧歌境界』與對事實不負責任的態度。」因為沈這樣寫龍朱：「郎家苗人中出美男子，彷彿是那地方的父母全曾參與過雕塑阿波羅神的工作，因此把美的模型留給兒子了。族長龍朱年十七歲，是美男子中的美男子。這個人，美麗強壯如獅子，溫和謙馴如小羊。是人中模型。是權威。是力。是光。種種比譬全是為了他的美。其他德行則與美一樣，得天比平常人都多。」參見：夏志清，《中國現代小說史》（臺北：傳記文學出版社，1985），劉紹銘等譯，頁217。

[35]夏志清，《中國現代小說史》（臺北：傳記文學出版社，1985），劉紹銘等譯，頁211。

[36]夏志清，《中國現代小說史》（臺北：傳記文學出版社，1985），劉紹銘等譯，頁211。夏是學西方文學出身的，他也經常把沈從文與西方文學中的一些大家相提並論，以此來「抬高」沈的文學地位，比如談到小說《蕭蕭》時，夏這樣說：「蕭蕭的身世，使我們想到福克納小說《八月之光》

斯金（John Ruskin）對華滋華斯的評價有相似之處，「羅斯金曾經正確地稱華滋華斯為他那個時期詩壇上的偉大風景畫家。拜倫（George Gordon Byron）一而再地逃避自己的祖國而以一種令人目眩的異國色彩描繪希臘和東方的自然風光；而雪萊（Percy Bysshe Shelley），則像具有他那種脆弱體質的人擺脫死神威脅一樣擺脫了英國的氣候，不倦地讚美義大利的海岸與河川；司各特（Sir Walter Scott）為蘇格蘭大唱頌歌，莫爾無盡無休地宣揚愛爾蘭綠色島國的美；唯有華滋華斯，作為純粹的英格蘭人，獨自矗立在故鄉的土地上，像一株根深葉茂、綠蔭如蓋的老橡樹。他的宏偉抱負就是做一個真正的英國寫景詩人」[37]。

在很大程度上，沈從文也是一個「風景畫家」和「寫景詩人」，他的小說中的一些場景讓人過目難忘，有時會有一種震撼人心的力量，他在「風景」中寄寓的悲憫、慨歎也同樣深切。在小說《巧秀和冬生》（1948）中，沈寫到巧秀的媽二十三歲即守寡，後來和一個打虎匠相好，卻被捉住，要照老規矩沉潭，在這時候，「在紛亂下族中人道德感和虐待狂已混淆不可分。其他女的都站得遠遠的，又怕又難受，無可奈何，只輕輕地喊著『天』，卻無從作其他抗議。一些年輕族中人，即在祠堂外把那小寡婦上下衣服剝個淨光，兩手縛定，背上負了面小磨石，並用

（*Light in August,* 1932）裏的莉娜‧格洛芙來。兩人同是給幫工誘姦了的農村女，可是兩人人格之完整，卻絲毫未受損害。由此看來，沈從文與福克納對人性這方面的純真，感到相同的興趣（並且常以社會上各種荒謬的或殘忍的道德標準來考驗它），不會是一件偶然的事。他們兩人都認為，對土地和對小人物的忠誠，是一切更大更難達致的美德，如慈悲心、豪情和勇氣等的基礎。」參見《中國現代小說史》，頁220。

[37] 勃蘭兌斯，《十九世紀文學主流》第四分冊（北京：人民文學出版社，1997），徐式谷、江楓、張自謀譯，頁71。

藤葛緊緊把磨石扣在頸脖上。大家圍住小寡婦，一面無恥放肆的欣賞那個光鮮鮮的年輕肉體，一面帶狠狠地罵女人無恥」[38]。這種虐待狂式的殘暴讓人怵目驚心，更可怕的是打著「道德」的幌子[39]。彷彿是命運在捉弄人，多年之後，巧秀也似乎處在了與她母親同樣的境地，她逃走了，但能否逃得脫呢？這個疑惑令人揪心，敘事人在小說結尾說：

> 我彷彿看到那只向長潭中槳去的小船，彷彿即穩坐在那只小船一頭。彷彿有人下了水，隨後船已掉了頭。……水天平靜，甚麼都完事了。一切東西都不怎麼堅牢，只有一樣東西能真實的永遠存在，即從那個對生命充滿了熱愛，卻被社會帶走了愛的二十三歲小寡婦一雙明亮、溫柔、饒恕了一切的眼睛中看出去，所看到的那一片溫柔沉靜的黃昏暮色，以及在暮色倏忽中，兩個船槳攪碎水中的雲影星光。巧秀已經逃走半個月，巧秀的媽頸懸石磨沉在溪口長潭中已十六年。[40]

雖然巧秀媽最後的眼神是敘事人想像中的，但這一幕還是讓人扼腕歎息的，特別是從這一雙「明亮、溫柔、饒恕了一切的眼睛中看出去，所看到的那一片溫柔沉靜的黃昏暮色，以及在暮色倏忽中，兩個船槳攪碎水中的雲影星光」。這樣的「風景」裏沒有提及巧秀的媽在死神陰影下的恐懼與絕望，但風景中寄寓的悲

[38]《沈從文選集》第四卷（成都：四川人民出版社，1983），頁387。

[39]當然，如果往更深處追究，敘事人、讀者的眼光和圍觀的人也許都有一種已混淆不可分的道德感和窺視狂。

[40]《沈從文選集》第四卷（成都：四川人民出版社，1983），頁401。

痛、不寒而慄的恐怖氣息是無以復加的，這裏的水面上更多的是漂蕩著一種並不那麼「溫柔」的鬼氣。

第二節　樹

梵谷在1882年間給他弟弟的信中說：「今天我在重畫我在埃頓所畫的素描，因為我在田野中看到剪掉樹梢的柳樹又呈現著同樣沒有樹葉的景象，它使我回想起去年所見到的情形。我有時候長時間地畫一幅風景畫，恰如我渴求一次長途散步來恢復我的精神；我在自然中看到它的面貌與精神的本來面目。一列剪掉樹梢的柳樹，有時看來好像是濟貧所前面排隊等待施捨的人。新生出來的玉米，帶著某種無法形容的純潔與溫柔，它使人激起一種類似睡著的嬰兒的感覺。路旁被人踐踏過的草，看來是那樣的疲乏而骯髒，好像是貧民窟裏的窮人。幾天前，剛下過雨，我看到一片上了霜的捲心菜，凍得發僵地種在地裏，使我想起在清晨看到的、站在咖啡攤子旁邊的一群穿著單薄短褂與圍脖兒的女人。」[41] 在這裏，引人注目的是，人和植物之間的比擬很獨特、新奇，柳樹、玉米、草、捲心菜在梵谷眼裏似乎成了濟貧所前排隊的窮人、睡著的嬰兒或是穿著單薄短褂與圍脖兒的女人形象。這一方面是梵谷作為一個畫家的豐富的想像力所致，另一方面也體現著他對普通人（往往是窮人）的關注和深切同情，梵谷本人一生也是和窮人朝夕相處。更值得注意的是，這種「擬人化的自然」（包括以人擬物、以物擬人兩種方式）不僅僅是在繪畫

[41] 文森特・梵谷，《親愛的提奧》（海口：南海出版公司，2001），平野譯，頁213。

裏，在小說中同樣也是一個普遍的現象（或修辭手段）。借助人與植物之間的種種想像性的「神似」，往往會達到這樣的「美學效果」，即顯現人對「自然」的理解或控制（像梵谷所說的「我在自然中看到它的面貌與精神的本來面目」），「自然」是作為「他者」出現的，「自然」已具有了形而上學的功能，「人」借助它來達到自身的目的（或慾望）。比如川端康成的小說《伊豆的舞女》（伊豆の踊子，1926）中有一段關於一個十四歲的舞女的裸體描寫：「一個裸體女子突然從昏暗的浴場裏首跑了出來，站在更衣處伸展開去的地方，做出一副要向河岸下方跳去的姿勢。她赤條條的一絲不掛，伸展雙臂，喊叫著什麼……潔白的裸體，修長的雙腿，站在那裏宛如一株小梧桐。我看到這幅景象，彷彿有一股清泉蕩滌著我的心。」[42] 在這段描寫中，頗有意味的是，敘事人對這個女孩子裸體的觀看變成了欣賞一株梧桐樹，一瞬間的姿態彷彿有了永恆的意味，「女性」與「自然」成了可以置換的等量之物，而且最終在這裏，男性的窺視慾望竟奇妙地被「淨化」（隱藏）了，彷彿是「一股清泉蕩滌著」敘事人的心。當然，這可能是一個極端的例子，但它很能說明問題，在風景描寫中，這些自然界的植物在小說家筆下雖然形態各異，但細細考察，仍能看出其中的敘事策略（或隱藏的慾望）。有些描寫是帶著明顯的象徵意味的[43]，有些彷彿是「白描」，雖然很樸素，是

[42]《川端康成文集：伊豆的舞女》（北京：中國社會科學出版社，1996），頁84。

[43] 尤金・奧尼爾（Eugene O'Neill）的戲劇《榆樹下的慾望》（*Desire Under the Elms*）一開場有這樣一段描寫：「房舍兩邊各有一株高的榆樹。那彎曲蔓生的樹枝覆蓋著房頂，看上去既像保護房子，又像是抑制著它。這兩株大樹呈現著一種邪惡的母性，一種妒忌的壓服一切的心理狀態。它們和房子裏的人們的生活日益親密相關，有著一種令人震驚的人性。它們黑壓

「按現實的本來面目」來刻畫的，但同樣從這些「形式化的自然」裏可以看清它所包含的「意識形態」內容。

從這一點出發來看沈從文筆下如何處理自然界中的植物，沈對花草樹木的描寫是極盡其能的，無論是在散文還是在小說中，他的抒情筆觸都在這些風景描寫當中得到了淋漓盡致的發揮，也給人留下了難以磨滅的印象。寫於1938年的《長河》中有一節是「楓木坳」，其中寫到十五歲的小女孩夭夭用手抓樹葉的情景：

> 夭夭搶了個笤帚，來掃除大坪子裏五色斑斕的楓木葉子。半個月以來，樹葉子已落掉了一半。只要有一點點微風，總有些離枝的木葉，同紅紫雀兒一般，在高空裏翻飛。太陽光溫和中微帶寒意，景物越發清疏而爽朗，一切光景靜美到不可形容。夭夭一面打掃祠堂前木葉，一面抬頭望半空中飄落的木葉，用手去承接、捕捉。[44]

在這樣一個色彩鮮明（陽光、紅紫雀兒似的翻飛的紅葉）的畫面裏，一個活潑的、童心未泯的小女孩伸著手去「承接、捕捉」飄蕩在空中的落葉，這樣一個形象簡潔、明朗，又詩意盎然，讓人恍惚之間感到，夭夭也彷彿是這樣一片飄來飄去的紅葉。在這裏，自然的生命代謝（落葉）與人的青春生命（十五歲

壓地籠罩著，把房子壓得透不過氣來，就像兩個疲倦不堪的婦女把鬆垂的乳房、雙手和頭髮倚靠在房頂上。下雨的時候，她們的眼淚單調地滴滴流下，在屋頂板上流失。」這裏的榆樹顯然是一種「邪惡的母性」的象徵，這和劇中的女主人公永無滿足的內心的慾望是相通的。

[44]《沈從文選集》第四卷（成都：四川人民出版社，1983），頁568。

的女孩子夭夭）也融為一體[45]，而這種融合一直是沈從文心所神往的。從文體的角度說，沈從文筆下的風景也有獨特的魅力，夏志清認為，「沈從文的文體和他的『田園視景』是整體的，不可劃分的，因為這二者同是一種高度智慧的表現，一種『靜候天機、物我同心』式的創作力之產品。能把一棵樹的獨特形態寫好，能把一個舟子和一個少女樸質無華的語言、忠實的人格和心態歷歷勾劃出來，這種才華，就是寫實的才華。雖然沈從文受了自己道德信念的約束，好像覺得非寫鄉土人情不可，我個人卻認為，最能表現他長處的，倒是他那種憑著特好的記憶，隨意寫出來的景物和事件。他是中國現代文學中最偉大的印象主義者。他能不著痕跡，輕輕的幾筆就把一個景色的神髓，或者是人類微妙的感情脈絡勾劃出來」[46]。

---

[45] 有時這種形式化的自然表現為「人與樹」的神秘交流，比如1935年馮至在談到賈島的兩句詩「獨行潭底影，數息樹邊身」後，他這樣發揮道：「近代歐洲的詩人裏，有好幾個人都不約而同地歌詠古希臘的Narcissus，一個青年在水邊是怎樣顧盼水裏的他自己的反影。中國古人常常提到明心見性，這裏這個獨行人把影子映在明澈的潭水裏，絕不像是對著死板板的鏡子端詳自己的面貌，而是在活潑潑的水中看見自己的心性。至於自己把身體靠在樹幹上，正如蝴蝶落在花上，蝶的生命與花的色香互相融會起來一般，人身和樹身好像不能分開了。我們從我們全身血液的循環會感到樹是怎樣從地下攝取養分，輸送到枝枝葉葉，甚至彷彿輸送到我們的血液裏（里爾克有一篇散文，他寫到在他靠著樹時，樹的精神怎樣傳入他的身體內的體驗）。這不是與自然的化合，而是把自己安排在一個和自然聲息相通的處所。」參見馮至《山水》（石家莊：河北教育出版社，1995），頁19。還有一種更簡捷、有趣的說法，是臧棣的詩《菠菜》中的幾句：「我沖洗菠菜時感到／它們碧綠的質量摸上去／就像是我和植物的孩子」參見：臧棣，《新鮮的荊棘》（北京：新世界出版社，2002），頁7。還可對照穆旦的詩《我叔父的死》中的幾句：「平衡把我變成了一棵樹／它的枝葉緩緩伸向春天／從幽暗的根上升的汁液／在明亮的葉片不斷的迴旋」。

[46] 夏志清，《中國現代小說史》（臺北：傳記文學出版社，1985），劉紹銘等譯，頁226。

最能體現這樣一個「最偉大的印象主義者」的長處的，是沈的巔峰之作《長河》。小說中有一節的標題是「秋——動中有靜」，其中有一段如中國傳統國畫一般「層林盡染」式的鋪張描繪：

> 辰河中部小口岸呂家坪，河下游約有四里一個小土坡上，名叫「楓樹坳」，坳上有個滕姓祠堂。祠堂前後十幾株合抱老楓木樹，葉子已被幾個早上的嚴霜鍍上一片黄，一片紅，一片紫。楓樹下到處是這種彩色斑駁的美麗落葉。祠堂前楓樹下有個擺小攤子的，放了三個大小不一的簸箕，簸箕中零星吃食貨物上也是這種美麗的落葉。祠堂位置在山坳上，地點較高，向對河望去，但見千山草黄，起野火處有白煙如雲。村落中鄉下人為耕牛過冬預備的稻草，傍附樹根堆積，無不如塔如墳。銀杏白楊樹成行高矗，大小葉片在微陽下翻飛，黄綠雜彩相間，如旗纛，如羽葆。又如有所招邀，有所期待。沿河桔子園尤呈奇觀，綠葉濃翠，綿延小河兩岸，綴繫在枝頭的果實，丹朱明黄，繁密如天上星子，遠望但見一片光明，幻異不可形容。河下船埠邊，有從土地上得來的瓜果、薯芋，以及各種農產物，一堆堆放在那裏，等待裝運下船。三五個小孩子，坐在這種龐大堆積物上，相互扭打遊戲。河中裝滿了弄船人歡欣與希望，向辰谿縣、浦市、辰州各個碼頭集中，到地後再把它卸到乾涸河灘上去等待主顧。更遠處有皮鼓銅鑼聲音，説明某一處村中對於這一年來人與自然合作的結果，因為得到滿意的收成，正在野地上舉行謝土的儀式，向神表示感激，並預約「明年照常」的簡單

心願[47]。

這一幅濃墨重彩、色調豐富（祠堂、楓葉的黃紅紫、千山草黃、白煙如雲、銀杏白楊的黃綠葉片、桔子的丹朱明黃、埠邊的農作物、小孩子、河、船等等）的畫面中，給人一種目不暇接的繁複感。很明顯，小說文體的這種鋪張風格是想給人留下一種強烈的印象，也表達著沈對這種人生景象的喜愛之情。在更深處，則是沈從文心底的一種烏托邦式的願望，即沈想在當時愈來愈迫近的一種「新社會秩序的無情變動」中保存下來這一份「永恆」的質樸。這種景象因和「自然」如此貼近（「人與自然合作的結果」），就具有了道德上的優越感。沈從文的作品在這一點上與梵谷的繪畫倒有幾份相通之處，可以對照一下傑姆遜對梵谷繪畫的分析，傑姆遜1985年秋季在北大這樣講道：「梵谷作品中的色彩就是烏托邦式的，比如在一片田野中他經常畫一棵盛開鮮花的樹，顏色絢麗熱烈，另外如對於農村風光的描繪，也很有這種烏托邦色彩，特別是強烈的油畫顏料的質感，更使人感到一種改變世界的急切慾望。我認為這是烏托邦式的，是一種補償，創造出一個完整的屬於感官的烏托邦式新世界。而且這種色彩也象徵著現實世界，那痛苦的農民生活、資本統治下帶來的勞動的零散化、專門化在這種色彩中得到改變。司湯達說過藝術應該是給人們帶來幸福的諾言，藝術應該使人們看到生活的美好前景。梵谷的油畫正是這樣一種藝術，集中表現出對現實、客觀世界的烏托邦式的改造。」[48]沈從文在小說中之所以對富於「強烈的油畫顏

[47]《沈從文選集》第四卷（成都：四川人民出版社，1983），頁441。
[48]傑姆遜，《後現代主義與文化理論》（北京：北京大學出版社，1997），唐小兵譯，頁188。

料的質感」式的風景大加描畫，不也是這樣一種「補償」或「烏托邦式的改造」嗎？

沈從文寫《長河》時對「現代」資本統治下的中國社會的變化已有了深切感受，他在《題記》中說：「民國二十三年的冬天，我因事從北平回湘西，由沅水坐船上行，轉到家鄉鳳凰縣。去鄉已經十八年，一入辰河流域，什麼都不同了。表面上看來，事事物物自然都有了極大進步，試仔細注意注意，便見出在變化中墮落趨勢。最明顯的事，即農村社會所保有那點正直樸素人情美，幾乎快要消失無餘，代替而來的卻是近二十年實際社會培養成功的一種唯實唯利庸俗人生觀。敬鬼神畏天命的迷信固然已經被常識所摧毀，然而做人時的義利取捨是非辨別也隨同泯滅了。『現代』二字已到了湘西，可是具體的東西，不過是點綴都市文明的奢侈品大量輸入，上等紙煙和各樣罐頭，在各階層間作廣泛的消費。抽象的東西，竟只有流行政治中的公文八股和交際世故。大家都彷彿用個謙虛而誠懇的態度來接受一切，來學習一切，能學習能接受的終不外如彼或如此。地方上年事較長的，體力日漸衰竭，情感已近於凝固，自有不可免的保守性。唯其如此，多少尚保留一些治事作人的優美崇高風度。」[49] 更讓沈痛惜的是，人的品德在外來的「現代文明」的侵蝕下逐漸「墮落」，就如同他所說的，「前一代固有的優點，尤其是長輩中婦女，祖母或老姑母行勤儉治生忠厚待人處，以及在素樸自然風景下襯托的簡單信仰蘊蓄了多少抒情詩氣氛，這些東西又如何被外來洋布煤油逐漸破壞，年輕人幾乎全不認識，也毫無希望可以從學習中去認識」[50]。

---

[49] 劉洪濤編，《沈從文批評文集》（珠海：珠海出版社，1998），頁248。
[50] 劉洪濤編，《沈從文批評文集》（珠海：珠海出版社，1998），頁249。

在這兩段話裏，沈認為「現代」是以「上等紙煙、各樣罐頭、洋布煤油」這些現代工業產品為開路先鋒的，傳統農業社會面貌也因這些「奢侈品」的侵入而漸漸改變，「素樸自然風景」中的詩意也就愈來愈稀薄，其中的幸與不幸鄉村人一時還不能分辨清楚。《長河》裏有這樣一個細節，可以看到現代工業機器的強勢支配「權力」，「歷史」也借著這一不可阻擋的力量「強行進入」彷彿千年不變的農業社會：「今年初就傳說辰州府地方，快要成立一個新式油業公司，廠址設在對河，打量用機器榨油，機器熬油，機器裝油，……總而言之一切都用機器。凡是原來油坊的老闆、掌櫃、燒火看鍋子、蒸料包料，以及一切雜項工人和拉石碾子的大黃牯牛，一律取消資格，全用機器來代替。鄉下人無知識，還以為這油業公司一成立，一定是機器黃牛來作事，省城裏派來辦事的人，就整天只在旁邊抱著個膀子看西洋景。」[51] 值得注意的一個詞是「西洋景」，在某種意義上說，正是這樣的現代「西洋景」侵蝕了中國傳統農業社會的「風景」[52]。

---

[51]《沈從文選集》第四卷（成都：四川人民出版社，1983），頁511。

[52]「西洋景」的真實景象也許是這樣開始的：「（威尼斯）在接近1530年的時候，阿雷蒂諾的住宅就坐落在大運河邊上，作為消遣，他觀賞著裝載著水果和堆積如山的甜瓜的船隻，這些船從環礁湖的島嶼開來，駛向被稱為威尼斯『肚子』的新里阿托和舊里阿托連體廣場。那裏是一切交易、一切大小生意的活躍中心。在離連體廣場吵吵嚷嚷的貨攤不遠的地方，就是當時大批發商的『洛貫』。這座1455年落成的建築可被視為今日的交易所。每天上午，大批發商們在那裏密談生意：海事保險和運費，購買，出售，相互之間或者與外國商人簽合同。離此不遠的是錢莊，在狹窄的店內，莊主們正準備通過轉帳的方式立即交易結清呢！也是在這附近，菜市和魚市今天仍然存在。更遠一點，是加誇里尼老區的一些肉店，與之為鄰的、毀於19世紀末的聖—馬泰奧是肉店老闆們的教堂。」參見：費爾南・布羅代爾（Fernand Braudel），《資本主義的動力》（*La Dynamique du Capitalisme,* 1976）（北京：三聯書店、牛津大學出版社，1997），楊起譯，頁15。

正是由於對「現實」這樣的認識，沈想憑一己之力，在《長河》中一方面對故鄉風景大加渲染，另一方面對以「新生活運動」為代表的「現代文明」大加嘲諷，這兩者是相輔相成的。夏志清如此評價：「《長河》是沈從文較長作品中最佳的一本，因為這是他才華的集中表現。在這本不同凡響的書裏，他綜合了田園風味、喜趣，和社會批判。儘管這是他計畫中三部曲中的第一部——在目前的情形下，三部曲當然絕不可能寫成了——不過《長河》仍然可以當作一本完整的小說來看，因為各章敘述建構在一個固定的主題上：永恆和流變。作者描寫的景物和儀式，同他所講的一連串小故事一樣，都是構成小說動作的主要部分。辰河兩岸的橘園在秋收時的美麗，採橘子季節喧鬧的儀式，以及農村謝神感恩時的歡欣鼓舞，作者均能同樣以真摯的筆觸描繪下來，不亞於他對主角之間天真直率，不可磨滅的人性抒寫。這些主角人物包括種橘子的果園主人滕長順，他活潑逗趣的十五歲女兒夭夭，還有他的好朋友老水手。永恆的景色、人物和悠久不變的習俗，正在和朝向一個殘酷的新社會秩序的無情變動相抗爭。」[53]由此來看沈筆下的風景，在他滿懷深情的筆調裏其實包含著很多的辛酸和無奈。比如他在《長河》第一卷快要結尾時，如此細緻耐心地描繪農村人看完社戲後回家的情景：

> 收鑼時已天近黃昏，天上一片霞，照得人特別好看。自作風流的船家子，保安隊兵士，都裝作有意無心，各在渡船口岔路邊逗留不前，等待看看那些穿花圍裙扛板凳回家的

[53]夏志清，《中國現代小說史》（台北：傳記文學出版社，1985），劉紹銘等譯，頁370。

> 年輕婦女。一切人影子都在地平線上被斜陽拉得長長的，臉龐被夕照炙得紅紅的。到處是笑語嘈雜，為前一時戲文中的打趣處引起調謔和爭論。過呂家坪去的渡頭，尤其熱鬧，人多齊集在那裏候船過渡，雖臨時加了兩隻船，還不夠用。方頭平底大渡船，裝滿了從戲場回家的人，慢慢在平靜的河水中移動，兩岸小山都成一片紫色，天上雲影也逐漸在由黃而變紅，由紅而變紫。太空無雲處但見一片深青，秋天來特有的澄清。在淡青色天末，一顆長庚星白金似的放著煜煜光亮，慢慢地向上升起。遠山野燒，因逼近薄暮，背景既轉成深藍色，已由一片白煙變成點點紅火。……一切光景無不神奇而動人。[54]

在這裏，沈從文像一個畫家一樣一筆一筆地勾勒、一筆一筆地染色，描畫著人與天上雲霞、水光、山色、星光相互映照的美景，無疑這是動人心魂的，但沈從文更明白這一切光景在某種程度上只是他筆下的產物罷了，「現實」中已是一片「墮落」景象了，因此他的每一筆觸背後其實也深藏歎息。他想把這一切光景用筆保存下來，但這在當時也不為人理解[55]，而且《長河》也只完成了這一卷，沈原先的計畫（寫三部曲）也無從實現了。這「社戲」的最後一幕美景無意之中竟成了沈從文在三十年代寫的最後的「輓歌」。

---

[54]《沈從文別集》之《長河集》（長沙：嶽麓書社，1992），頁250。

[55]對「左派」批評家和讀者的指責（說他只是一個以娛樂別人為目標的「文體家」），沈從文答辯道：「你們能欣賞我故事的清新，照例那作品背後蘊藏的熱情卻忽略了；你們能欣賞我文字的樸實，照例那作品背後隱伏的悲痛也忽略了。」參見：夏志清，《中國現代小說史》（臺北：傳記文學出版社，1985），劉紹銘等譯，頁224。

第三節　小結

對比一下魯迅和沈從文，可以看到現代鄉村小說中風景描寫的兩種面貌。在某種程度上，沈從文其實繼承的是「五四」新文學的「啟蒙」傳統，只不過與魯迅採取的方式不同，魯迅為醫治國民性的劣根性，以批判的方式來「揭示」現實的灰暗，而沈從文選擇的路向是以文學來參與「國民道德的重鑄」，因此他極力描寫湘西的風景之美、人情之美。沈從文的這種想法與席勒（Friedrich von Schiller）當年的「審美教育」的思想有相通之處。席勒認為：「人類在童年時代是與自然一體的。近代社會情況使人類與自然分裂對立，失去了童年。自然之所以引起我們的喜愛，一方面是由於它表現我們失去的童年，失去的那種純潔天真的自然狀態，那種『完整性』和『無限的潛能』，因此喜愛之中不免夾雜『傷感』；另一方面也是由於它表現我們的理想，即通過『文化教養』（審美教育），又回到自然，恢復已經遭到近代文化割裂和摧殘的人性的完整和自由，因此喜愛之中帶有『一種崇高的情緒』。」[56] 沈從文在《長河》題記中也說過，由於「現代」兩字到了湘西，「農村社會所保有那點正直樸素人情美，幾乎快要消失無餘，代替而來的卻是近二十年實際社會培養成功的一種唯實唯利庸俗人生觀」[57]。沈從文於是希望搭建供奉「人性」的希臘小廟，以此來「淨化」那種庸俗人生觀。對這一點，有研究者認為：「中國現代抒情寫意小說推舉優雅崇高，放逐粗

---

[56] 朱光潛，《西方美學史》（北京：人民文學出版社，1981），頁460。
[57] 劉洪濤編，《沈從文批評文集》（珠海：珠海出版社，1998），頁249。

俗醜怪，則通向了古代詩歌追求意境的那種古典主義美學傾向。在我國古代抒情文學傳統中，詩人們歷來喜歡借美人香草、清風朗月、松鶴梅竹、綠水青山、大漠孤煙……這些優美崇高的對象來抒發感興、寄託情思、創造詩境畫境的。現代有些抒情小說家承繼了這一傳統，認為詩情的抒發和畫境的創造都容不得醜惡來破壞，所以人物必須是美的，情感必須是善的，山水自然也必須是秀麗的，否則就不能產生崇高感和愉悅感。沈從文說：『不管是故事還是人生，一切都應當美一點！醜的東西雖不全是罪惡，總不能使人愉快，也無從令人由痛苦見出生命的莊嚴，產生那個高尚情操。』」[58]

可以看出，這種「詩情的抒發」是一種烏托邦式的願望，沈從文的作品中也總有這種基調，也是在這種基調下，他筆下的風景也是「優美動人的」，風景中的人物也是美的。因此，湘西在別人眼裏也許是「蠻夷之地」，但在沈的眼裏卻儼然是一種「世外桃園」。這種對「美」的意境的追求也影響到後來的汪曾祺、孫犁等人。不過到了九十年代的王小波的筆下的「湘西風景」，卻是了另一種景象。王小波在《萬壽寺》（1997）中寫道：

> 盛夏時節，在湘西的紅土丘陵上，是一片蕭條景象；草木凋零，不是因為秋風的摧殘，卻是因為酷暑。此時山坡上的野草是一片黄草，就連水邊的野芋頭的三片葉子，都分向三個方向倒下來；空氣好像熱水迎面澆來。山坡上還刮著乾熱的風。把一隻殺好去毛的雞皮上塗上鹽，用竹桿挑

[58]方錫德，《中國現代小說與文學傳統》（北京：北京大學出版社，1992），頁269。

> 到風裏吹上半天，晚上再在牛糞火裏烤烤，就可以吃了。這種雞有一種臭烘烘的香氣。除了風，吃腐肉的鳥也在天上飛，因為死屍的臭味在酷熱中上升，在高空可以聞到。除了鳥，還有吃大糞的蜣螂，它們一改常態，嗡嗡地飛了起來，在山坡上尋找臭味。除了蜣螂，還有薛嵩，他手持鐵槍，出來挑柴禾。其他的生靈都躲在樹林裏納涼。遠遠看去，被烤熱的空氣在翻騰，好像一鍋透明的粥，這片山坡就在粥裏煮著——這故事開始時就是這樣。[59]

在王小波帶有戲謔色彩的描述中，「湘西」風景不再是「秀麗」的，而有一種令人窒息的酷熱、壓抑感。由此來對照沈從文筆下的美麗風景，會更加明白沈對故鄉風俗人情的拳拳之心，他賦予人物以美德，翠翠、老船夫、三三、夭夭、老水手等人物身上寄託著他認可的「人性」，而這些人物生活其中的「風景」也彷彿具有美德，他從一切自然景物上，「也無一不感覺到生命的莊嚴」[60]。可以說，沈從文筆下的人物與風景達到了一種「天人合一」的和諧境界，但是有時候他也會對這種「與自然合一」的生存有一些隱隱的擔憂，他在《箱子岩》（1934）一文中對「正直善良的鄉下人」的生活作過一番描述後，這樣寫道：「聽他們談了許久，我心中有點憂鬱起來了。這些不辜負自然的人，與此同時與自然妥協，對歷史毫無擔負，活在這無人知道的地方。另外尚有一批人，與自然毫不妥協，想出種種辦法來支配自然，違反自然的習慣，同樣也那麼盡寒暑交替，看日月升降，然而後者

[59] 王小波，《青銅時代》（廣州：花城出版社，1997），頁11。
[60] 劉洪濤編，《沈從文批評文集》（珠海：珠海出版社，1998），頁303。

卻在慢慢改變歷史，創造歷史。一份新的日月，行將消滅舊的一切。我們用甚麼方法，就可以使這些人心中感覺一種對『明天』的『惶恐』，且放棄過去對自然和平的態度，重新來一股勁兒，用划龍船的精神活下去？」[61] 這樣來看，沈一方面描畫著優美的人物與風景，另一方面也希望他們能有所改變，因此他在《箱子岩》的結尾舉了一個例子：「二十年前澧州鎮守使王正雅部隊一個平常馬夫，姓賀名龍，兵亂時，一菜刀切下了一個散兵的頭顱，二十年後就得驚動三省集中十萬軍隊來解決這馬夫。誰個人會注意這小小節目，誰個人想像得到人類歷史是用甚麼寫成的！」[62] 讓人驚訝的是，這樣一個充滿暴力色彩的場面卻是沈從文想要從中汲取「力量」以「改變歷史」的，這對以「牧歌體」著稱的沈從文來說，似乎是極不和諧的，但這可以看作是有著「烏托邦式」理想的人的一種烏托邦式的衝動，沈從文自然不會拿起菜刀去實踐，他手中有的只是一支筆，這支筆在寫完《長河》以後，也漸漸失去了「樸素之美」，開始「向虛空凝眸」，轉到象徵意味更強、也更隱晦的「實驗」上去了，比如寫於1940到1943年間的《看虹錄》、《摘星錄》與《新摘星錄》等，在這些作品中，《邊城》那樣的清麗景色也難得一見了。沈從文在這一點上和廢名有些類似，後者也是從前期的樸素轉到後來的「晦澀」上去。這也許是描寫「風景之美」的作家的一個共同道路，或者說這樣描寫風景的路子總歸有個盡頭，他在寫了「風景之美」後就得尋求突破了，除非他願意不斷地重複自己。

---

[61]《沈從文別集》之《湘行集》（長沙：嶽麓書社，1992），頁228。
[62]《沈從文別集》之《湘行集》（長沙：嶽麓書社，1992），頁231。

第三章　呼蘭河畔的「後花園」

1934年10月沈從文「牧歌體」的《邊城》由上海生活書店出了第一版的單行本，而這一年的9月9日，一位來自東北呼蘭縣的年輕女性寫完了一部小說，同沈一樣，她寫的是故鄉的風土人情，但小說中卻很難看到那種「牧歌體」的色彩，相反卻充滿了某種慘痛的、沉鬱的悲劇氣氛（有些細節描寫讓人怵目驚心），這部小說就是當年二十三歲的蕭紅的成名作《生死場》。

蕭紅一生歷經磨難，又英年早逝，來不及充分發揮她卓越的寫作天賦，常讓後人痛惜不已，甚至有的研究者也會不由自主地陷入一種痛苦中去[1]。在蕭紅的記憶裏，她幼年彷彿是處在兩個

---

[1] 美國學者葛浩文（Howard Goldblatt）說1972年他寫有關蕭紅的文章時，「有好幾個月時間，蕭紅的一生不斷回繞在我腦海中。寫到這位悲劇人物的後期時，我發現我自己越來越不安，蕭紅所受的痛苦在我感覺上也越來越真實，我寫到她從一家醫院轉到香港臨時紅十字會醫院，我只需寫下最後一行，便可加上簡短的附錄和我的結論。但是我寫不下去——那一刻，我已在不知不覺中拋開了過去我所接受的以客觀、理智態度從事學術研究的訓練，不知怎的，我竟然覺得如果我不寫這最後一行，蕭紅就可以不死。難過了一陣，我放下筆，走出辦公室，以散步來平復激動的心情。一小時後，我回到辦公室，很快寫下那『不幸』的一行：一九四二年一月二十二日十一點，蕭紅終以喉瘤炎、肺病及虛弱等症逝世」。參見：葛浩文，《蕭紅評傳》（哈爾濱：北方文藝出版社，1985），中文版〈序〉頁1。這種學者在理性與感情之間的衝突還見於張汝倫的文章《良知先於理論》，張汝倫討論了自命為「後現代主義的資產階級自由主義者」的美國學者羅蒂如何「對資本和權力提出沉痛而堅決的抗議」。參見：《讀書》雜誌2002年10期。

世界裏，一個是冷冰冰的父親代表的世界，1936年她這樣寫道：「父親常常為著貪婪而失掉了人性。他對待僕人，對待自己的兒女，以及對待我的祖父都是同樣的吝嗇而疏遠，甚至於無情。」另一個世界則是溫暖的、由祖父給她搭建起來的庇護所：「所以每每在大雪中的黃昏裏，轉著暖爐，圍著祖父，聽著祖父讀著詩篇，看著祖父讀著詩篇時微紅的嘴唇。父親打了我的時候，我就在祖父的房裏，一直面向著窗子，從黃昏到深夜——窗外的白雪，好像白棉花一樣飄著；而暖爐上水壺的蓋子，則像伴奏的樂器似的振動著。」[2] 在蕭紅以後的經歷中，她常常體驗著世界的「冰冷和憎惡」，也感受著人生的「溫暖和愛」。這兩個對立、衝突的世界也成了蕭紅看待世界、人生時的一種方式，或者說是形成她心理特徵的重要因素，在某種程度上，「蕭紅的幼年似乎並未隨著她的成人而黯淡或退隱。相反，她成年至臨終的生命故事似乎是對幼年的某種重演：她與友人、與愛人的關係最終給她帶來的無非是溫暖和冰冷二項對立的變型或延續：被愛、被珍視，抑或，被憎惡、被無視、被拋棄。她似乎沒機會也沒有力量在現實中超越這一與生俱來的框限，儘管在藝術世界恰巧相反」[3]。

按駱賓基在《蕭紅小傳》（1946）中的描述，蕭紅在當時的哈爾濱東省特別區區立第一女中上學時受繪畫老師高仰山的影響愛上了繪畫，她還和同班的三個女生一起成立了野外寫生畫會，同時她又讀了一些「新小說」，包括《吶喊》和《追求》等等[4]。

---

[2] 蕭紅，〈永久的憧憬和追求〉，《蕭紅文集：散文詩歌及其他》（合肥：安徽文藝出版社1997），頁187-188。

[3] 孟悅、戴錦華，《浮出歷史地表》（臺北：時報文化出版有限公司，1993），頁245。

[4] 駱賓基，《蕭紅小傳》（哈爾濱：北方文藝出版社，1987），頁20。

這個短暫的求學時期也是蕭紅內心世界不斷充實發展的時期，也是相對「溫暖」的時期，世界彷彿也給她打開了一扇窗子，藝術世界（特別是繪畫）在某種意義上是蕭紅的另一個「後花園」，她在這樣一個想像的世界裏感受到了童年和祖父在後花園裏與自然相處時的那份快樂和自由。在祖父死後，蕭紅失去了現實中唯一可靠的蔭護，藝術世界就更成了她內心世界一種強大的支撐力量。接著，她又經歷了逼婚逃婚、初戀受挫、受騙懷孕直至陷於哈爾濱市東興順旅館欠債累累而面臨被賣的絕境，直到蕭軍出手相救才得以逃脫。蕭軍描述的在旅館頂樓上第一次見到蕭紅的場面「幾乎是一幅高度凝聚了的象徵：在現實中，她被囚禁在封閉的陋室，舉目無親，遭受著懷孕和饑餓的痛苦，而在精神上，她仍擁有一個自由超然的國度，她作畫、素描、書法並渴望著讀書。在溫暖無害的藝術想像世界，蕭紅怡然自處，任意馳騁，而在冰冷的、充滿敵意的現實中，她又顯得那樣隱忍被動，任人囚禁，任人虐待。這樣一個少女時代過後，蕭紅似乎不得不以兩種方式、兩重自我生存於這兩重對峙的世界——想像與現實當中」[5]。就在這兩重世界的擠壓下，蕭紅內心的痛苦是常人難以想像的，但從另一個角度講，正是現實中的不幸成了蕭紅藝術世界的「財富」，雖然這裏面是有一些「自虐」的味道，甚至有的研究者認為蕭紅心理中有某種受虐傾向：「我們從她那受盡折磨的一生中可以看出，她好像有種被虐待狂似的，把她自己的過人才智和平靜心田去供那些男人所利用，去為他們做那些下賤和勞動的瑣事，如抄寫東西，做做情婦以及管管家等。蕭紅自認為她

[5] 孟悅、戴錦華，《浮出歷史地表》（臺北：時報文化出版有限公司，1993），頁247。

是娘娘廟中的娘娘，她那敦厚的秉性，使她成了那些討厭而不誠實的男人們欺侮的對象。」[6]從蕭紅的作品來看，「蕭紅在本質上是個自傳體和善於描寫她私人經驗的作家。她個人自身與作品的關係越疏，則該作品失敗的成分就越大。反之亦然」[7]。因此，在考察蕭紅的小說時，她個人生命體驗中的這種「創傷／補償」的心理需求是應當給予充分考慮的。蕭紅小說中的風景描寫在某種程度上也體現著她的傷痛經驗以及給她心靈帶來慰藉的心理補償。

第一節　樹

魯迅在給《生死場》所作的序言（1935年11月14日）中認為，蕭紅的「敘事和寫景，勝於人物的描寫，然而北方人民的對於生的堅強，對於死的掙扎，卻往往已力透紙背；女性作者的細緻的觀察和越軌的筆致，又增加了不少明麗和新鮮」[8]。胡風在《讀後記》（1935年11月22日）中一方面稱讚蕭紅描寫農村景色的天才，認為某些篇章可與蘇聯作家蕭洛霍夫（M.A. Sholokhov）的《被開墾了的處女地》（*Podnyataya tselina,* 1932）相媲美，但「這裏的農民的命運是不能夠和走向地上樂園的蘇聯的農民相比的：蟻子似地生活著，糊糊塗塗地生殖，亂七八糟地死亡，用自己的血汗自己的生命肥沃了大地，種出食糧，養出畜類，勤勤苦苦地蠕動在自然的暴君和兩隻腳的暴君的威力下面」[9]。接著胡

[6] 葛浩文，《蕭紅評傳》（哈爾濱：北方文藝出版社，1985），頁178。
[7] 葛浩文，《蕭紅評傳》（哈爾濱：北方文藝出版社，1985），頁170。
[8] 《蕭紅文集》第一卷（合肥：安徽文藝出版社，1996），頁221。
[9] 《蕭紅文集》第一卷（合肥：安徽文藝出版社，1996），頁324。

風按他一貫看重的「戰鬥精神」來評價《生死場》：「使人興奮的是，這本不但寫出了愚夫愚婦的悲歡苦惱而且寫出了藍空下的血跡模糊的大地和流在那模糊的血土上的鐵一樣重的戰鬥意志的書，卻是出自於一個青年女性的手。在這裏我們看到了女性的纖細的感覺也看到了非女性的雄邁的胸境。」然後胡風就「非女性的雄邁的胸境」舉了兩個例子，分別是：

> 1）山上的雪被風吹著像要埋蔽這傍山的小房似的。大樹號叫。風雪向小房遮蒙下來。一株山邊斜歪的大樹，倒折下來。寒月怕被這一切聲音撲碎似的，退縮到天邊去了！這時候隔壁透出來的聲音，更哀愁。
>
> 2）（趙三流淚地喊著死了也要把中國旗插在墳頂以後）濃重不可分解的悲酸，使樹葉垂頭。趙三在紅蠟燭前用力鼓了桌子兩下。人們一起哭向蒼天了！人們一起向蒼天哭泣。大群的人起著號啕！

胡風認為這樣的描寫就是一種「非女性的雄邁的胸境」：「這是用鋼戟向晴空一揮似的筆觸，發著顫響，飄著光帶，在女性作家裏面不能不說是創見了。」[10]但是在仔細閱讀《生死場》後，筆者並沒有感受到這種「雄邁」的風格，反而是一種混雜著創傷、眼淚、無奈、絕望等多重感情的，而且正是因為包含的情感體驗過於龐雜，蕭紅在處理時顯得不能把握得當，語言有一種似乎很「粗糙」的感覺[11]，但這也正是創作者內心世界難以言表

[10]《蕭紅文集》第一卷（合肥：安徽文藝出版社，1996），頁326。

[11]這也可能就是如胡風所說的一個弱點，即「語法句法太特別了，有的是由於作者所要表現的新鮮的意境，有的是由於被採用的方言，但多數卻只是

的表徵。在胡風舉的第一個例子當中，其實是有「上下文」的，但胡風在舉例時略去了，在這裏上下文恰恰是很重要的。這一段關於雪景的描寫出現在第四節「荒山」中，這一節寫到月英是打魚村最美麗的女人，「她是如此溫和，從不聽她高聲笑過，或是高聲吵嚷。生就的一對多情的眼睛，每個人接觸她的眼光，好比落到綿絨中那樣愉快和溫暖」，但是她得了病癱在床上後，丈夫卻連水也不給她喝，上面一段描寫中「隔壁透出來的聲音」就是月英的呻吟：「你……你給我一點水吧！我渴死了！」[12] 這樣來看，這一節描寫與其說是「雄邁」的，不如說是「淒慘」的，這裏完全是一個被壓抑的世界，風雪對小房的「埋蔽」，樹的倒折，寒月的退縮，都表徵著一種摧殘的暴力。從女性的角度來看，這種暴力不僅是自然界的，更多的是男權社會中常見的種種對女性的壓制力量，因此才會有後邊的月英的呻吟聲。在接下來的描寫中，王婆和五姑姑去看癱在床上的月英，月英已經慘得不成人形，這裏更體現著一種怵目驚心的傷痛（肉體的腐蝕與精神的絕望）。這裏的細節描寫可能是《生死場》中最讓人顫慄的文字，也是中國現代小說中寫女性創傷的最讓人不堪想像、不能忘卻的文字。

胡風對第二個例子的解釋是和當時的形勢有關，《生死場》一直也被人們當作是「抗戰小說」（與蕭軍的《八月的鄉村》一起被認為是當時最受歡迎的作品），它也起到了一種喚起大眾「抗戰決心」的效果。從社會影響力來看，這種觀點是有事實根據的，因為當時小說出版後，甚至很多政治立場不同的評論家也

因為對於修辭的錘煉不夠。」參見：《蕭紅文集》第一卷（合肥：安徽文藝出版社，1996），頁327。

[12]《蕭紅文集》第一卷（合肥：安徽文藝出版社，1996），頁255。

異口同聲地稱讚，被人們引用的次數也很多。但從小說的結構和蕭紅著力描寫的東西來看，這本小說就不僅僅是用「抗戰小說」就能闡釋清楚的。從結構上說，《生死場》一共十七節，但開始寫「抗戰」的故事是在第十一節「年盤轉動了」，而且此後寫到日本人暴行的篇幅也很小，第十四節「到都市裏去」則完全是寫金枝的悲慘遭遇（這裏有蕭紅本人曾在哈爾濱某旅館受難的影子）的。因此把小說當作「抗戰小說」是不大準確的，儘管它有約三分之一的篇幅涉及到抗日的「主題」。但是從結構上來看，顯然蕭紅要著力描寫的在前十節中，給人們留下深刻印象的也是村民們生活中「生、老、病、死」的輪迴，特別是婦女們所經歷的好像是永無止境的難產、衰老、病痛和自殺、意外、瘟疫、謀害、饑餓等等不同形式的死亡。因此，對這本小說的主題，有一個較為樸實的觀點，就是：「作者原意只是想將她個人日常觀察和生活體驗中的素材——她家鄉的農民生活以及他們在生死邊緣掙扎的情況，以生動的筆調寫出。」[13] 胡風所舉的第二個例子中，村民們發誓要抗戰到死的場面是粗線條勾勒的，在某種程度上有「失真」之感[14]，在這個場合「人們一起向著蒼天哭泣」無論如何是有些不可思議的，反倒是胡風的評論中，「用鋼戟向晴空一揮似的筆觸，發著顫響，飄著光帶」這樣的句子能顯出抗戰的「真實」氛圍。這說明胡風是把自己的「意圖」加到小說中去的，而這很可能不是蕭紅的「原意」。

其實從《生死場》各節的標題中，也能看出蕭紅在小說裏對與「傷痛」有關的意象的關注。比如第三節「老馬走進屠

[13] 葛浩文，《蕭紅評傳》（哈爾濱：北方文藝出版社，1985），頁53。

[14] 蕭紅對打仗的事並不熟悉，據說戰場上的事情有許多是蕭軍給她講的。

場」（屠宰場的血腥）、第六節「刑罰的日子」（女人分娩的痛苦）、第七節「罪惡的五月節」（王婆的服毒和小金枝的慘死）、第九節「傳染病」、第十七節「不健全的腿」等。從這一點來看，小說中的風景描寫也大多染上了這種讓人心悸的「傷疤」，在《生死場》中，「風景」不是像沈從文作品中那樣是「優美」、帶著「詩意」的，也不像後來的《呼蘭河傳》中那樣帶著懷舊的深情，這「生死場」中的「風景」是帶著千瘡百孔的「傷疤」。在小說第一節「麥場」一開始，「風景」就是帶著「粗糙」質感的：

> 一隻山羊在大道邊齧嚼榆樹的根端。
>
> 城外一條長長的大道，被榆樹蔭蒙蔽著。走在大道中，像是走進一個動盪遮天的大傘。
>
> 山羊嘴嚼榆樹皮，黏沫從山羊的鬍子流延著。被刮起的這些黏沫，彷彿是胰子的泡沫，又像粗重浮游著的絲條；黏沫掛滿羊腿。榆樹顯然是生了瘡癤，榆樹帶著偌大的疤痕。山羊卻睡在蔭中，白囊一樣的肚皮起起落落。[15]

這樣的描寫中，顯然沒有「美感」（按古典主義者的「美學」眼光來看），呈現出的是山羊嚼著榆樹皮、嘴裏淌著黏沫的「邋遢」景象，而且榆樹帶著「偌大的疤痕」（這與沈從文筆下的樹的「優美」形成鮮明對照）。這一種近於「自然主義」的、不加掩飾的「寫實」風格也構成了這部小說的基調，儘管有些部分並不都是這樣的「粗陋」風格，但總的來說，蕭紅在這部小說

[15]《蕭紅文集》第一卷（合肥：安徽文藝出版社，1996），頁223。

中的描寫有一種不容人迴避的、揭開瘡疤的直接與刺目感，而且蕭紅又是以「女性的眼睛」來看這一切的，就更賦予了小說一種特有的觀察角度和意蘊[16]，筆者認為這才是《生死場》的魅力所在。在小說第二節「菜圃」中也有這樣「粗礪」的風景描寫，這一節寫金枝被成業誘惑後懷孕，對母親也不敢說，心理一直處在壓抑中，惶惶不可終日：

> 中秋節過去，田間變成殘敗的田間；太陽的光線漸漸從高空憂鬱下來，陰濕的氣息在田間到處撩走。南部的高粱完全睡倒下來，接接連連地望去，黃豆秧和揉亂的頭髮一樣蓬蓬在地面，也有的地面完全拔禿似的。
>
> 早晨和晚間都是一樣，田間憔悴起來。只見車子，牛車和馬車車輪，滾滾地載滿高粱的穗頭，和大豆的桿秧。牛們流著口涎愚直地掛下著，發出響動的車子前進。[17]

這樣一種「殘敗」的景象何嘗不是金枝的遭遇呢？大自然在節氣的摧殘下「憔悴」了，與此相應的是金枝從肉體到精神的雙重摧殘，而這樣的「摧殘」在人們眼裏似乎是見慣了，是很「自然」的了。小說第三節「老馬走進屠場」中也有一種原始的血腥的場面，這是王婆在屠宰場看到的景象：

---

[16]有研究者認為：「《生死場》作為一個邊緣女性寫作的邊緣作品出現在我們面前，與那一望而知以理論為主題的作品相比，它是那麼本真、原始、粗礪，它是主導意識形態神話性敘事模式之外的粗野的敘事。這粗野的敘事提供了與主流模式不甚相同的東西。」參見：孟悅、戴錦華，《浮出歷史地表》（臺北：時報文化出版有限公司，1993），頁256。

[17]《蕭紅文集》第一卷（合肥：安徽文藝出版社，1996），頁245。

> 四面板牆釘住無數張毛皮。靠近房檐立了兩條高桿，高杆中央橫著橫樑；馬蹄或是牛蹄折下來用麻繩把兩隻蹄端紮連在一起，做一個叉形掛在上面，一團一團的腸子也攪在上面；腸子因為日久了，乾成黑色不動而僵直的片狀的繩索。並且那些折斷的腿骨，有的從折斷處涔滴著血。
>
> 在南面靠牆的地方也立著高桿，桿頭曬著在蒸氣的腸索。這是說，那個動物是被殺死不久哩！腸子還熱著呀！
>
> 滿院在蒸發腥氣，在這腥味的人間，王婆快要變成一塊鉛了！沉重而沒有感覺了！老馬——棕色的馬，它孤獨地站在板牆下，它借助那張釘好的毛皮在搔癢。此刻它仍是馬，過一會它將也是一張皮了！[18]

在這裏，讀來有些讓人作嘔的場景與王婆的感受混合在一起，也體現出不容人迴避的「本真、粗礪」感，在這裏不僅是王婆對老馬的憐惜，可能更多的是王婆會感受到自己的命運與老馬是相似的，那種無奈的、被屠宰的、作為「犧牲」的感受。老馬在一張釘好的毛皮上搔癢的那一刻分明也是「生」與「死」之間的一線之隔，奇怪的是，這裏竟有一絲戲謔性的嘲諷（活馬在死馬的毛皮上搔癢）。同樣帶著一些反諷語調的是小說第六節「刑罰的日子」的開頭，這一節寫的是婦女們生孩子時所受的折磨，如同「刑罰」一樣，但一開始卻是有一些抒情氣息的鄉村風光：

> 房後的草堆上，溫暖在那裏蒸騰起來了。全個農村跳躍著氾濫的陽光。小風開始蕩漾田禾，夏天又來到人間，

[18]《蕭紅文集》第一卷（合肥：安徽文藝出版社，1996），頁250。

> 葉子上樹了！假使樹會開花，那麼花也上樹了！
>
> 房後草堆上，狗在那裏生產。大狗四肢在顫動，全身抖擻著。經過一個長時間，小狗生出來。
>
> 暖和的季節，全村忙著生產。大豬帶著成群的小豬喳喳地跑過，也有的母豬肚子那樣大，走路時快要接觸著地面，它多數的乳房有什麼在充實起來。[19]

但這抒情式的、似乎帶著歡快心情的田舍風光很快就被村中一個年輕產婦的慘叫聲驚破了，她因為難產在血泊中掙扎，而她的男人竟拿水盆潑向她，「她幾乎一動不敢動，她彷彿是在父權下的孩子一般怕著她的男人」。這樣的折磨讓人不堪忍受：「一點聲音不許她哼叫，受罪的女人，身邊若有洞，她將跳進去！身邊若有毒藥，她將吞下去，她仇視著一切，窗臺要被她踢翻。她願意把自己的腿弄斷，宛如進了蒸籠，全身將被熱力所撕碎一般呀！」[20] 在《生死場》中，對女人分娩的痛苦的描寫是最能表露蕭紅的感情的，因為她作為一個女人曾有過類似的「傷痛」體驗，因此她對那些男人的憎恨也是很突出的，甚至這種憎恨已超出了民族國家的界限，在小說第十四節「到都市裡去」中，寫到金枝被迫在哈爾濱城裏做妓女，回到村子裏聽王婆說到李青山殺日本鬼子的事，這時金枝鼻子作出哼聲：「從前恨男人，現在恨小日本子。」最後她轉到傷心的路上去：「我恨中國人呢，除外我什麼也不恨。」[21] 這樣的一種恨是婦女在男權社會種種壓制下產生的，因為在這樣的「父權」社會裏，婦女是以一種動物性的

---

[19]《蕭紅文集》第一卷（合肥：安徽文藝出版社，1996），頁268。
[20]《蕭紅文集》第一卷（合肥：安徽文藝出版社，1996），頁270。
[21]《蕭紅文集》第一卷（合肥：安徽文藝出版社，1996），頁314。

狀態生存的，「在鄉村，人和動物一起忙著生，忙著死」[22]，和「蚊蟲一樣繁忙著」（小說第八節的標題），而這種繁忙在很大程度上是無意義的、痛苦的，在蕭紅筆下，「女性生育被描寫成一種純粹的肉體苦難。生育，做母親並不帶來她們精神心理的滿足，這份既不是她們所能選擇又不是她們所能拒絕的痛苦是無償的、無謂的、無意義、無目的的。這使我們想起蕭紅的第一篇小說《王阿嫂之死》（1933），其中妊娠與生育也是一場無謂的苦難，甚至是死亡。這更使我們想起蕭紅本人親歷的事件，她的第一個妊娠和生育，那留給醫院作抵押的第一個孩子的出世，不也是這樣一種無償無謂的純肉體的苦難經歷麼？正是這種象喻意義上的、或許與作者女性經驗有關的妊娠和生育成了作者透視整個鄉土生命本質的起點，成了『生』與『死』一系列象喻網路中最基本的象喻」[23]。

在這種讓人麻木的動物性的生存之外，更讓人絕望的是鄉村社會這樣的狀態是輪迴不變的，這在小說第十節中有明顯的揭示，這一節標題是「十年」，篇幅也很短：

> 十年前村中的山，山下的小河，而今依舊似十年前，河水靜靜地在流，山坡隨著季節而更換衣裳；大片的村莊生死輪迴著和十年前一樣。
>
> 屋頂的麻雀仍舊是那樣繁多。太陽也照樣暖和。山下有牧童在唱童謠，那是十年前的舊調：「秋夜長，秋風涼，誰家的孩兒沒有娘，誰家的孩兒沒有娘……月亮滿西窗。」

---

[22]《蕭紅文集》第一卷（合肥：安徽文藝出版社，1996），頁272。

[23]孟悅、戴錦華，《浮出歷史地表》（臺北：時報文化出版有限公司，1993），頁263。

> 什麼都和十年前一樣，王婆也似乎沒有改變，只是平兒長大了！平兒和羅圈腿都是大人了！
>
> 王婆被涼風飛著頭髮，在籬牆外遠聽從山坡傳來的童謠。[24]

鄉村的生死輪迴是與自然界的小山、河水、麻雀一樣，彷彿是亙古不變的，即使孩子們「長大了」，但他們還會走在父輩一樣的老路上。這才是《生死場》中揭示的「歷史秘密」，這一點正是小說最悲觀的一幕，因為在這種輪迴中看不到一點改變的希望。

第二節　後花園

蕭紅寫完《生死場》後，在1935年5月寫成《商市街》，以「悄吟」為筆名發表，1936年8月由文化生活出版社印行，不到一個月就再版。這是一本自傳體的作品，記述了她和蕭軍在哈爾濱時期的一段生活和感受。這雖然是一部非小說的作品，但卻體現著蕭紅小說的某些特徵，即女性的觀察力和類似印象主義的筆法，這和一般的自傳體文本（特別是男性文本）在風格上是很不相同的，書裏著力描寫的是她和蕭軍生活中的小事、對事物的感受、家中的氣氛、過日子的艱辛等，很少去寫生活中的「大事」，這些都在後來的《呼蘭河傳》中得到了更好的發揮。從這些「真實」的描寫中，可以看到當年在困境之中的蕭紅的心路歷程。比如蕭紅親身體驗過饑餓的滋味，因此她寫食物對餓肚子的人來說別有一番感受：「第二天，擠滿麵包的大籃子又等在過

---

[24]《蕭紅文集》第一卷（合肥：安徽文藝出版社，1996），頁288。

道，我始終沒有推開門，門外有別人在買，即使不開門，我也好像嗅到麥香。對麵包我害怕起來，不是我想麵包，怕是麵包要吞了我。」[25]在《餓》一節中寫「我」為了是否要偷鄰人的食物充饑，內心道德與饑餓衝突掙扎，因而變得四肢發軟，虛弱得似乎有了「幻覺」：

> 窗子在牆壁中央，天窗似的，我從視窗升了出去，赤裸裸，完全和日光接近，市街臨在我的腳下，直線的，錯綜著許多角度的樓房，大柱子一般工廠的煙囪，街道橫順交織著。禿光的街樹。白雲在天空中描出各樣的曲線，高空的風吹破我的頭髮，飄蕩我的衣襟。市街像一張繁繁雜雜顏色不清晰的地圖掛在我的眼前。樓頂和樹梢都掛住一層稀薄的白霜，整個城市在陽光下閃閃爍爍像撒了一層銀片。我的衣襟被風拍著作響，我冷了，我孤孤獨獨的好像站在無人的山頂。每家樓頂的白霜，一刻不是銀片了，而是些雪花，冰花或是什麼更嚴寒的東西在吸我，全身浴在冰水裏一般。

這樣的風景描寫中有一種表現主義式的荒誕感，是饑餓中的幻覺，更是一種刻骨銘心的孤獨感。但能表現蕭紅一種悲憫情懷的，是接下來對和她同病相憐的女乞丐的描寫：

> 我披了棉被出現到視窗，那不是全身，僅僅是頭和胸突在視窗。一個女人站在一家藥店門口討錢，手下牽著孩

[25]〈提籃者〉，《蕭紅文集：散文詩歌及其它》（合肥：安徽文藝出版社，1997），頁114。

子，衣襟裹著更小的孩子。藥店沒有人出來理她，過路人也不理她，都像說她有孩子不對，窮就不該有孩子，有也應該餓死。

我只能看到街路的半面，那女人大概向我的窗下走來，因為我聽見那孩子的哭聲很近。

「老爺，太太，可憐可憐……」可是看不見她在追逐誰，雖然是三層樓也聽得這般清楚，她一定是跑得顛顛斷斷地呼喘：「老爺…老爺…可憐吧！」

那女人一定正像我，一定早飯還沒有吃，也許昨晚的也沒有吃。她在樓下急迫的來回的呼聲傳染了我，肚子立刻響起來，腸子不住地呼叫……

朗華（即蕭軍）仍不回來，我拿什麼來餵肚子呢？桌子可以吃嗎？草褥子可以吃嗎？[26]

從這一節描寫中也可看出蕭紅對女性命運的關注（這一句「藥店沒有人出來理她，過路人也不理她，都像說她有孩子不對，窮就不該有孩子，有也應該餓死」，簡直讓人不寒而慄），因為她從自身的經歷中很深切地體會著女性的艱辛。此後她與蕭軍的感情也漸漸有了隔閡，其間她又孑身一人東渡日本，回國後又輾轉武漢、重慶、臨汾、西安等地，直至後來與端木蕻良的感情糾葛，都在她的心理上留下很深的傷害，由此她也更多地思考女性在男權社會中的處境，她對這一切都很不滿，又感受到特別的心酸，有一次她對聶紺弩說，「你知道嗎？我是個女性。女性

[26]〈餓〉，《蕭紅文集：散文詩歌及其它》（合肥：安徽文藝出版社，1997），頁42-43。

的天空是低的，羽翼稀薄的，而身邊的累贅又是笨重的！而且多麼討厭呵，女性有著過多的自我犧牲的精神。這不是勇敢，倒是怯懦，是在長期的無助的犧牲狀態中養成的自甘犧牲的惰性，我知道；可是我還是免不了想：我算什麼呢？屈辱算什麼呢？災難算什麼呢？甚至死算什麼呢？我不明白，我究竟是一個人還是兩個，是這樣想的是我呢，還是那樣想的是。不錯，我要飛，但同時我覺得……我會掉下來」[27]。

1940年1月蕭紅到達香港，這裏是她人生旅程的終點。在這一時期，所有的研究者都認為蕭紅的生活是非常孤寂的，內心充滿驚恐，又重疾纏身，她似乎已到了聽天由命的地步[28]，但讓人驚訝的是，在這種悲涼的境遇中蕭紅卻寫出了《呼蘭河傳》（1940年12月20日完稿）這樣的懷舊作品，這是她自傳體作品的巔峰，彷彿一下子又回到了她在《永久的憧憬和追求》（1936年12月12日）一文中所描繪的動人景象：

> 每每在大雪中的黃昏裏，轉著暖爐，圍著祖父，聽著祖父讀著詩篇，看著祖父讀著詩篇時微紅的嘴唇。父親打了我的時候，我就在祖父的房裏，一直面向著窗子，從黃昏到深夜——窗外的白雪，好像白棉花一樣飄著；而暖爐上水壺的蓋子，則像伴奏的樂器似的振動著。[29]

---

[27] 聶紺弩，〈在西安〉，《蕭紅評傳》（哈爾濱：北方文藝出版社，1985），頁108。

[28] 葛浩文，《蕭紅評傳》（哈爾濱：北方文藝出版社，1985），頁127。

[29] 〈永久的憧憬和追求〉，《蕭紅文集：散文詩歌及其他》（合肥：安徽文藝出版社，1997），頁187-188。

也許從寫作衝動上來說，《呼蘭河傳》是「療傷」之作，就像蕭紅幼年被父親打的時候到祖父那裏尋得「溫暖」和「愛」一樣，在經歷了人生的種種悲痛之後，蕭紅一下子回到了同樣充滿「溫暖」和「愛」的後花園，這樣的回顧似乎成了她心靈的寄託。葛浩文把這部小說與屠格涅夫的《獵人筆記》（*A Hunter's Sketches,* 1852）相提並論：「像屠格涅夫的《獵人記略》，《呼蘭河傳》也是在時空上遠離故事中人物的環境所寫成的。這兩書都是離鄉背井者思鄉情緒下的產物。兩個作者都能以無與倫比的技巧、手法和情感去描寫故鄉山川之美，都以敏銳的觀察力和同情心去寫不是他們的同行的農人們的事（但對蕭紅而言，至少我們可感覺到她對農民有著相當的不耐煩和失望）。兩書的相同點就止於此。屠格涅夫的《獵人記略》雖偶爾有點實情參雜其中，但它卻是個虛構的小說，其中含有大量的嘲弄諷刺，並且帶有社會改革的資訊。蕭紅故事中的人物和情節雖大都根據事實，而且與她個人回憶中的事物相吻合，但她卻大抵加以潤色修飾過。屠格涅夫以《獵人記略》為他寫作生涯開先河，而蕭紅卻幾乎以《呼蘭河傳》作為她寫作及生命的休止符。」[30] 葛浩文甚至認為，「當蕭紅寫《呼蘭河傳》時，其他中國作家們大都在寫戰時報導文學、短文、戲劇，或者寫抗日性的小說或短篇宣傳品等作品，而很少能算文學創作。蕭紅也有她的想法，但她的傳播方式都是她自選自定的，她要做個地地道道的作家，而不願僅做個宣傳家，因此她的《呼蘭河傳》就成了當時作品中最優秀的作品」[31]。從這樣的角度來看，《呼蘭河傳》在四十年代初是「非

[30] 葛浩文，《蕭紅評傳》（哈爾濱：北方文藝出版社，1985），頁137。
[31] 葛浩文，《蕭紅評傳》（哈爾濱：北方文藝出版社，1985），頁138。

主流」的[32]，似乎也遠離了「政治」，遠離了「時代精神」，完全沉浸在「個人的」回憶中。在一個戰火紛亂的年代出現這樣的文字是會讓人感到有些「奇怪」的，比如蕭紅在《呼蘭河傳》的「尾聲」中這樣說：「那早晨的露珠是不是還落在花盆架上，那午間的太陽是不是不定期照著那大向日葵，那黃昏時候的紅霞是不是還會一會工夫變出一匹狗來，一會工夫變出來一匹馬來，那麼變著。」[33]

這樣一種溫情脈脈的回顧顯然是「不合時宜」的，因此也有人認為「《呼蘭河傳》是蕭紅的一大退步之作，是文學上的敗筆，並且說作者完全脫離群眾和鬥爭」[34]。但是拋開這些「政治因素」來看，《呼蘭河傳》算得上是蕭紅小說創作的集大成之作，在這部小說裏，她獨特的小說才華得以完美體現，這其中包括她對自然風景（特別是她與祖父的後花園）的描寫，這風景又與她描寫的故鄉人物密切相關。在某種程度上，彷彿是這樣的風

---

[32]有研究者這樣總結說，除去「革命＋戀愛」以外，「三十年代小說中流行的模式還是很不少的。知識份子加深與大眾的關係是一種模式，或從隔膜到欽佩，或從固守小我到擺脫自我，或放棄自己原有的環境投身革命洪流等等。農民在苦難中獲得階級覺悟和階級反抗也是一種模式，或從安分守己轉而抗爭，或從愚昧頑固轉而覺醒，或從盲目反抗走向自覺革命、投奔隊伍等等。還有的模式是以階級的、社會分析的觀點寫農村生活的破產、天災人禍、經濟崩潰、民不聊生……這些模式顯然是以馬克思主義理論為指導主題的，概念清晰可見，就作品本身而言，它們現實感很強，但就歷史而言，卻是一種神話式的現實感，在令農民大眾作為一個階級而醒悟的描寫背後，潛藏著的是我們的歷史主人公的匱乏。這些小說多少都帶有社會學理論的材料特點，它們彷彿只是說明了理論，卻不曾提供現成理論之外的東西。」參見：孟悅、戴錦華《浮出歷史地表》（臺北：時報文化出版有限公司，1993），頁256。蕭紅在這一點上與沈從文有些相似，都有些不合時宜的味道。

[33]《蕭紅文集》第二卷（合肥：安徽文藝出版社，1997），頁212。

[34]葛浩文，《蕭紅評傳》（哈爾濱：北方文藝出版社，1985），頁139。

土、地理特徵才造就了這樣的一群人和他們的生活方式。比如小說第一章寫呼蘭河小城中的四季更替、風光景色、民情風俗以及一般老百姓的生活態度、迷信等等，葛浩文認為這一章「不僅是篇研究大自然景色風物的佳構，而且也是對如何形成人們的生活方式和他們的社會制度作一種解釋」[35]。小說的開頭是這樣的：

> 嚴冬一封鎖了大地的時候，則大地滿地裂著口。從南到北，從東到西，幾尺長的，一丈長的，還有好幾丈長的，它們毫無方向地，更隨時隨地，只要嚴冬一到，大地就裂開口了。
>
> 嚴寒把大地凍裂了。[36]

小說一開始就寫大自然的嚴酷，有意無意地，蕭紅在這裏又寫到了「傷疤」，而且是大地的傷口，大地被凍裂了。同樣，在大地上「活著」的人們也無時無刻不在傷痛中求生存。在這一點上蕭紅繼續著《生死場》的主題，不過，《呼蘭河傳》沒有了《生死場》那種讓人壓抑的窒息感，相反會看到一些近於詼諧的語調，儘管這種「喜劇」底下還有諷刺。對呼蘭河城東二道街上的大泥坑的描寫最能體現這種風格，一方面，人們會注意到「那令人難忘的大泥坑的象徵意義：人們想出種種辦法制服這個泥坑，克服這泥坑帶來的不便，而每一種制服辦法都不過是迴避，根本沒有人想到用土把它填平。甚至也自以為從這泥坑獲得了許多好處樂趣，創造了許多故事談資。這並非愚昧，也並非懶惰，

---

[35] 葛浩文，《蕭紅評傳》（哈爾濱：北方文藝出版社，1985），頁140。

[36]《蕭紅文集》第二卷（合肥：安徽文藝出版社，1997），頁13。

而是臣服自然、依附自然的文明所特有的思維方式和想像力，所有的思考、反應、行為、結果都不過是對天造的泥坑、對自然環境的順應、臣服的方式。這在某種意義上，人臣服、順應依附於天地，是鄉土文化發生發展的動力。然而，這還算不得鄉土文化的精髓。更重要的是，這種以人對自然的依附為代價的文明一經建立，便立即扼殺著一切不肯依附的東西。人對自然、土地、環境的臣服依附從文化的前提成了文明的準繩、律令和核心」[37]。但在另一方面，同樣應當看到當一匹馬陷於泥坑中時鄰人們急公好義的行為，體現著鄉土文化的美好品質。這也是蕭紅作為一個作家的「誠實」所在，就是蕭紅對筆下的人物總是不加過多的掩飾，比如她寫的人物整體而言是有些保守、愚昧、殘忍（小說第五章寫團圓媳婦被「跳大神」虐待致死）的，但另一方面她又是細緻地去描寫他們個人的彷彿是與生俱來的善良秉性、吃苦耐勞、勇敢（小說最後一章寫馮歪嘴子的執著與堅毅）等等。

茅盾在為《呼蘭河傳》寫的「序」（1946年8月於上海）中曾這樣說：「也許你要說《呼蘭河傳》沒有一個人物是積極性的，都是些甘願做傳統思想的奴隸而又自怨自艾的可憐蟲，而作者對於他們的態度也不是單純的。她不留情地鞭笞他們，可是她又同情他們：她給我們看，這些屈服於傳統的人多麼愚蠢而頑固——有的甚至於殘忍，然而他們的本質是良善的，他們不欺詐，不虛偽，他們也不好吃懶做，他們極容易滿足。有二伯，老廚子，老胡家的一家子，漏粉的那一群，都是這樣的人物。他們都像最低級的植物似的，只要極少的水分，土壤，陽光——甚至

[37] 孟悅、戴錦華，《浮出歷史地表》（臺北：時報文化出版有限公司，1993），頁267。

沒有陽光，就能夠生存了，磨倌馮歪嘴子是他們中間生命力最強的一個——強得使人不禁想讚美他。然而在馮歪嘴子身上也找不出什麼特別的東西，除了生命力特別頑強，而這是原始性的頑強。」[38] 當然，茅盾也從「思想角度」指出了蕭紅這部小說的「弱點」：「如果讓我們在《呼蘭河傳》找作者思想的弱點，那麼，問題恐怕不在於作者所寫的人物都缺乏積極性，而在於作者寫這些人物的夢魘似的生活時給人們這樣一個印象：除了因為愚昧保守而自食其果，這些人物的生活原也自得其樂，在這裏，我們看不見封建的剝削和壓迫，也看不見日本帝國主義那種血腥的侵略。而這兩重的鐵枷，在呼蘭河人民生活的比重上，該也不會輕於他們自身的愚昧保守罷？」[39] 在這種還算溫和的批評裏，茅盾擔心的是這些人物在「夢魘似的生活」中還自得其樂的話，就會失去改變「現實」的能力和勇氣，而喚醒人們「改變現實」，正是當時「左翼」文學所要達到的目標。但是蕭紅在小說裏表現的這種「自得其樂」也許就是她對生活的看法，聯繫蕭紅在香港的處境來看，她也許正是從這種「自得其樂」中獲得一種渡過困難的支撐，一種寄託，因此《呼蘭河傳》中總有一種達觀、澄明的基調，有一種回憶往事的喜悅之情流露出來，在修辭和技巧上也比蕭紅以前的作品都有了很大的進步。茅盾認為，「它是一篇敘事詩，一幅多彩的風土畫，一串淒婉的歌謠。有諷刺，也有幽默。開始讀時有輕鬆之感，然而愈讀下去心頭就會一點一點沉重起來。可是，仍然有美，即使這美有點病態，也仍然不能不使你炫惑」[40]。在筆者看來，《呼蘭河傳》把這「沉重」、「輕

[38]《蕭紅文集》第二卷（合肥：安徽文藝出版社，1997），頁11。
[39]《蕭紅文集》第二卷（合肥：安徽文藝出版社，1997），頁11。
[40]《蕭紅文集》第二卷（合肥：安徽文藝出版社，1997），頁10。

鬆」、「美」、「淒婉」等等品質都調劑得恰如其分，時而有令人傷心的情節，時而又有輕鬆的幽默或諷刺出現，搭配得抑揚頓挫、高低有序。即使是描寫風景，蕭紅依然把這種幽默才能表現得淋漓盡致，比如第一章第八節寫到人們吃過晚飯看晚霞的情景：

> 這地方的晚霞是很好看的，有一個土名，叫火燒雲。說「晚霞」人們也不懂，若一說「火燒雲」就連三歲的孩子也會呀呀地往西天空裏指給你看。
>
> 晚飯一過，火燒雲就上來了。照得小孩子的臉是紅的。把大白狗變成紅色的了。紅公雞就變成金的了。黑母雞變成紫檀色的了。餵豬的老頭子，往牆根上靠，他笑盈盈地看著他的兩匹小白豬，變成小金豬了，他剛想說：
>
> 「他媽的，你們也變了……」
>
> 他的旁邊走來了一個乘涼的人，那人說：
>
> 「你老人家必要高壽，你老是金鬍子了。」
>
> 天空的雲，從西邊一直燒到東邊，紅堂堂的，好像是天著了火。
>
> 這地方的火燒雲變化極多，一會紅堂堂皇的，一會金洞洞的了，一會半紫半黃的，一會半灰半百合色。葡萄灰、大黃梨、紫茄子，這些顏色天空上邊都有。還有些說也說不出來的，見也未曾見過的，諸多種的顏色。
>
> 五秒鐘之內，天空裏有一匹馬，馬頭向南，馬尾向西，那馬是跪著的，像是在等著有人騎到它的背上，它才站起來。再過一秒鐘，沒有什麼變化。再過兩三秒鐘，那匹馬加大了，馬腿也伸開了，馬脖子也長了，但是一條尾巴卻不見了。

看的人，正在尋找馬尾巴的時候，那馬就變靡了。

忽然又來了一條大狗，這條狗十分兇猛，它在前邊跑著，它的後面似乎還跟了好幾條小狗仔。跑著跑著，小狗就不知跑到哪裏去了，大狗也不見了。[41]

同樣，蕭紅在諷刺男權社會對女人的壓制時也多用一種詼諧的語調。婦女在男權社會中的命運一直是蕭紅關心的主題，《生死場》中表現的是一種慘痛的創傷，讓人怵目驚心，而《呼蘭河傳》中多用一種近於詼諧的諷刺，比如小說第二章第三節從看野臺子戲時寫到有人在看戲時會「指腹為婚」，接著寫到這種風俗的壞處很多，比如當年輕的女子受到婆家的虐待，回到娘家時，娘家也沒辦法，當初指腹為親的母親只會對她說：

「這都是你的命（命運），你好好地耐著吧！」

年輕的女子，莫明其妙的，不知道自己為什麼要有這樣的命，於是往往演出悲劇來，跳井的跳井，上吊的上吊。

古語說：「女子上不了戰場。」

其實不對的，這井多麼深，平白地你問一個男子，問他這井敢跳不敢跳，怕他也不敢的。而一個年輕的女子竟敢了，上戰場不一定死，也許回來鬧個一官半職的。可是跳井就很難不死，一跳就多半跳死了。

那麼節婦坊上為什麼沒寫著讚美女子跳井跳得勇敢的贊詞？那是修節婦坊的人故意刪去的。因為修節婦坊的，多半是男人。他家裏也有一個女人，將來他打他女人

[41]《蕭紅文集》第二卷（合肥：安徽文藝出版社，1997），頁40-41。

的時候，他的女人也去跳井。女人跳下井，留下來一大群孩子可怎麼辦？於是一律不寫。只寫：溫文爾雅，孝順公婆……[42]

還有一個例子，小說第二章第四節寫娘娘廟大會的風俗，其中寫到娘娘的塑像與老爺廟裏老爺塑像的區別，蕭紅接著引申說：

塑泥像的是男人，他把女人塑得很溫順，似乎對女人很尊敬。他把男人塑得很兇猛，似乎對男性很不好。其實不對的，世界上的男人，無論多麼兇猛，眼睛冒火的似乎還未曾見過。就說西洋人吧，雖然與中國人的眼睛不同，但也不過是藍瓦瓦的有點類似貓頭鷹的眼睛而已，居然間冒了火的也沒有。眼睛會冒火的民族，目前的世界還未實現。那麼塑泥像的人為什麼把他塑成那個樣子呢？那就是讓你一見生畏，不但磕頭，而且要心服。就是磕完了頭站起再看看，也絕不會後悔，不會後悔這頭是向一個平庸無奇的人白白磕了。至於塑像的人塑起女子來為什麼要那麼溫順，那就告訴人，溫順的就是老實的，老實的就是好欺侮的，告訴人快來欺侮她們吧。

人若老實了，不但異類要來欺侮，就是同類也不同情。

比方女子去過了娘娘廟，也不過向娘娘討子討孫。討完了就出來了，其餘的並沒有什麼尊敬的意思，覺得子孫娘娘也不過是普通的女子而已，只是她的孩子多了一些。

所以男人打老婆的時候便說：

[42]《蕭紅文集》第二卷（合肥：安徽文藝出版社，1997），頁59。

「娘娘還得怕老爺呢？何況你一個長舌婦女！」

可見男人打女人是天理應該，神鬼齊一。怪不得那娘娘廟裏的娘娘特別溫順，原來是常常挨打的緣故。可見溫順也不是怎麼優良的天性，而是被打的結果，甚或是招打的原由。[43]

在這裏，蕭紅對男性社會的「霸權」的諷刺中有一種戲謔色彩，但愈是戲謔，愈讓人感到沉痛。她有過這方面的個人體驗，據說蕭軍脾氣暴躁，曾打過蕭紅，有的研究者甚至這樣說過，「在蕭紅個人生活方面，她本身就是個在男性傲慢、虐待和一個以女性為玩物而非同等地位的社會制度下的受害者」[44]。蕭紅本人1938年在西安時曾對聶紺弩這樣抱怨說：「你知道嗎？我是個女性。女性的天空是低的，羽翼稀薄的，而身邊的累贅又是笨重的！而且多麼討厭呵，女性有著過多的自我犧牲精神。這不是勇敢，倒是怯懦，是在長期的無助的犧牲狀態中養成的自甘犧牲的惰性。」[45]也許是因為個人有過慘痛的經歷，《呼蘭河傳》中蕭紅這種諷刺、戲謔的背後也就顯得格外沉重。也許正是因為要逃避（或超越）這樣的「沉重」，蕭紅對大自然中的花草鳥蟲也就更加傾心，這一點在小說第三章中表現得最為明顯，這一章也是《呼蘭河傳》中最溫暖的一章，因為這裏有一所大花園，有一位慈愛的祖父。下面這段對後花園的描寫充分表露了蕭紅對一種擺脫所有羈束的「自由」的嚮往：

---

[43]《蕭紅文集》第二卷（合肥：安徽文藝出版社，1997），頁67。
[44]葛浩文，《蕭紅評傳》（哈爾濱：北方文藝出版社，1985），頁164。
[45]葛浩文，《蕭紅評傳》（哈爾濱：北方文藝出版社，1985），頁108。

花開了，就像花睡醒了似的。鳥飛了，就像鳥上了天似的。蟲子叫了，就像蟲子在說話似的。一切都活了，都有無限的本領，要做什麼，就做什麼。要怎麼樣，就怎麼樣。都是自由的。倭瓜願意爬上架就爬上架，願意爬上房就爬上房。黃瓜願意開一個謊花，就開一個謊花，願意結一個黃瓜，就結一個黃瓜。若都不願意，就是一個黃瓜也不結，一朵花也不開，也沒有人去問它。玉米願意長多高就長多高，他若願意長上天去，也沒有人管。蝴蝶隨意地飛，一會從牆頭上飛來一對黃蝴蝶，一會又從牆頭上飛走了一個白蝴蝶。它們是從誰家來的，又飛到誰家去？太陽也不知道這個。

只是天空藍悠悠的，又高又遠。

可是白雲一來了的時候，那大團的白雲，好像灑了花的白銀似的，從祖父的頭上飛過，好像要壓到了祖父的草帽那麼低。

我玩累了，就在房子底下找個陰涼的地方睡著了。不用枕頭，不用席子，就把草帽遮在臉上就睡了。[46]

在後花園裏，花、鳥、蟲、倭瓜、黃瓜、玉米、蝴蝶等等都是「任性」的、自由的，「我」（一個小女孩）同它們一樣也是要做什麼就做什麼。把這種自由自在的童年記憶與蕭紅寫《呼蘭河傳》時身處香港的寂寞相比來看，就更能體會到蕭紅的良苦用心，在某種意義上，蕭紅似乎達到了一種大度、徹悟、悲憫的境界，儘管這種「境界」與現實的灰色力量比較起來是那麼脆弱。如有的研究者指出的那樣，「《呼蘭河傳》時期的蕭紅以自己年

[46]《蕭紅文集》第二卷（合肥：安徽文藝出版社，1997），頁72-73。

輕的女性之軀跋涉過漫長的道路，以自己女性的目光一次次透視歷史，之後，終於同魯迅站在了同一地平線，達到了同一種對歷史、對文明、對國民靈魂的過去、現在、未來的大澈悟。如果說這一份思考使五四時代的魯迅發出了清算歷史的吶喊，那麼四十年代，在民族戰爭炮火中顛沛流離的蕭紅則透過這一份澈悟獲得了某種沉靜」[47]。也許正是在這一種「沉靜」中，蕭紅才會那麼耐心地、細緻地去描寫後花園中的一草一木，這些植物彷彿也帶上了一種「人化」的品質，在小說第七章寫磨倌馮歪嘴子之前，先細心描寫那種生命力特別頑強的細蔓：

> 那磨房的窗子臨著我家的後園。我家的後園四周的牆根上，都種著倭瓜、西葫蘆或是黃瓜等類會爬蔓子的植物；倭瓜爬上牆頭了，在牆頭上開起花來了，有的竟越過了高牆爬到街上去，向著大街開了一朵火黃的黃花。
>
> 因此那廚房的窗子上，也就爬滿了那頂會爬蔓子的黃瓜了。黃瓜的小細蔓，細得像銀絲似的，太陽一來了的時候，那小細蔓閃眼湛亮，那蔓梢乾淨得好像用黃蠟抽成的絲子，一棵黃瓜秧上伸出來無數這樣的絲子。絲蔓的尖頂每棵都是掉轉頭來向回捲曲著，好像是說它們雖然勇敢，大樹，野草，牆頭，窗櫺，到處地亂爬，但到底它們也懷著恐懼的心理。
>
> 太陽一出來了，那些在夜裏冷清清的絲蔓，一變而為溫暖了。於是它們向前發展的速率更快了，好像眼看著那

[47] 孟悅、戴錦華，《浮出歷史地表》（臺北：時報文化出版有限公司，1993），頁269。

> 絲蔓就長了，就向前跑去了。因為種在磨房窗根下的黃瓜秧，一天就爬上了窗臺，兩天就爬上了窗櫺，等到第三天就在窗櫺上開花了。
>
> 再過幾天，一不留心，那黃瓜梗經過了磨房的窗子，爬上房頂去了。[48]

很顯然，這細蔓的生命力喻示著後邊寫到的馮歪嘴子在艱難生活中的頑強和堅毅。雖然茅盾曾經說過這只是「原始性的頑強」，但在筆者看來，這正是蕭紅在「大澈悟」中對生命的一種理解，她也是從這種「原始性的頑強」中汲取力量的，因此也就不難理解《呼蘭河傳》是在把馮歪嘴子的兒子的成長與黃瓜的生長作比較中結束的：

> 看了馮歪嘴子的兒子，絕不會給人以時間上的觀感。大人總喜歡在孩子的身上去觸到時間。但是馮歪嘴子的兒子是不能給人這個滿足的。因為兩個月前看見過他那麼大，兩個月後看見他還是那麼大，還不如去看後花園裏的黃瓜，那黃瓜三月裏下種，四月裏爬蔓，五月裏開花，五月末就吃大黃瓜。
>
> 但是馮歪嘴子卻不這樣的看法，他看他的孩子是一天比一天大。
>
> 大的孩子會拉著小驢到井邊去飲水了。小的會笑了，會拍手了，會搖頭了。給他東西吃，他會伸手來拿。而且小牙也長出來了。

---

[48]《蕭紅文集》第二卷（合肥：安徽文藝出版社，1997），頁184-185。

微微地一咧嘴笑，那小白牙就露出來了。[49]

這是讓人會心一笑的一幕，馮歪嘴子的孩子雖然比別人家的孩子成長緩慢，但是一種生命的本能仍然在起作用，就像黃瓜要爬蔓、開花一樣不可阻擋，還有什麼比一個孩子咧嘴微笑時露出的小白牙更讓人動心的呢。《呼蘭河傳》在這裏充分表露了蕭紅心底的「溫暖和愛」，儘管這只是在藝術世界裏才能感受到的溫情，儘管在現實世界中她此時正忍受著心靈和病痛的雙重折磨。

第三節　小結

如上所述，蕭紅小說中的風景時而「粗礪」，時而「溫暖」，這與她個人的生命體驗是息息相關的。蕭紅小說中的女性視角也是構成她的風景的一個要素，她對女性不幸命運的關注在早期小說中表現得尤為明顯（以《生死場》為代表），「傷痛」的體驗使得小說中的「風景」也格外怵目驚心。到了《呼蘭河傳》時期，蕭紅似乎從「傷痛」中走了出來，她雖然也對男性社會多加諷刺，但已經變得堅韌和頑強，她對「生命」似乎有了另一種大澈悟，她開始懷舊了，她在童年的「風景」裏尋找到了「溫暖和愛」。有研究者把這稱之為「悲憫」，認為「這便是《呼蘭河傳》為什麼有那樣奪人心魄的美——那種如風土畫、如詩如謠的敘事風格。在韻律和基調中，蘊含的正是與大澈悟相伴而生的坦然、平靜和巨大的悲憫」[50]。

---

[49]《蕭紅文集》第二卷（合肥：安徽文藝出版社，1997），頁211。

[50]孟悅、戴錦華，《浮出歷史地表》（臺北：時報文化出版有限公司，1993），頁270。

也許正是在這一種悲憫情懷下，蕭紅筆下的人物和景物都有了一種奇異的「生命力」，即不管生存如何艱辛、命運如何「撥弄」，人即使平凡得像植物一樣「本能地」生長，但仍然有一份莊嚴感。比如短篇小說《後花園》（1940年4月）一開始用了很多的篇幅來寫後花園裏各種在五月開花的植物，比如黃瓜、茄子、玉蜀黍、大芸豆、冬瓜、西瓜等如何生長，各種昆蟲如何活動，然後才寫到那個磨倌馮二成子（後來又一次出現在《呼蘭河傳》中，就是馮歪嘴子），出身卑微，他「暗戀」鄰家趙老太太的女兒，可是那女子嫁了他人，老太太也要走了，馮二成子把老太太送出城外，送了一程又一程，他心裏深藏著傷痛，但又沒法說出來：「送到郊外，迎面的菜花都開了，滿野飄著香氣。老太太催他回來，他說他再送一程。他好像對著曠野要高歌的樣子，他的胸懷像飛鳥似的張著，他面向著前面，好像他一去就不回來的樣子」[51]，當他終於沿原路往回走的時候，他又不斷地轉身看著遠方，可是「藍天凝結得那麼嚴酷，連一些皺折都沒有，簡直像是用藍色紙剪成的。他用了他所有的目力，探究著藍色的天邊外，是否還存在著一點點黑點，若是還有一個黑點，那就是趙老太太的車子了。可是連一個黑點也沒有，實在是沒有的，只有一條白亮亮的大路，向著藍天那邊爬去，爬到藍天的盡頭，這大路只剩了窄狹的一條。」[52] 在這裏，蕭紅沒有直接寫馮二成子的內心感受，而是寫空氣、藍天、曠野和大路在他感官裏留下的印象，這些自然景物無言地表達著他無助的茫然，使他對周圍的事物產生了懷疑，他對看到的或遇到的人都給予嘲諷，簡直成了一個「虛無主義者」：

---

[51]《蕭紅文集：中短篇小說集》（合肥：安徽文藝出版社，1997），頁435。
[52]《蕭紅文集：中短篇小說集》（合肥：安徽文藝出版社，1997），頁435。

> 他越走他的腳越沉重，他的心越空虛，就在一個有樹蔭的地方坐下來。他往四方左右望一望，他望到的，都是在勞動著的，都是在活著，趕車的趕車，拉馬的拉馬，割高粱的人，滿頭流著大汗。還有的手被高粱稈扎破了，或是腳被扎破了，還浸浸地泌著血，而仍是不停地割。他看了一看，他不能明白，這都是在做什麼；他不明白，這都是為著什麼。他想：你們那些手拿著的，腳踏著的，到了終歸，你們是什麼也沒有的。你們沒有了母親，你們的父親早早死了，你們該娶的時候，娶不到你們所想的；你們到老的時候，看不到你們的子女成人，你們就先累死了。[53]

顯然，馮二成子對「活著」的意義產生了疑問，他不明白「這樣廣茫茫的人間，讓他走到哪方面去呢？是誰讓人如此，把人生下來，並不領給他一條路子，就不管他了」[54]。他好像失了魂魄一樣，回到了後花園邊的磨房。但是馮二成子並沒有「垮掉」，他從靠縫衣裳過活的王寡婦那裏得到了「寧靜」，她陪他喝酒，說寬慰他的話，終於在一個晚上，馮二成子就在王寡婦家裏結了婚了：「他並不像世界上所有的人結婚那樣：也不跳舞，也不招待賓客，也不到禮拜堂去。也並不像鄰家姑娘那樣打著銅鑼，敲著大鼓。但是他們莊嚴得很，因為百感交集，彼此哭了一遍。」[55] 應該說這一幕是平凡又相當感人的。接著蕭紅又如小說前半部分一樣特別地描寫了花草：

[53]《蕭紅文集：中短篇小說集》（合肥：安徽文藝出版社，1997），頁436。
[54]《蕭紅文集：中短篇小說集》（合肥：安徽文藝出版社，1997），頁437。
[55]《蕭紅文集：中短篇小說集》（合肥：安徽文藝出版社，1997），頁441。

> 第二年夏天，後花園裏的花草又是那麼熱鬧，倭瓜淘氣地爬上了樹了，向日葵開了大花，惹得蜂子成群地鬧著，大菽茨、爬山虎、馬蛇菜、胭粉豆，樣樣都開了花。耀眼的耀眼，散著香氣的散著香氣。年年爬到磨房窗櫺上來的黃瓜，今年又照樣地爬上來了；年年結果子的，今年又照樣地結了果子。[56]

這樣就給人一種印象，就是馮二成子其實是和花草一樣「自然生長的」，似乎是依靠本能平靜地「活著」。這種生活方式在別人眼裏也許是屈辱的，是退縮，但在蕭紅看來，馮二成子的植物式生存自有一份平凡生命的「莊嚴」。在這裏，沒有那種「年年歲歲花相似，歲歲年年人不同」的感傷，而是坦然接受人與植物一樣的枯榮代謝。即使後來馮二成子的媳婦死了，孩子也死了，「不知多少年，他仍舊在那磨房裏平平靜靜地活著」[57]。這也許可以看作是這一時期歷經坎坷的蕭紅本人的內心寫照，童年時代她是在後花園裏與花草鳥蟲一起長大的，到了這個時候她似乎又回到了童年的後花園，她從那裏的一草一木的「枯榮」中獲得了對「生命」更深的理解，並由此達到了「大澈悟」的境界。從這一點來看蕭紅小說中的風景描寫，就不難理解她在病痛交加中為什麼會一往情深地掛念「那早晨的露珠是不是還落在花盆架上，那午間的太陽是不是不定期照著那大向日葵」等等，因為這些都是蕭紅內心深處的一種寄託，她也許是把自己的生命也等同於那「早晨的露珠」，靜靜地發著短暫的光澤。

---

[56]《蕭紅文集：中短篇小說集》（合肥：安徽文藝出版社，1997），頁441。
[57]《蕭紅文集：中短篇小說集》（合肥：安徽文藝出版社，1997），頁443。

第四章　河流上空的「太陽」

1936年初，魯迅稱讚蕭紅時說，「她是我們女作家中最有希望的一位，她很可能取丁玲地位而代之，就像丁玲取代冰心一樣」[1]。可惜蕭紅英年早逝，魯迅先生的這一預言也無從驗證。不管「文學史」上如何比較和評價蕭紅和丁玲兩人的地位，相對來說，丁玲卻是一個遠比蕭紅要「複雜」得多的女作家。

丁玲在1927年就以短篇小說《夢珂》一夕成名，第二年更以《莎菲女士的日記》奠定了她在文壇的地位。三十年代以後丁玲又在「左聯」任要職，後被國民黨逮捕「軟禁」，再後來又奔赴延安（丁玲曾力勸蕭紅去延安，蕭沒有答應），編輯《解放日報》文藝版，組織「西北戰地服務團」，參加「土改」，1948年寫出「代表作」——《太陽照在桑乾河上》，獲1951年史達林文藝獎金二等獎。新中國成立後，曾任中宣部文藝處長、中國作協副主席、黨組書記，《文藝報》、《人民文學》主編，並主持中央文學研究所。1957年被劃為「右派」，作品遭禁毀，直到1979年才「復出」文壇。丁玲本人一生的坎坷與動盪也影響到她的作品的巨大變化，普實克曾這樣感慨：「丁玲從被各種矛盾左右的知識份子成為了中國人民堅定、樸實和力量的代表。她的轉變是多麼了不起呀！世界上只有為數不多的作家創作的作品之間存在

[1] 葛浩文，《蕭紅評傳》（哈爾濱：北方文藝出版社，1985），頁66。

著像《莎菲女士的日記》和《太陽照在桑乾河上》之間所表現出的巨大差異。」[2] 在對丁玲作品的評價上，既有普實克這樣比較「高」的稱讚，也有類似夏志清這樣的比較「低」的議論：「丁玲是屬於黃廬隱這一類早期女作家群，她們連一段規矩的中文也寫不出來。一看《水》的文筆就能看出作者對白話辭彙運用的笨拙，對農民的語言無法類比。她試圖使用西方語文的句法，描寫景物也力求文字優雅，但都失敗了。《水》的文字是一種裝模作樣的文字。」[3] 這樣不同的評價在很大程度上是因為「政治立場」的差異所致。但無論如何，丁玲和她的創作在中國現代文學史上都是一幀引人矚目的「風景」，丁玲小說中也有大量的「自然風景」，這些風景描寫在她不同時期的作品中起著各自不同的作用。

第一節　在黑暗中

丁玲的第一部短篇小說集《在黑暗中》1928年10月由開明書店出版，收錄了她早期的四篇小說：《夢珂》、《莎菲女士的日記》、《暑假中》和《阿毛姑娘》。在處女作《夢珂》中丁玲寫到女主人公夢珂剛剛拒絕她的表哥要她去上海娛樂區的邀請，回到樓上自己的房間裏，但她覺得有些煩悶，便走了出來到涼臺上吹吹風：

---

[2] 雅羅斯拉夫・普實克，《〈丁玲選集〉捷克文版後記》，《丁玲研究在國外》（長沙：湖南人民出版社，1985），頁91。

[3] 夏志清，《中國現代小說史》（臺北：傳記文學出版社，1985），劉紹銘等譯，頁286。

> 這是二月十幾日，月亮還沒有出來，織女星閃閃的在頭上發出寒光。天河早已淡到不能揣擬出它的方向。清涼的風，一陣一陣飄起她的頭髮。沉寂的夜色，似乎又觸著她那無來由的感動，頭慢慢的低下去，手心緊緊的按著額頭，身體無力的憑靠著石欄。[4]

在這段描寫中，自然的象徵——織女星的「寒光」和「淡淡」的天河——隱喻著夢珂的焦慮和憂愁的心情，也是她孤獨的內心世界的表露。這種氛圍很像中國古典詩詞中常見的寫女子哀愁情緒的情景，比如南唐中主的詞《山花子》：「菡萏香銷翠葉殘，西風愁起綠波間。還與韶光共憔悴，不堪看。細雨夢回雞塞遠，小樓吹徹玉笙寒。多少淚珠何限恨，倚闌干。」[5] 以景寫情是中國文學一個傳統的表現方式，在丁玲的小說中，與李中主詞中表達的美人遲暮之感不同，夢珂還是一個正在青春年少的年齡，當然最根本的不同的是情感的內涵有了很大的變化，夢珂的孤獨裏面有了更多的「現代」內容。

在丁玲早期的小說中，對女性在現代都市文明中的情感、命運的描述是最為引人注目的，有研究者指出：「夢珂的故事象徵了走入資本主義都市生活的女性的共同命運：從鄉村到都市，從反封建到求自由，非但不是一個解放過程，而是一個從封建奴役走向資本主義性別奴役的過程，也是女性從男性所有物被一步步出賣為色情商品的過程。」[6] 在這篇小說中，夢珂從鄉村到城市

---

[4] 《丁玲選集》第二卷（成都：四川人民出版社，1984），頁19。

[5] 傅庚生，《中國文學欣賞舉隅》（西安：陝西人民出版社，1983），頁65。

[6] 孟悅、戴錦華，《浮出歷史地表》（臺北：時報文化出版有限公司，1993），頁180。

讀書，卻發現學校中充滿著庸俗、惡濁的氣味（小說一開始即寫到一個美術學校的女模特兒受人侮辱），她對此很是鄙夷，於是退學來到上海姑母家，她對溫文儒雅的表哥萌生愛意，但終於發現自己連同純潔的愛情也是他們情場角逐遊戲中的一個籌碼，表哥其實和那些她看不起的男人一樣，把她只是當作色情慾望投射的對象。小說中緊接著上邊提到的風景描寫，寫到她的表哥來看她：「表哥坐在一個矮凳上看夢珂穿衣，在短短的黑綢襯裙下露出一雙圓圓的小腿，從薄絲襪裏透出那細白的肉，眼光便深深的落在這腿上，好像另外還看見了一些別的東西。夢珂穿好了袍子，他卻狠狠地懊悔適才自己不該催促她穿衣，這件寬袍把腰間的曲線也給遮住。因為這樣他不能不稱許女人的袍子是應當要瘦小點才好。」[7] 夢珂不甘心這樣被當作「看」的對象，離開姑母家，但馬上她又陷入了精神和經濟的雙重困境，最後為了生存，不得不走上了和最初她幫助過的受侮辱的女模特兒同樣的道路，在小說結束時丁玲寫道：「以後，依樣是隱忍的，繼續到這純肉感的社會裏去，那奇怪的情景，見慣了，慢慢的可以不怕，可以從容，使她的隱忍力更加強烈，更加偉大，能使她忍受非常無禮的侮辱了。現在，大約在某一類的報紙和雜誌上，有不少的自命為上海的文豪，戲劇家，導演家，批評家，以及為這些人吶喊的可憐的嘍囉們，用『天香國色』和『閉月羞花』的詞藻去捧這個始終是隱忍著的林琅——被命為空前絕後的初現銀幕的女明星，以希望能夠從她身上，得到各人所以捧的慾望的滿足，或只想在這種慾望中得一點淺薄的快意吧。」[8] 在這裏，丁玲揭示了女性

---

[7] 《丁玲選集》第二卷（成都：四川人民出版社，1984），頁19。
[8] 《丁玲選集》第二卷（成都：四川人民出版社，1984），頁45。

在現代都市中不得不忍受屈辱才能生存的命運，更重要的一點是，丁玲所諷刺的「報紙、雜誌、文豪、戲劇家、導演家、批評家、嘍囉們」正是「現代文明」的「意識形態機器」中的重要部件，在他們的控制、操縱（或按時下的說法叫作「包裝」、「策劃」）下，女性作為慾望商品被奴役的命運得以「合理化」、「合法化」。可以說，在丁玲長達半個多世紀的創作中，從《夢珂》一直到1979年發表的《杜晚香》，對女性在現代社會中（包括新中國成立以後）的命運、地位的關注是一個常見的主題，只不過有時表達得更為明顯，有時則比較隱晦[9]。

在某種意義上，和前輩女作家（冰心、沅君等）相比，丁玲筆下的女性更「現代」，她們的內心世界也更為豐富。錢謙吾（阿英）在1930年就認為丁玲是「一位最擅長表現所謂『Modern Girl』的姿態，而在描寫的技術方面又是最發展的女性作家。」這種Modern Girl就是「一種具有非常濃重的『世紀末』的病態的氣分的所謂『近代女子』的姿態」[10]。在錢謙吾看來，這「世紀末」的病態中最主要的傾向是「陷於懷疑苦悶的，和心意常常被悲哀鎖住著，專門尋歡求樂的傾向」，因此他批評說，「作者所表現的人物，對宇宙是不求解釋的，大都是為感情所支配著的小資產階級的個人主義者」[11]。在這裏，錢謙吾是出於當時「左

[9] 一位法國研究者指出，「1941年，她（丁玲）在一篇宣言式的文章中宣稱：大部分情況下，總是丈夫提出離婚。如果是一個妻子提出離婚，人家就會說她放蕩，就會指責她。從此事情是否就已經順利解決了嗎？在1979年發表的《大姐》（即《杜晚香》）中，那位具有共產主義道德情操的女英雄，不也像傳統中的中國婦女那樣受到丈夫的歧視嗎？」原載1981年1月22日法國《羅納・阿爾卑斯日報》，參見：《丁玲研究在國外》（長沙：湖南人民出版社，1985），頁336。

[10] 袁良駿編，《丁玲研究資料》（天津：天津人民出版社，1982），頁226。

[11] 袁良駿編，《丁玲研究資料》（天津：天津人民出版社，1982），頁229。

翼」的立場來批評丁玲筆下的人物不能正視社會的黑暗。但如果從女性主義的角度來看，丁玲對女性心理的大膽、率直的描寫則是「中國新文壇上極可驕傲的成績」[12]，這一點在《莎菲女士的日記》中表現得尤為突出。有研究者稱「這部日記是中國文學第一篇、也是迄今為止絕無僅有的一篇有關一位中國婦女的自述。在傳統文學中，有性行為的婦女總是由男作家來描寫，要麼被頌揚為貞潔的，要麼被指責為淫蕩的，根本不提及社會。她總是男人洩慾的對象，或者是家中的一種擺設品。但是在這篇作品中，一位中國婦女破天荒地描述了自己內心深處的情感，並置它於深刻表現婦女所遭受的壓迫和主要是性道德方面所受到的約束的社會環境中。」[13] 莎菲心裏對男人的慾望表現在她迷戀著凌起士的「漂亮的身材、鮮紅嫩膩凹下去的嘴角、柔髮、騎士般的風度舉止」，這樣的赤裸裸的慾望表達在當時引起了強烈反響，讓不少人感到「震驚」，但更重要的是，丁玲刻劃了莎菲的孤獨，她的內心是孤獨的，永遠不能被人理解，因此為了保持女性自我的獨立，「在一度吻了那青年學生的富於誘惑性的紅唇以後，她就一腳踢開了不值得戀愛的卑瑣的青年」[14]。

孤獨的主題同樣出現在《暑假中》這篇小說裏，丁玲借用無垠遼闊的蔚藍色天空中雲聚雲散的景色來描寫女教師承淑因夏天

---

[12] 袁良駿編，《丁玲研究資料》（天津：天津人民出版社，1982），頁225。

[13] 沃爾夫根・顧彬（Wolfgang Kubin），《關於〈莎菲女士的日記〉》，1978年柏林國際學術討論會論文。原標題為《性愛與中華人民共和國的文學——從丁玲的〈莎菲女士的日記〉（1928年）和西戎的〈平凡的崗位〉（1962年）看1949年前後的中國婦女問題》。參見：孫瑞珍、王中忱編，《丁玲研究在國外》（長沙：湖南人民出版社，1985），頁198。

[14] 茅盾，〈女作家丁玲〉，原載1933年7月15日《文藝月報》，參見：袁良駿編，《丁玲研究資料》（天津：天津人民出版社，1982），頁253。

來臨而感到的孤獨和憂鬱，她喜歡的嘉瑛（「一個十八九歲的令人一見便感到滿意的清秀的姑娘」）跑出去了：

> 起初她還怨恨嘉瑛，有時也想出去玩，但慢慢的就什麼也不能掀動她那被寂寞浸透了的一顆心。那灰敗的樑柱，黝黑的殿堂，不平正的瓦簷，和充滿著淒靜的悄然而來的微風，她似乎覺得這真是一座無人的荒廟，她是一個來皈依了的正在懺悔著的尼姑，整天把一顆微弱的心，無主的對天凝視。天上蔚藍無際，有時湧上一團一團重重裹著的雲堆，雲邊被陽光耀射著，放出刺目的明光。但一轉眼，雲吹散了，有一兩個飛得很高的鷹在藍天下盤旋著。[15]

這個場景一方面表達了承淑的寂寞、無人理會，另一方面也可以說是一種自由，就像「飛得很高的鷹在藍天下盤旋著」，在某種意義上也是小說裏的幾位女性共同的命運的象徵。她們代表了現代社會中一些自立謀生的女性的命運：脫離了封建式的鄉村生活後，她們又不能進入到都市的「愛情交易」中去，因此留給她們的只有孤獨，在一種惺惺相惜的境遇中，她們之間甚至產生了聊以自慰的、脆弱的同性戀愛。同性戀的主題在中國現代小說中是很少見的，以後丁玲也很少去觸及這個「敏感」的題材（寫於1929年冬的長篇小說《韋護》中稍有涉及，但也很隱晦）。

「天空上飛旋的鷹」的景象在《阿毛姑娘》中也有一段類似的描寫，阿毛心中有對「幸福生活」的夢想，但她周圍的人並不

---

[15]《丁玲文集》第二卷（長沙：湖南人民出版社，1983），頁113。

理解她，包括她的丈夫小二。她在孤獨中病倒了，臉上從此不見一點笑容：

> 八月的一天，阿毛的病還沒有好，她依然起得非常早，院壩裏還沒有人影來往。頭是異常的暈眩，她近來最容易發暈，大約是由於太少睡眠，太多思慮的緣故。但她還是毫不知道危險的，一任這情狀拖下去。譬如這早上，已有了很涼的風的早上，就不該穿著薄夾衣站在大柳樹下，任那涼風去舞動那短髮。她把眼睛放在那清澈的湖水上，心比湖水蕩漾在更遠的地方去了。看見天空中飛旋的鷹鳥，就希望自己也生出兩片強有力的翅，向上飛去，飛到不可知的地方去，那地方充滿著快樂和幸福。所以她常常無主的望著天，跟隨那巨鷹翱翔。鷹一飛得太遠了，眼力已不能尋出那蹤跡，於是把那疲倦的眼皮闔下來，大聲的歎著氣[16]。

有研究者把《阿毛姑娘》和福樓拜的《包法利夫人》（*Madame Bovary*, 1857）進行比較，認為阿毛和愛瑪一樣都有一顆「愛好虛榮」的心，並為此付出了代價。也有研究者則把阿毛和夢珂歸為一類，認為「阿毛與夢珂從氣質到經歷都迥然不同，但精神上卻殊途同歸。一個在鄉村長大的純潔姑娘被資本主義都市文化引發了無限的慾望的夢幻，這本是《嘉麗妹妹》（*Sister Carrie*, 1900）的模式，然而不同的是，她接受了都市的想像力，卻置身於鄉村的現實中。在這種精神的流放中，阿毛從另一角度經歷了夢珂的

---

[16]《丁玲文集》第二卷（長沙：湖南人民出版社，1983），頁163。

心路歷程」[17]。阿毛從一個美麗的城裏女人（來自上海，住在阿毛家附近山上的洋房別墅裏）身上看到了「幸福」，誘發了她的夢想，那在天空飛旋的鷹似乎正是阿毛想像中的另一個「自我」，但這兩者之間的差距畢竟太大了，鷹有兩片「強有力的翅」，而阿毛已經病得非常虛弱。這裏的反差是一個不祥的象徵，在某種意義上又是「死亡」的預兆，因為緊接著阿毛的歎息，阿招嫂過來告訴她洋房裏住的那個城裏女人死了（這個「嬌美的姑娘」正是阿毛曾羨慕、甚至嫉妒的「幸福」的化身），她的死對阿毛來說是一個致命的打擊，同時也讓她醒悟過來：「幸福只在別人看去或是羨慕或嫉妒，而自身始終也不能嚐著這甘味。這又是她剛從這個女人身上所發現的一條定理。她輾轉思量了一夜，她覺得倒不如早死了好。」[18]小說的結局是阿毛選擇了自殺。其實這悲劇在阿毛初次見到那家城裏人不久就埋下了伏筆，當初阿毛因想去城裏的美術學校當模特被阿婆和小二打了以後，第二天一早就跑到山上去，想看見那個「她所想慕的那高大男人」，但卻被團團大霧圍困：

> 她等著他來。她在喜雨亭呆等了許久，而他竟不來。霧氣看看快消盡了，白堤迷迷糊糊的在風的波濤中顯出殘缺的影。她又向絕頂跑去。她似乎入了魔一樣，總以為或者他已先上去了。及至跑過抱樸廬，又到煉丹台，還不見人影。她微帶失望的心情，慢慢踱下初陽臺。初陽臺上冷寂寂的，無聲的下著霧水，把阿毛的頭髮都弄濕了。這裏除

[17] 孟悅、戴錦華，《浮出歷史地表》（臺北：時報文化出版有限公司，1993），頁184。

[18]《丁玲文集》第二卷（長沙：湖南人民出版社，1983），頁168。

> 了十步以外都看不清，上，下，四周都團團圍繞著像雲一樣的東西。風過處，從雲的稀薄處可以隱約看出一塊大地來，然而後面的那氣體，又填實了這空處。阿毛頭昏昏的，說不出那恐懼來，因為這很像有過幾次的夢境，她看見那向她亂湧來的東西，她嚇得無語的躲在石龕子裏，動也不敢一動。[19]

很明顯，這圍困著阿毛的霧、恐懼的夢境都預示她的「夢想」不能實現，她的悲劇是不能避免的。這也是丁玲早期所寫的女性的命運的象徵，她們只能孤獨地「在黑暗中」掙扎，要麼是像夢珂、莎菲、承淑一樣「隱忍地」活下去，要麼是像阿毛一樣自殺。丁玲在此時也不知道如何為她的主人公們找到出路，因為《在黑暗中》這個小說集之後，如方英在1931年指出的那樣，丁玲描寫了那「高聳幾十長以上的層樓，靜靜的伏著，各以錐形的頂，襯於青空，仿如立體派畫稿，更以煙囪中之淡煙為點綴」的早晨的都市，那「滿馬路奔走的男女，在晚霞與電燈光交映的光輝中，盡浮著會意的微笑」的黃昏都市，那「每個四方形的房子裏，是剛剛才滅了那豔冶的紅燈，在精緻的桌上，就狼藉著裝了醉人的甜酒的美杯，及殘了的各種煙燼。軟椅上的墊枕四散著。人倦了，將嬌嫩的四肢，任情的攤在柔滑軟被上」的都市的夜生活[20]，在這樣的都市文明裏，丁玲嚮往的「女性的自我」還是找不到安身之所。但是很快，丁玲為她和她筆下的主人公找到了轉機。這就是「大眾」和「革命」。

---

[19]《丁玲文集》第二卷（長沙：湖南人民出版社，1983），頁157。

[20]方英，〈丁玲論〉，《丁玲研究資料》（天津：天津人民出版社，1982），頁243。

第二節　水

有研究者指出：「丁玲的寫作剛剛陷入危機之時，也正是與她共同生活的胡也頻大量接觸了馬克思主義並投身革命工作之時。此時她已從兩年前那個無名的熱情詩人的妻子變成了革命者的妻子，不久之後又成了革命烈士的遺孀（胡也頻於1931年2月7日遇難）。或許與這一經歷有關，在這一時期她的幾部作品《韋護》、《1930年春上海》（之一、之二）涉及到了女人——城市自由女性與革命的關係。」[21] 從1930年開始，丁玲的創作了發生了改變，短短一年時間，她順應著時代大潮，「從一個具有鮮明女性意識的作家變成一個左翼的、冷靜客觀的現實主義者」[22]。她筆下的女性從迷茫、孤獨中「覺醒了」，或漸漸走出溫室一樣的家庭（如《1930年春上海之一》中的美琳），或從都市走到鄉村（如《田家沖》中的三小姐），加入到大眾的革命鬥爭中去。這一時期丁玲小說中的風景描寫也漸漸增加了「力度」[23]，細膩的描寫少了，更多的是一種粗線條的「群雕」似的刻畫。這一點

---

[21] 孟悅、戴錦華，《浮出歷史地表》（臺北：時報文化出版有限公司，1993），頁189。

[22] 孟悅、戴錦華，《浮出歷史地表》（臺北：時報文化出版有限公司，1993），頁188。

[23] 也有人注意到此時丁玲寫作技巧上的特點，比如《一九三〇年春上海》第一篇的開始，「電梯降到了最下層，長的甬道上驀然暴亂的響著龐雜的皮鞋聲。七八個青年跨著興奮的大步，向那高大的石門走出去，目光飛揚的，互相給與會意的流盼……（若泉）跳上電車，車身擺動的利害，他一隻手握住藤圈，任身體蕩個不住，眼望著窗外的整齊的建築物，而一切大都會中的情形都紛亂的揉起又紛亂的消逝了。」對這樣的描寫，方英認為：「不僅表現了都市的動的力學的精神，又展開了機械旋轉般明快的映畫（即電影）的技巧，這種技巧是最近代的，最發展的工業的形式，是藝

在《水》中表現得尤為明顯。

《水》（1931）被認為是丁玲「左轉」後的高峰之作。在創作《水》時，她已是積極的革命者。她是幾個左派組織的成員，並在活動中加入了中國共產黨。她還到群眾中做實際的宣傳工作，同時她的文學創作和文學理論也以革命為中心了[24]。對《水》的評價，雖然何丹仁（馮雪峰）從「更高的層次上」出發，認為《水》只能是「新的小說的一點萌芽」，但無疑這是丁玲創作的一個重要轉折，如茅盾所說的那樣，「這篇小說的意義是很重大的。不論在丁玲個人，或文壇全體，這都表示了過去的『革命與戀愛』的公式已經被清算！」[25]

《水》是以1931年中國十六省的水災作為背景的，遭了水災的農民是小說的主人公[26]，他們在死亡線上掙扎，倖存者又在饑寒、瘟疫、官紳的欺騙中備受煎熬，最後在一個「黑臉，裸著半身的農民」的帶動下，他們決定要「反抗」，去把用自己的血汗換來的糧食「拿回來」。不僅在小說主題上，而且在小說的文體風格上，丁玲在這篇小說裏的表現和此前的作品相比，會讓讀者

術與機械的一種交流的形式。」參見：袁良駿編，《丁玲研究資料》（天津：天津人民出版社，1982），頁244。

[24] 1932年1月出版的《北斗》雜誌上，有丁玲的一篇文章《創作不振之原因及其出路》，她鮮明地闡明了文學的「群眾路線」，還提出了十點具體建議，比如「用大眾作主人」、「不要把自己脫離大眾，不要把自己當一個作家。記著自己就是大眾中的一個，是在替大眾說話，替自己說話」、「寫景致要把它活動起來，同全篇的情緒一致」等等。參見：《丁玲研究在國外》（長沙：湖南人民出版社，1985），頁133。

[25] 袁良駿編，《丁玲研究資料》（天津：天津人民出版社，1982），頁255。

[26] 小說中人物眾多，但大多是無名無姓，只有男女、老少的區分。小說裏往往是「眾聲喧嘩」，卻很少描寫說話者的具體模樣。所以這篇小說是一個關於「聲音」的小說，在聽覺上給人以強烈印象，也許可以用福克納的小說題目「喧嘩與騷動」（*The Sound and the Fury,* 1929）來概括它的特徵。

感到驚訝，有一種判若兩人之感。在風景描寫上，也如丁玲本人給正在探索革命道路的進步作家提出的建議那樣，「寫景致要把它活動起來，同全篇的情緒一致」，《水》中的風景描寫在烘托氣氛上是用力最多的，自然界的風吹草動其實就是人們心理的映射。比如小說中寫人們在大水衝擊堤壩時惶恐不安的景象：「堤橫在這屋子左邊兩三里的地方，所以一轉身，那火把便看不見了，只聽見遠方有人在大聲喊。黯澹的月光映在黯澹的臉上，風在樹叢裏不斷的颼颼殺殺的響。人心裏佈滿了恐怖，巨大的黑暗平伸在腳前面，只等踏下去了。」[27] 在堤壩危在旦夕時，人們恐懼的心理也似乎要崩潰了：

「從堤那邊傳來了銅鑼的聲音，雖說是遠遠的傳來，聲音並不鬧耳，可是聽得出那是在惶急之中亂敲著的，在靜夜裏，風把它四散飄去，每一槌都重重的打在每一個人的心上，鑼聲，那驚人的顫響充滿了遼闊的村落，村落裏的人，畜，睡熟了的小鳥，還和那樹林，都打著戰跳起來，整個宇宙像一條拉緊了的弦，觸一下就要斷了。」[28]

在這裏可以看出，丁玲描寫的「視點」是全知全能的，是把「整個宇宙」都包裹在內的，這和丁玲在早期作品中寫女性心理時的「視點」是大相徑庭的。小說的語調也顯得更為急促，多用短小的詞句，這也有力地烘托了小說整體的緊張氛圍。丁玲描寫風景時也用「反襯」手法，以「自然界」的無動於衷，甚至寧靜、平和來反襯「人世間」垂死的掙扎，比如下面這一段：

---

[27]《丁玲文集》第二卷（長沙：湖南人民出版社，1983），頁377。
[28]《丁玲文集》第二卷（長沙：湖南人民出版社，1983），頁379。

> 曠野裏那些田埂邊，全是女人的影子在動，一些無人管的小孩在後面拖著。她們都向堤邊奔去，有的帶上短耙和短鋤，吼叫著，歇斯底里的向堤邊滾去。
>
> 天空還是寧靜，淡青色的，初八九的月光，灑在茅屋上，星星眨著眼睛[29]，天河斜掛著，微風穿過這涼快的夏夜。[30]

如果以繪畫來表現，這一幅景象特別適合於黑白木刻或版畫，因為光線的明暗、動靜的反差、天地的區分都是那麼鮮明，甚至可以想像得到線條的力度（女人的影子、小孩子、堤壩、短耙和短鋤的形狀等等）。雖然「以靜寫動」是一個傳統的表現手法，但丁玲在這裏的運用還是有很多「現代」的意味，在某種程度上已經遠離了「現實主義」的寫實風格，接近於「印象主義」式的意象速寫。與此相應的，丁玲描寫風景時多用一些超出「常規」的比喻，也給人留下很深的印象，她寫到大水來臨時在大堤上的人們不知所措的倉皇情景，這時候：

> 半圓的月亮，遠遠地要落下去了，像切開了的西瓜，吐著怕人的紅色，照著水，照著曠野，照著窸窸響的稻田，照

[29] 對星星與眼睛的比喻，博爾赫斯（Jorge Luis Borges）曾舉過兩個例子來分析，一個是柏拉圖（Plato）所寫的：「我希望化為夜晚，這樣我才能用數千隻眼睛看著你入睡。」當然，我們在這一句話裏感受到了溫柔的愛意；感受到希望由許多個角度同時注視摯愛的人的希望。我們感受到了文字背後的溫柔。另外一個例子：「天上的星星正往下看。」這句話並不會讓我們感受到溫柔；相反的，這個比喻留給我們的印象是男人一代接著一代辛勤地勞作，以及滿天星空傲慢冷漠的注視。參見：〈博爾赫斯談詩論藝〉，《外國文藝》2002年2期。

[30] 《丁玲文集》第二卷（長沙：湖南人民出版社，1983），頁381。

> 著茅屋的牆垣，照著那些在死的邊緣上掙扎著的人群，在這些上面，反映著黯澹的陳舊的血的顏色。[31]

這裏，帶著「血的顏色」的景象是從一個比喻開始的，半圓的月亮與切開的西瓜，有形似的地方，但更重要的是，丁玲想表達的效果卻是「切開」後流出的「紅色」，然後是紅色的蔓延、籠罩。這也完全是「誇張」的、近於「浪漫主義」的寫法。大水最後衝垮了堤壩，生靈慘遭塗炭，這樣的天災經常會被當作「故事」講述，比如《聖經》中的「挪亞方舟」（Noah's Ark象徵上帝的懲罰與拯救）。《水》在某種意義上也類似這樣的「苦難與拯救」故事，只不過不是依靠「上帝」，而是要靠「我們自己」。這當然取決於「意識形態立場」的不同，但敘事模式是相似的[32]。下邊這樣的描寫人們在災難中苦苦掙扎的景象，把它放在《聖經》中也不顯得奇怪：

> 天慢慢的亮了。沒有太陽，愁慘的天照著黃色的滔滔的大水，那一夜淹了湯家闕，又淹了一渡口的一片汪洋的大水，那還逞著野性，向周圍的斜斜的山坡示威的大水。愁慘的天還照著稀稀留下的幾個可憐的人，無力的，顏色憔悴的皮膚，用著癡呆的眼光，向高處爬去。[33]

---

[31]《丁玲文集》第二卷（長沙：湖南人民出版社，1983），頁383。

[32]《聖經》中這樣說：「上帝從未忘記挪亞和所有跟他在船裏的動物。他叫風吹大地，水就開始消退。地下深淵的裂口和天空的水閘都關閉起來，大雨也停了。在一百五十天內，水慢慢消退了。七月十七日，船擱在阿拉臘山脈的一座山上。水繼續消退，到了十月一日，山峰開始出現。」參見：《聖經》現代中文譯本（聖經公會，1975），頁9。當然在丁玲的小說中，不相信「上帝」的拯救，她相信的是「大眾的覺醒」。

[33]《丁玲文集》第二卷（長沙：湖南人民出版社，1983），頁389。

在《水》中，丁玲還在描寫風景時多次寫到「時間」，也是以一種俯察萬物的「視點」來描述的，而且用了「擬人」（時間在「爬」）的修辭方式，讓人感到這樣的景象是漫長的、甚至是永恆的，彷彿是自有「時間」以來就是這樣：「太陽從東邊上來，從西邊下去，時間在痛苦、掙扎、饑餓、惶惶無希望裏爬去了，水還霸佔著所有的低凹的地方，有些人與畜的屍身，漂著，漂著，又沉下去了。有些比較高的地方，成了島嶼，稀微的煙從那裏冒出，還留有待救的人。附近的農民，有的給沖走了，有的沒有工做，坐了用樹幹做成的小船，划到低的島嶼上去，帶出那些聲音都叫嘶了，在死的邊緣臉色變蒼白了的人。這些被救出的人，成群的走向長嶺崗，也有些走到另外的村子去。」[34] 與這一段描寫類似的還有：「時間慢慢的爬走，水也慢慢的在有些地方悄悄退去了，露出好些一片一片的潮濕的泥灘。四處狼藉著沒有漂走的，或是漂來的糜爛了的屍體，腐蝕了的人的、畜的肢體上，叮滿了蒼蠅，成群的烏鴉在盤旋，熱的太陽照著。夏天的和風，吹來吹去，帶著從死人身上發出來的各種氣息，向四方飄送。瘟疫在水的後面，在饑餓的後面追趕著人們。」[35]

不僅僅是天災的折磨，災民也屢被所謂官紳們矇騙（在小說中「人禍」與「天災」並列，給人的感覺是，前者比後者更令人不可忍受，又彷彿是因前者的暴虐才導致了後者的暴虐），在這樣的絕境中，有人覺醒過來，那個「在大樹的枝椏上，有個黑臉，裸著半身的農民」[36]，被人稱作「張大哥」的，給農民們講

[34]《丁玲文集》第二卷（長沙：湖南人民出版社，1983），頁394。

[35]《丁玲文集》第二卷（長沙：湖南人民出版社，1983），頁400。

[36]對以這樣的形象出現的農民，夏志清以一種嘲諷的語調說，「他們的領袖是一個半裸的黑臉農民。難得的是雖經過長期的饑餓，他還是夠力氣爬到

著他們是被壓迫、被人吃、當奴隸的真相，啟發人們要靠實際行動把用自己的血汗換來的穀子「拿回來」。人們覺醒了，跟著這樣一個革命的「啟蒙者」向前衝去。所以從根本上說，到了這篇小說的最後，才是丁玲在《水》中的點睛之筆，小說才達到了的它的高潮：

> 於是天將朦朦亮的時候，這隊人，這隊饑餓的奴隸，男人走在前面，女人也跟著跑[37]，吼著生命的奔放，比水還兇猛的，朝鎮上撲過去。[38]

在這裏，丁玲把覺醒的農民與「水」作了某種置換，而且體現著「比水還兇猛的」力量。把這個比喻與前邊對「水」的描寫相對照，就會看到在《水》中，丁玲給有關「水」的自然景象賦予了更多的象徵色彩。對使用這一象徵的動機，有研究者這樣分析：「作為主人公的大眾缺乏個體人物那樣的豐富性和獨特性，對它的再現難免要依賴於一整套有限的技巧和動機。大眾永遠動盪不寧，假使沒有引入一個決定性的視角，便很難獲得穩定的把握。作家們不得不求助於某種可預知的隱喻去轉化大眾，在三十年代的中國文學，這一類隱喻俯拾皆是。譬如，在葉紫的小說《火》

一棵樹上去，對那群農民們作了一番長篇演說。」參見：夏志清，《中國現代小說史》（臺北：傳記文學出版社，1985），劉紹銘等譯，頁286。

[37]夏志清對此譏笑道，這群農民挨餓有了一個多禮拜，但「這些農民的呼喊跟步伐仍然能夠比水還兇猛，真是一個馬克思主義的奇蹟。不過男人似乎比女人能耐些，那些女的儘管拼命的跑，還是落在男人的後面。」參見：夏志清，《中國現代小說史》（臺北：傳記文學出版社，1985），劉紹銘等譯，頁287。

[38]《丁玲文集》第二卷（長沙：湖南人民出版社，1983），頁406。

有限的篇幅裏，所有的基本隱喻都被派上了用場，包括火、水（潮水、激流）、野獸（憤怒的老虎）、昆蟲（蜂群）以及風。每一種自然隱喻都傳達了大眾永不停歇的運動之感，它的擴張之勢，以及潛在的破壞性。丁玲則成功地使用了水的隱喻：水——水的匯合就是洪水——它既帶來了驅趕人們離開家園的災難，讓一群饑饉的農民憤然崛起，又在以集團的力量指引著大眾。」[39]

從以上的風景描寫中可以看出，與其說《水》是「現實主義」的，不如說它更多的體現了「印象主義」的某些特徵，比如速寫式的、誇張的意象背後蘊藏著火山熔漿將要爆發一樣的激情，這在丁玲此前的作品中是少有的。就連寫於1931年7月的（《水》寫成於9月至11月）、同樣是有關革命主題的小說《田家沖》也是另外一種面貌，後者從一個鄉村小女孩（么妹）的視點來敘述，寫一個出身於剝削階級家庭的年輕女性（三小姐）如何在農村宣傳革命道理的故事，有些地方的風景寫得比較細膩，讓人能看出丁玲一貫的影子。《田家沖》也包含了丁玲在描寫自然景物時呈現的一種有趣的現象，就是在這篇小說中，丁玲如此迷戀於描寫自然風景的美，以致有的段落似乎與小說要表達的主題——農村革命運動相背離。小說一開篇第一節就寫了一段鄉村美麗的景色：

> 太陽剛剛走下對門的山，天為彩霞染著，對門山上的樹叢，都變成深暗色了，濃重的，分明的刻畫在那透明的，緋紅的天上。么妹，她今年剛剛十四歲，站在禾場

---

[39] 安敏成（Mansion Anderson），《現實主義的限制：革命時代的中國小說》（*The Limits of Realism: Chinese Fiction in the Revolutionary Period*）（南京：江蘇人民出版社，2001），姜濤譯，頁190。

> 上的一株桃樹下，臉映得通紅，和花瓣差不多。她望著快要消逝去的景色，她的心永遠是，時時為快樂脹得飽飽的。[40]

這樣優美的描寫（自然景色與天真未鑿的少女相映成趣）和沈從文小說的風格（《邊城》中翠翠也是十四歲）有些類似，在《田家沖》裏，丁玲也多次寫到這樣的美景，比如第二節開頭寫道：「么妹跟著姊姊走到池塘邊，在一塊大的石頭上蹲下來，幾個鴨子輕輕的游到那邊去了。太陽曬在樹頂上，從微微縐起的水裏看見藍色的天，天上飛著淡淡的白雲。姊姊從籃子裏拿出許多要洗的衣服來，么妹便望著她將水裏的天空攪亂。」[41] 小說第二節就像沈從文常寫的鄉村故事一樣，穿插著質樸的情歌。小說第三節寫到三小姐從城市來到農村，么妹陪著她四處走走，三小姐在田野上貪婪地望著四周，「用力地呼吸，望著么妹天真的臉叫道：『你真有福啊！』」，她是陶醉在這鄉村景色中了，「她只覺得這屋子有點舊了。當然在另一種看法上，這是這景色中的一種最好的襯托，那顯得古老的黑的瓦和壁，那茅草的偏屋，那低低的一段土牆，黃泥的，是一種乾淨耀目的顏色呵！大的樹叢抱著它，不算險峻的山伸著溫柔的四肢輕輕的抱著它。美的田野，像畫幅似的伸在它的前面，這在她看來，是多麼好的一個桃源仙境！」[42] 在小說第四節的開頭，丁玲寫道：「天氣像湊趣一樣，一天好似一天。夜晚常常下一陣一陣的細雨，可是天一亮，又是大太陽了。風微微有點清涼，有點濕，有點嫩草的香氣。還有那

---

[40]《丁玲文集》第二卷（長沙：湖南人民出版社，1983），頁247。
[41]《丁玲文集》第二卷（長沙：湖南人民出版社，1983），頁252。
[42]《丁玲文集》第二卷（長沙：湖南人民出版社，1983），頁261。

些山，那些樹，那些田地，都分明的顯著那青翠的顏色。天也更清澈，更透明，更藍湛湛的了。人在這裏，工作雖然勞苦，也是最容易忘記憂愁的一種境地呀！」[43] 這樣一來，在小說的前四節（小說一共七節）裏，丁玲描寫的鄉村景色如此之美，會給人一個印象，就如同沈從文描寫湘西一樣，鄉村乃是寄託「理想」之地，而且丁玲也感慨道：「工作雖然勞苦，也是最容易忘記憂愁的一種境地呀！」這就是把自然景色的優美作為對農民辛苦勞作的一種補償和安慰了，鄉村生活的現狀是這樣自滿自足、自為一體的。如此來說，三小姐後來在農村做革命宣傳活動就有些違背「現狀」了，因為「革命」的目的就是要打破甚至改變「現狀」，但從丁玲如上所述的描寫裏看到的「現狀」是多麼美好的呵，革命豈不是成了破壞「美」的行動？這顯然是「不合情理」的。這一點可能是丁玲在小說中處理自然景色與主題時的一個破綻，風景描寫似乎對她要表達的主題有所損害。不過，也有研究者對《田家沖》中的風景描寫（主要是在小說結構上的作用）稱讚有加：「小說以優美的風景描寫為先導，好像音樂伴奏推動著情節的進展，並使人物的行動、語言都和諧地、嚴謹地嵌合在周圍環境之中。」[44]

第三節　太陽照在桑乾河上

1936年11月，丁玲幾經輾轉，終於到達陝北的保安，受到毛澤東、周恩來、張聞天等人的熱烈歡迎。毛澤東寫了一首《臨江

[43]《丁玲選集》第二卷（成都：四川人民出版社，1984），頁266。
[44]蘇珊娜・貝爾納（Bernard, S.），〈會見丁玲〉，《丁玲研究在國外》（長沙：湖南人民出版社，1985），頁463。

仙》送給丁玲：「壁上紅旗飄落照，西風漫捲孤城。保安人物一時新，洞中開宴會，招待出牢人。纖筆一枝誰與似？三千毛瑟精兵。陣圖開向隴山東，昨天文小姐，今日武將軍。」丁玲也很快成為延安文藝的核心骨幹之一，對此有研究者認為，「在那裏，要求他們文藝家直接為『革命』服務，創作成為『革命的螺絲釘』的文學藝術。這對於深受文學必須最忠於表現主體的內在欲求這種近代文學觀侵蝕的作家來說，是對自己的文學的否定。他們不得不從這裏重新出發」[45]。丁玲到蘇區後寫的第一篇小說是《一顆未出膛的槍彈》（1937年4月），主題是紅軍戰士視死如歸的英雄氣概，歌頌共產黨團結抗日的政策。後來的幾篇小說和大量速寫都是以抗日為題材的，丁玲的創作也表達了她心中的「新的信念」[46]，顯示出一種新面貌。這個時期小說中的自然風景甚至天氣、時間的變化都與小說主題息息相關，比如寫於1939年秋的短篇小說《秋收的一天》，小說的整個結構是以時間的變化來組織的，可以簡述如下：

1、故事開始時，小說主人公女學生薇底「不到月亮下山便醒了」。

2、「月亮下去」後，學校開始活動起來。

3、當學生出發到田野時，「太陽已經照在上面了，黃色的，蕩漾的海水似地一直湧到山盡頭。」

4、在休息期間，「太陽已經把土地曬得很溫暖。」

5、晚上，學生們在「灑滿了月光的院子裏」討論著一天的活動。

---

[45] 中島碧，〈丁玲論〉，《丁玲研究在國外》（長沙：湖南人民出版社，1985），頁168。

[46] 1939年春丁玲作短篇小說《淚眼模糊中的信念》，後改題為《新的信念》。

6、最後，在故事的結尾，當學校沉靜下來，學生們進入睡鄉時，丁玲寫道：「圓月懸掛在高空」，「宇宙在等著，等著太陽出來」。

對這樣的結構方式，有研究者認為，「在這裏，天體被用來表現為友愛和團結的意義，姑娘們與日月一同進步。她們不僅通過一日復一日的工作日程，而且也通過象徵光明未來的明日復明日前進」[47]。這樣一來，跟古老中國大地上的「日出而作，日落而息」模式一樣，在延安的革命工作（包括秋收）也充分「自然化了」，同時還有一個可以期待的光明的未來，「宇宙在等著，等著太陽出來」。

但是，在「等著太陽出來」的時候，丁玲卻以一個作家的「敏感」寫出了後來被批為「毒草」的小說《我在霞村的時候》（1941年1月）、《在醫院中》（1941年11月）和雜文《三八節有感》（1942年3月）等。有研究者認為這是丁玲早期創作的某種「復甦」，即從寫「大眾」又回到寫「女性自我」，例證即是《我在霞村的時候》，這篇小說的「故事的素材本來是丁玲聽說的，但在寫成小說時，我們似乎重新看到了久已消逝的有判斷的、有自我的敘述者『我』」[48]。敘述角度的轉變，意味著丁玲的關注焦點又集中在了女性的命運上，這本是她最為熟悉的主題。小說的主人公貞貞也是一個和早期的莎菲、阿毛一樣處於孤獨中的女人，「貞貞不屬於任何一種大眾的模式，諸如被拯救者

[47]加里·約翰·布喬治，《丁玲的早期生活與文學創作（1927-1942）》，1977年完成的博士論文。參見：《丁玲研究在國外》（長沙：湖南人民出版社，1985），頁153-154。

[48]孟悅、戴錦華，《浮出歷史地表》（臺北：時報文化出版有限公司，1993），頁196。

或苦難的婦女，她乃是丁玲這些創作中第一個有個性、有自我的下層人。在某種意義上，她與霞村人之間無法融合是必然的，隨著她的舉動超越了大多數人的道德規範，她便註定作為個人遭到大眾的放逐和自我放逐」[49]。而敘述者「我」（一個政治部的女同志）無疑是同情貞貞的遭遇的，在小說中可以看到，「我」是有反省能力的，在村子裏是外來者，也不合群。這一主題在另一篇小說《在醫院中》有了更深入的延伸，丁玲描寫風景的才華在小說中也得以體現，小說的開頭就是一段風景描寫：

> 十二月的末尾，下過了第一場雪，小河大河都結了冰，風從收穫了的山崗上吹來，刮著牲口圈篷頂上的葦桿，嗚嗚地叫著，又邁步到溝底下去了。草叢裏藏著的野雉，刷刷的整著翅子，鑽進那些石縫或是土窟洞裏去。白天的陽光，照射在那些夜晚冰凍了的牛馬糞堆上，散發出一股難聞的氣味。幾個無力的蒼蠅在那裏打旋。黄昏很快的就罩下來了，蒼茫的，涼幽幽的從遠遠的山崗上，從剛剛可以看見的天際邊，無聲的，四面八方的靠近來，烏鵲打著寒戰，狗也夾緊了尾巴。人們都回到他們的家，那唯一的藏身的窯洞裏去了。[50]

這樣的開頭讓人想起魯迅的《故鄉》，同樣是一幅讓人感到沉悶、抑鬱的畫面，要表達的也同樣是對「現實」的不滿，在丁

[49] 孟悅、戴錦華，《浮出歷史地表》（臺北：時報文化出版有限公司，1993），頁197。

[50] 原載1941年11月《穀雨》，參見：《丁玲選集》第二卷（成都：四川人民出版社，1984），頁463。

玲這裏也許還有更深的疑惑：「現實生活使她（陸萍）感到太可怕。她想為什麼那晚有很多人在她身旁走過，卻沒有一個人援助她。她想院長為節省幾十塊錢，寧肯把病人，醫生，看護來冒險。她回省她日常的生活，到底於革命有什麼用？革命既然是為著廣大的人類，為什麼連最親近的同志卻這樣缺少愛。她躊躇著，她問她自己，是不是我對革命有了動搖呢。」[51] 陸萍這樣的疑惑在當時引起了爭議，「現實生活」當然不會是陸萍感到的那樣，甚至有批評者舉出了小說在景物描寫中的「錯誤」來責問丁玲，主要有兩個：「第一，在第一節第一段，『十二月的末尾……冰凍了的牛馬糞堆上……幾個無力的蒼蠅在那裏打旋』；第二，是在第三節第一段，『院子裏四處都看得見有用過的棉花和紗布，養育著幾個不死的蒼蠅。』在糞堆已經結了冰的情況下，還有蒼蠅『打旋』，在描寫景物中，卻主觀地肯定『不死』（蒼蠅不是已經凍死了嗎？）這是不現實的。」批評者進一步指出，「她（丁玲）是站在小資產階級知識份子的立場上，像陸萍就只有和自己相同的朋友，帶著陳腐的階級偏見，對和自己出身不同的人作不正確的觀察，甚至否定」。最後批評者得出結論：「我們要求的是更真實地描寫現實。」[52] 從這樣的爭議中可以看出，風景描寫與「現實主義」竟有如此密切的關係，以至於風景描寫中的「不現實」會引申到「立場」的不同。反過來說，「立場」的不同，也會看（寫）出不同的「風景」來。

---

[51]《丁玲選集》第二卷（成都：四川人民出版社，1984），頁483。

[52]燎熒，《評丁玲同志的〈在醫院中〉》，原載1942年6月10日《解放日報》，參見：袁良駿編，《丁玲研究資料》（天津：天津人民出版社，1982），頁281。

在短篇小說《夜》（1941年6月作）裏，鄉指導員何華明開完工作會趕回家的路上，他因剛才看見地主的女兒（十六歲的清子）靠在門邊而有了「一個很奇異的感覺」，然後抱怨「這婦女就是落後，連一個多月的冬學都動員不去的，活該是地主的女兒」，接著有一段風景描寫是這樣的：

> 他有意地搖了一下頭，讓那留著的短髮拂著他的耳殼，接著便把它抹到後腦去，像抹著一層看不見的惱人的思緒，於是他也眺望起四周來。天已經快黑了。在遠遠的兩山之間，停著厚重的靛青色的雲塊，那上邊有幾縷淡黃色的水波似的光，很迅速的在看不見的情形中變幻著，山的顏色和輪廓也模糊成一片，只給人一種沉鬱之感，而人又會多想起一些什麼的。[53]

很顯然，何華明的「惱人的思緒」是因十六歲的清子（年輕）而起的，何的妻子比何大十二歲（衰老），小說中也多次寫到何對妻子的不滿意（「他嫌惡地看著她已開始露頂的前腦」等），實際上隱含著「性」的成分。但這一點丁玲處理得比較模糊，丁玲反而想強調的是何華明如何為了革命工作不顧妻子的埋怨（不顧家，讓自己的土地荒蕪），如何拒絕性的誘惑（對二十三歲的女鄰居侯桂英的挑逗斷然不理）。從何華明對這三位女性不同的態度（甚至小說中何的妻子無名無姓，而另外兩個女人一個叫清子，一個叫侯桂英）上，有研究者指出：「他並不是一個權力很大的黨員幹部，而只不過是一個熱心於事業的地方上積極

---

[53]《丁玲選集》第二卷（成都：四川人民出版社，1984），頁456。

分子。但是他也受到這種思想的傳染——男人可以隨便拋棄妻子，可以用政治術語來掩蓋問題的實質（個人的性慾）。而且，作為丈夫他可以在性慾上控制他的妻子。」[54] 這是站在對何華明的妻子的同情的立場上的，說明在延安的婦女的地位仍沒有多少改善。而駱賓基站在革命工作的立場上是如此評價的：「他的對於老婆的蔑視裏，就正是對於他自己的工作的尊重的表現，他之所以不理她，主要的不只是她的形態的衰老，倒是她那可嫌惡的意識的陳舊，那意識表現的具體形態，讀者從她那捶打著哭，大聲詛咒自己，渴望能激怒丈夫，使他多少注意到自己就可以認識了。她的生活，就是要丈夫關心自己，她是永遠拖著他衣角，不放手的，即使用憐憫眼光望望她，在她就得到無限的安慰。」[55] 從這兩種截然不同的評價中，可以看出《夜》在意旨上的「晦澀」，這可能也是丁玲本人在這一問題上的矛盾心理的表現：當然何華明為了革命工作顧不上家、甚至想和妻子離婚是「情有可原」的，但另一方面何的妻子要「一個安適的生活」的想法也是正當的（雖然也會被認為是落後、「意識的陳舊」），她的處境在當時可能更具有普遍性。

雖然在《夜》中丁玲寫的三個女性是為襯托男主角何華明的，但隱隱地還能在朦朧的「夜色」中看出丁玲對婦女命運的關注。到了1942年的3月7日夜裏，丁玲「因兩起離婚事件而引起的為婦女同志鳴不平的情緒，一洩無餘地發出來了」[56]，寫了雜

---

[54] 白露，《〈三八節有感〉和丁玲的女權主義在她文學作品中的表現》，1980年法國巴黎中國抗戰文學討論會論文。參見：《丁玲研究在國外》（長沙：湖南人民出版社，1985），頁280。

[55] 原載1944年12月《抗戰文藝》，參見：袁良駿編，《丁玲研究資料》（天津：天津人民出版社，1982），頁291。

[56] 王增如、李燕平編，《丁玲自敘》（北京：團結出版社，1998），頁231。

文《三八節有感》，發表在3月9日《解放日報》的文藝版中。接下來的3月13日、26日《解放日報》文藝版發表了王實味的《野百合花》。四月魯藝「整風學習」開始。5月2日、16日、23日，毛澤東發表《在延安文藝座談會上的講話》。多年以後（1982年），丁玲回顧說：「文藝座談會以後，整風學習以後，延安和敵後各根據地的文藝工作者都紛紛深入工農兵，面向群眾鬥爭的海洋，延安和各個根據地的文藝面貌，煥然一新，新的詩歌、木刻、美術、戲劇、音樂、報告文學、小說等真是百花爭豔，五彩繽紛，中國的新文學運動，展開了新的一頁。毛主席在文藝座談會上的講話教育了一代知識份子，培養了一代作家的成長，而且影響到海外、未來。每回憶及此，我的心都為之振動。特別是，在我身處逆境的二十多年裏，《講話》給了我最大的力量和信心。我能夠活過來，活到今天，我還能用一支破筆為人民寫作，是同這一段時間受的教育分不開的。」[57] 1946年7月，丁玲參加了晉察冀土地改革工作團，投入到涿鹿縣溫泉屯的土改工作中去，到中秋節時離開這個村子。這一個多月的生活成了她寫作《太陽照在桑乾河上》的「主要素材」。1979年「五一」節她回憶當時寫作的情況時說：「那年冬天（1946年），我腰痛得厲害。原來一天能走六、七十里，這時去區黨委二里來地走來都有困難。夜晚沒有熱水袋敷在腰間就不能入睡。白天我把火爐砌得高一些，能把腰貼在爐壁上燙著。我從來沒有以此為苦。因為那時我總是想著毛主席，想著這本書是為他寫的，我不願辜負他對我的希望和鼓勵。我總想著有一天我要把這本書呈獻給毛主席看的。當他老人家在世的時候，我不願把這種思想、感情和這些

---

[57] 王增如、李燕平編，《丁玲自敘》（北京：團結出版社，1998），頁235。

藏在心裏的話說出來。現在是不會有人認為我說這些是想表現自己，抬高自己的時候了，我倒覺得要說出那時我的這種真實的感情。我那時每每腰痛得支持不住，而還伏在桌上一個字一個字地寫下去，像火線上的戰士，喊著他的名字衝鋒前進那樣，就是為著報答他老人家，為著書中所寫的那些人而堅持下去的。」[58] 從這些回憶中可以看出，丁玲對這部小說傾注了很多感情和心血，《太陽照在桑乾河上》[59] 也是「文藝座談會」後的一個重要收穫。在某種意義上，它確實算得上是「中國的新文學運動」中一頁嶄新的「風景」。

首先對這部小說的標題，有研究者曾這樣評價：「一部描寫重大歷史變革的巨著，其標題本身必須具有鮮明的時代色彩，讓讀者一看就感到它的時代特徵。1951年『文藝叢書本』用《桑乾河上》作書名，我們可以想像，這一地帶發生的任何故事，都可以叫作《桑乾河上》。但是恢復後的標題《太陽照在桑乾河上》就不同了。它由於有了『太陽』和『照』這兩個使事物生輝的詞，顯得調子高昂，令人振奮，它的象徵意義提示

---

[58]《〈太陽照在桑乾河上〉重印前言》，《丁玲研究資料》（天津：天津人民出版社，1982），頁166。

[59]該書有好幾個版本，變遷情況如下：1948年6月中旬脫稿於河北正定聯合大學。1948年9月初版於東北光華書店，稱為東北初版本。1949年5月間以「新華書店」為出版者的《桑乾河上》，更接近於丁玲的手稿，稱為文藝叢書本。1950年11月，「北京校訂本」，將書名恢復為《太陽照在桑乾河上》。1952年3月獲1951年度史達林文學獎二等獎，4月人民文學出版社出版。這個版本發行量很大，僅在北京印刷的，截至1954年9月，近三十萬冊，稱為人民文學本。1952年冬天至1953年3月丁玲在大連休養期間完成了全書的修改，1955年10月再由人民文學出版社出版，稱為大連修改本。1979年人民文學出版社由豎排改為橫排。參見：龔明德，《〈太陽照在桑乾河上〉修改箋評》（長沙：湖南人民出版社，1984）。

了全書的中心內容，時代精神熠熠閃亮。」[60] 這樣的小說基調之所以是明朗的，是因為它要揭示的「歷史進程」是已經畫好的、確定無疑的，雖然中間也會有一波三折，但結局早已「完成」、「註定」[61]。「太陽」這樣的明亮的意象在後來諸多的小說標題中也多以「象徵」意義出現，比如《豔陽天》（1964）、《金光大道》（1977）等。

丁玲在《太陽照在桑乾河上》中的風景描寫給人們留下了深刻印象。馮雪峰認為：「作者在這本小說中，用的可以說是油畫的手法。但是，在以語言的彩色塗抹成的畫面上，景象的明麗還是居於第二位的，那居於第一位的是形象性的深刻、思想分析的深入與明確、詩的情緒與生活的熱情所織成的氣氛的濃重等。全書當作一幅完整的油畫來看，雖說還不是最輝煌的，但已經可以說是一幅相當輝煌的美麗的油畫了。」馮雪峰還舉了一個例子，「對於這作品，我個人首先注意到它的油畫性的形式以及它的詩的性格。像書中《果樹園鬧騰起來了》這一章，這樣美麗的詩的

---

[60] 龔明德，《〈太陽照在桑乾河上〉修改箋評》（長沙：湖南人民出版社，1984），頁3。

[61] 有研究者稱，《桑乾河上》第三人稱的敘述者，對於書中事件的起因後果，人物的身世品質，是處於居高臨下，無所不曉無所不覽的地位。同時他也必須是一個瞭解土改意義，掌握歷史方向的「全知」、「全觀」者。儘管土地改革運動有它艱苦和曲折的過程，它的必定會達到最後勝利是無可置疑的，小說的情節開展必須符合必然的歷史進程。作家在提筆構思之前，小說的結局已經就「註定」了，不容更改。從這方面看來，土改小說的敘述者猶如傳統小說的說話人。說話人對於話本中的事件人物固然瞭若指掌，但他也洞悉因果輪迴的規律，天理報應的原則。這些「天經地義」就預先決定了話本中揚善懲惡的主旨和夫榮妻貴一類的大團圓結局。參見：（美）梅儀慈（Yi-tsi Mei Feuerwerker），〈試論丁玲小說中的敘述方式〉，《丁玲與中國新文學——丁玲創作六十周年學術討論會專集》（廈門：廈門大學出版社，1988），頁249。

散文，我相信沒有一個讀者不欽佩的，這是在我們現在還很年輕的文學上尚不多見的文字」[62]。馮雪峰提及的《果樹園鬧騰起來了》[63]一章中的風景描寫是這樣的：

> 當大地剛從薄明的晨曦中甦醒過來的時候，在肅穆的，清涼的果樹園子裏，便飄起了清朗的笑聲。這些人們的歡樂壓過了鳥雀的喧噪。一些愛在晨風中飛來飛去的有甲的小蟲，不安的四方亂闖。濃密的樹葉在伸展開去的枝條上微微的擺動，怎麼也藏不住那一累累的沉重的果子。在那樹叢裏還留得有偶爾閃光的露珠，就像在霧夜中耀眼的星星一樣。那些紅色果皮上有一層茸毛，或者是一層薄霜，顯得柔軟而潤濕。雲霞升起來了，從那密密的綠葉的縫裏透過點點的金色的彩霞，林子中反映出一縷一縷的透明的淡紫色的、淺黃色的薄光。梯子架在樹旁了。人們爬上了梯子，果子落在粗大的手掌中，落在簸籃子裏，一種新鮮的香味，便在那些透明的光中流蕩。這是誰家的園子呀！李寶堂在這裏指揮著。李寶堂在園子裏看著別人下果子，替別人下果子已經二十年了，他總是不愛說話，沉默的，像無所動於衷似的不斷工作。像不知道果子是又香又甜似的，像拿著的是土塊，是磚石那末一點也沒有喜悅的感覺。可是今天呢，他的嗅覺像和大地一同甦醒了過來，像第一次才發現這蔥鬱的，茂盛的，富厚的環境，如同一個

[62] 馮雪峰，《〈太陽照在桑乾河上〉在我們文學發展上的意義》，原載1952年5月25日《文藝報》，參見：《丁玲研究資料》（天津：天津人民出版社，1982），頁339。

[63] 原書三十七章，寫土改取得了初步成果，把十一家地主的果樹園分給了農民。

> 乞丐忽然發現許多金元一樣，果子發亮了，都在對他眨著眼呢。[64]

這一段描寫歷來被研究者重視，劉綬松曾這樣稱讚：「作者是以多麼飽滿的情感和筆力來凝鑄她書中的人物的啊！在這段描寫中，我們可以看出作者是真正地和她筆下的人物共同著脈搏和呼吸，共同著喜怒和哀樂了。她和她的人物一起帶著苦痛和憤懣忍受過從前漫長的災難的時日，現在又和他們一道以戰鬥和興奮的心情來感受眼前這個沸騰著的嶄新世界了。」[65]如果考慮到建國初期人們歡樂的精神面貌，這樣的稱讚也不為過。大地的甦醒象徵著人民的「覺醒」和「嶄新世界」的開始，如果沒有後者，前者也就只是「自然現象」，不值得作家那樣細緻地描繪了。自然風景在這裏成了表達主題的有力手段。但是也有研究者指出了這一手段運用的不當之處：「對晨曦中的果園如此富有詩意的描寫，與小說中平鋪直敘、經常模仿農民的語言，顯得有些不協調。」[66]但無論如何，丁玲要表達的是，世界由人民來管理，面貌就會煥然一新。因此才有李寶堂彷彿沉默了二十多年的嗅覺的「甦醒」，雖然有些誇張，但還是在「主題」的框架之內的。

在《太陽照在桑乾河上》中，自然背景對藝術表現的總體意圖起了重要作用。比如在第一章「膠皮大車」中描寫的事件和風景，為規定和表現小說的主題提供一個恰到好處的想像空間。富

---

[64]《丁玲文集》第一卷（長沙：湖南人民出版社，1982），頁438-439。

[65]劉綬松，《中國新文學史初稿》。參見：《丁玲研究資料》（天津：天津人民出版社，1982），頁359。

[66]梅儀慈，〈丁玲的小說〉，《丁玲研究在國外》（長沙：湖南人民出版社，1985），頁314。丁玲在對小說的多次修改中也是極力在語言上要接近農民的習慣和感受。

農顧湧和他女兒、外孫趕著膠皮大車，把讀者帶到了暖水屯。這一事件發生在「山雨欲來風滿樓」的自然環境中：天氣悶熱，西沉的太陽散出的熱像火一樣，車轍像一條泥河。那匹叫白鼻的騾子使盡全身力氣才勉強拉得動車。他們過那兩條漲滿水的河時，兩個車輪幾乎全部埋在水裏，騾子也只露出一個大脊背，好像是浮在水面上，他們三番五次地被迫停下。在大自然面前，農民們似乎是在掙扎，但是，下面一段對莊稼地的描寫卻體現出農民「對於土地的慾望」（上文引用的「如同一個乞丐忽然發現許多金元一樣」也是赤裸裸的慾望）：

> 路兩旁和洋河北岸一樣，稻穗密密的擠著。穀子又肥又高，都齊人肩頭了。高粱遮斷了一切，葉子就和玉茭的葉子一樣寬。泥土又濕又黑。從那些莊稼叢裏，蒸發出一種氣味。走過了這片地，又到了菜園地裏了，水渠在菜園外邊流著，地裏是行列整齊的一畦一畦的深綠淺綠的菜。顧老漢每次走過這一帶就說不出的羡慕，怎麼自己也能有這麼一片好地呢？他對於土地的慾望，是無盡止的，他忍不住向他女兒說：「在新保安數你們八里橋一帶的地土好；在咱涿鹿縣就只有這六區算到家的了。你看這土多熟，三年就是一班稻，一年收的比兩年還多呢。」[67]

接著車子又經過果樹園，這也是小說故事集中的焦點之一。在這裏描寫土地（還有果園）是有它的涵意的：整個「土改」的動力是農民對土地（財產）的渴望。「土改」還有一個任務就是

[67]《丁玲文集》第一卷（長沙：湖南人民出版社，1982），頁253。

要把「分田地」的行動「合法化」，讓農民明白地主的財產是「剝削」他們的血汗得來的。在小說的結尾，可以看到顧湧幾乎是自願地交出了一部分土地，這說明他思想上「進步」了，也表明他開始贖罪了。這才是「土改」最終的成功。有研究者這樣說過：「儘管說明小說是根據個人參加土改的經歷而創作出來是必要的——每一個寫土改小說的作家都在序言中說明他親身參加土改的時間和地點——但是《桑乾河上》並不是歷史現實的直接敘述，也不是憑空想像出來的。恰恰相反，它是一部虛構的作品，事件的選擇和安排、它們的因果關係、一切事情的結局、整個情節結構，都取決於土改的思想意義。土改不僅僅是打倒惡霸地主，把土地分給被剝削的農民（往往採取暴力手段），還必須推翻古老的社會結構，是一個以群眾覺醒和群眾鬥爭的革命思想為前提的激進過程，這種真誠統一的世界觀構成書中表現方式的選擇和表現程式的基礎。小說講的故事、情節的中心、它試圖回答的問題，是群眾如何獲得對自己和自己在歷史上所起的作用的必要新認識。」[68] 正是在這樣的「創作意圖」的框架中，小說中的風景描寫才起到了應有的作用。比如小說的開始和結尾的風景恰好形成對照，既交待了故事發生的時間段，也揭示了土改的必然進程。小說第一章開頭寫的是七月的酷暑：

> 天氣熱得厲害，從八里橋走到洋河邊不過十二三里路，白鼻的胸脯上，大腿上便都被汗濕透了。但它是胡泰的最好的牲口，在有泥漿的車道上還是有勁的走著。掛在西邊的

[68] 梅儀慈，〈丁玲的小說〉，《丁玲研究在國外》（長沙：湖南人民出版社，1985），頁322。

> 太陽，從路旁的柳樹叢裏射過來，仍是火燙燙的，濺到車子上來的泥漿水，打在光腿上也是熱呼呼的。[69]

以酷熱中艱難行進的馬車開始，也預示著將要進行的土改工作的困難性，但整部小說就是一個不斷克服困難的過程。小說最後一章寫土改工作隊離開了暖水屯，到新的工作崗位上去：「當他們快到縣城要過河的時候，一輪明月已在他們後邊升起，他們回首望著那月亮，和望著那月亮下邊的村莊，那是他們住過二十多天的暖水屯，他們這時在做什麼呢？在歡慶著中秋，歡慶著翻身的佳節吧！路旁的柳絲輕輕的在天空上掃著。他們便又朝前趕路，他們跣足下水，涉過桑乾河去。而對河的村莊，不，不只是村莊，縣城南關的農民也同樣的敲起鑼鼓來了。歡騰的人聲便夾在這鑼鼓聲中響起。呵！什麼地方都是一樣的呵！什麼地方都是在這一月來中換了一個天地！世界由老百姓來管，那還有什麼不能克服的困難呢。」[70]這一段極富「抒情色彩」的風景畫中透露的是對新天地的信心和樂觀，「一輪明月」和「路旁的柳絲」也顯得優美、和諧。整部小說以酷熱開篇，以涼爽的中秋夜結束，在這二十多天中，故事的展開也安排得很緊湊（與節氣合拍）：

---

[69]《丁玲文集》第一卷（長沙：湖南人民出版社，1982），頁252。1949年版的小說中有一句是「被車輪濺到車子上來的泥漿水，打在光腿上也是暖熔熔的。」對這樣的修正，有人這樣評價：作家勇於割愛，用貌似粗俗的「熱呼呼」取代「太文化了」（暖水屯農民張正國語，見作品第17章）的「暖熔熔」，就使得這部作品一開卷就閃射著群眾化的藝術光澤。從這個例子，可以初步看出《太陽照在桑乾河上》的確是丁玲從知識份子腔調向「真真的老百姓語言」（丁玲語）轉換的重大成功。參見：龔明德，《〈太陽照在桑乾河上〉修改箋評》（長沙：湖南人民出版社，1984），頁5。

[70]《丁玲文集》第一卷（長沙：湖南人民出版社，1982），頁573。

對地主的鬥爭正好趕在秋收之前結束，那麼「秋收」就有了象徵意義，意味著完滿和鬥爭的勝利。八月初十給大家分發沒收來的地主的家什；八月十四討論土地分配方案；八月十五分發標有各家新土地面積的小紅紙條，分發賣水果得來的錢；接著在第二天，農民們準備丈量土地，開始秋收[71]。因此，不管是火辣辣的太陽、漲滿水的河流、泥濘的土路，還是成熟的水果、收穫季節的滿月，這些意象（自然界的種種事物）在小說嚴密的結構、明確的目的中都有它們各自的地位和意義。關於小說的結構，有研究者比較了《太陽照在桑乾河上》與《暴風驟雨》後這樣指出：「小說的結構，也是模式化的：都是以土改隊的進（村）與出（村）為開端與結束，從而形成一個封閉性的結構，從外在情節上說，這自然是反映了土改的全過程；從內在的意念看，則是表現了一個帶有必然性的歷史命題（腐朽的封建制度與階級統治必然被共產黨領導的農民的階級鬥爭所推翻）的完成，同時又蘊含著（或者說許諾著）一個烏托邦的預言：取而代之的將是一個『人民當家作主』的新社會與新時代。這樣，整個小說在幾乎是摹擬現實的寫實性的背後，卻又顯出演義『歷史必然規律』的抽象性，進而成為一種象徵性的結構。」[72]

也許還有一個「事實」值得注意，它可以充分說明《太陽照在桑乾河上》的「虛構」性質。小說最後幾頁寫到村裏的民伕開往前線，說明戰鬥還遠未結束。丁玲在寫作這部小說時其實知道涿鹿已再次「被國民黨匪軍佔領，人民又回到苦難和更殘酷的鬥

[71] 將近四十年後，即1980年前後，中國農村實行土地承包責任制時又出現同樣的情景，筆者記得跟著家人去丈量分給「自己家的地」時的興奮心情。否定之否定，「歷史」總要重複兩次嗎？

[72] 錢理群，《1948：天地玄黃》（濟南：山東教育出版社，1998），頁205。

爭中」，但是小說仍以新世界即將誕生和對勝利充滿信心的樂觀精神（明月、柳絲、鑼鼓）結束。每一部小說都必須有個結尾，有個結局，但也必須有一個它為之奮鬥的目標，以便在終篇之時使「形式的選擇與意義的揭示多少取得一致」[73]。

第四節　小結

如前所述，風景描寫在丁玲不同時期的小說裏，起著各自不同的作用。從中可以發現，丁玲漸漸拋棄了早期的那種寫女性心理與命運時比較「陰鬱」的風格，隨著她參加革命，小說也變得「明朗」起來。風景從烘托女性「狹窄的」個人感受也漸漸變成來表達「宏偉的」歷史進程。後來的小說家們在寫「革命歷史」題材的作品時都似乎心有靈犀一點通，在描寫風景時都特別注重「自然風景」的這一審美功能，這一點也被眾多研究者心有靈犀一點通似的給予關注、闡述。比如周立波的《暴風驟雨》（1948年4月東北書店初版）和丁玲的《太陽照在桑乾河上》（1948年9月東北光華書店初版）一樣也寫的是「土改」，同樣獲得1951年度史達林文藝獎二等獎。周立波的小說是由一幅田園景色開篇的：

> 七月裏的一個清早，太陽剛剛出來。地裏，苞米和高粱的確青的葉子上，抹上了金子的顏色。豆葉和西蔓穀上的露水，好像無數銀珠似的晃眼睛。道旁屯落裏，做早飯的淡

[73]孫瑞珍、王中忱編，《丁玲研究在國外》（長沙：湖南人民出版社，1985），頁326。

> 青色的柴煙，正從土黃屋頂上高高地飄起。一群群牛馬，從屯子裏出來，往草甸子走去。[74]

唐小兵對此這樣分析：「就在這樣一個和諧的農家情景裏（也即當時土改工作隊稱為『空白地區』的東北農村），突然轟轟駛進一輛四軲轆大馬車，驚動了看牛人，也攪亂了四下的寧靜。緊接著讀者被告知一個具體的歷史時間：『一九四六年七月下旬。』馬車拉來的是縣裏派來的土改工作隊。『工作隊的到來，確實是元茂屯翻天覆地的事情的開始』。全書明白無誤地把『到來』這一刻表現成了歷史的真正開端，突然間過去的一切完全成了痛苦的記憶，歷史不再有任何連續性，成了猝然的斷裂。我們剛剛目睹的『自然景色』（『空白地區』）便也被捲進了『歷史』的漩渦——作品表現歷史新『起始』的同時，也抹煞了歷史，虛構出一個再生的神話。」[75]

在唐小兵看來，自然景色在這裏的一個功能是強化了「歷史時間」，即「大馬車的駛入及工作隊的到來隱喻了新『象徵秩序』的強行插入，表達這一新『象徵秩序』的行為，正好是對田園景色所傳達的和睦平靜的否定，是喚起『暴風驟雨』，是點燃『報仇的大火』，是激起『大河裏的洶湧的波浪』——亦即發動以否定、破壞一切既成的規範、秩序和倫理為特色的群眾運動」[76]。儘管唐小兵的分析有「過度闡釋」之嫌，但也有深刻之

---

[74] 周立波，《暴風驟雨》（北京：人民文學出版社，1977），頁3。

[75] 唐小兵，《英雄和凡人的時代：解讀二十世紀》（上海：上海文藝出版社，2001），頁127。

[76] 唐小兵，《英雄和凡人的時代：解讀二十世紀》（上海：上海文藝出版社，2001），頁128。

處，他指出了周立波描寫自然景色的深處動機是創造一個新的「開始」。李楊則是從「敘事」的角度來分析這樣的開頭方式：「敘事的目的就在於消除歷史與自然的這種對峙，讓『歷史』進入到『自然』的過程自然化。而要實現這一目標，敘事無一例外地需要發揮話語的力量，即通過話語力量使本來不自然的過程自然化。」[77] 如果把《暴風驟雨》開篇的自然景色比作一張樸素的白紙，那麼工作隊的「到來」就是要在這張白紙上好畫「最新最美的圖畫」。與此類似的還有楊沫的《青春之歌》（1958年1月作家出版社初版）的開頭：

> 清晨，一列從北平向東開行的平瀋列車，正馳行在廣闊、碧綠的原野上。茂密的莊稼、明亮的小河、黃色的泥屋、矗立的電桿……全閃電似的在憑倚車窗的乘客眼前閃了過去。乘客們吸足了新鮮空氣，看車外看得膩煩了，一個個都慢慢回過頭來，有的打著呵欠，有的搜尋著車上的新奇事物。不久人們的視線都集中到一個小小的行李捲上，那上面插著漂亮的白綢子包起來的南胡、簫、笛，旁邊還放著琵琶、月琴、竹笙……這是販賣樂器的嗎，旅客們注意起這行李的主人來。不是商人，卻是一個十七八歲的女學生，寂寞地守著這些幽雅的玩藝兒。這女學生穿著白洋布短旗袍、白線襪、白運動鞋，手裏捏著一條素白的手絹，——渾身上下全是白色。她沒有同伴，只一個人坐在車廂一角的硬木位子上，動也不動地凝望著車窗外邊。[78]

---

[77] 李楊，《抗爭宿命之路》（長春：時代文藝出版社，1993），頁101。
[78] 楊沫，《青春之歌》（北京：人民文學出版社，1977），頁3。

李楊對此分析道：「小說一開始，就讓林道靜出現在各種眼光（尤其是男人們的眼光）的包圍中。林道靜的那身白色服裝象徵著主人公此時還處於一種純潔的、混沌未開的、沒有主體性的原始狀態之中。自此以後，遍佈林道靜成長道路上的各種男性人物都以林道靜為『願望對象』，在白色的林道靜的身上塗上各種各樣的痕跡、顏色。」[79] 很顯然，這個開頭與《暴風驟雨》的開篇有異曲同工之處，在這裏，林道靜和窗外的自然景色一樣成了被看的「風景」，在某種意義上是與最初的元茂屯一樣是「空白地區」，在等待「歷史時間」的到來。在李楊看來，景物描寫「是現代小說與傳統小說的重要區別，也是趙樹理小說與周立波小說的區別」[80]。相比之下，周立波的小說比趙樹理的小說更有「現代性」，有一個原因就是趙的小說「處於敘事的初級階段，因此，景物、環境描寫非常少見」，而周的小說中「環境描寫到處可見」，「這些景物描寫具有很強烈的象徵性」[81]。這也可以看作是後來的「社會現實主義」小說的共同特點。對此，韓毓海是這樣論述的：

> 對現實主義來說，形象描寫（人物描寫和環境描寫）從來不是獨立的，它要體現歷史規律和服從「主題」。不但人物在成長，而且景物和環境也隨著主題而變化，舉一個簡單的例子來說，比如作為社會主義現實主義小說的《紅日》，小說中的景物描寫便是隨著體現歷史發展的戰爭的受挫、轉折、勝利而由深秋、隆冬而轉向春暖

---

[79] 李楊，《抗爭宿命之路》（長春：時代文藝出版社，1993），頁60-61。
[80] 李楊，《抗爭宿命之路》（長春：時代文藝出版社，1993），頁98。
[81] 李楊，《抗爭宿命之路》（長春：時代文藝出版社，1993），頁100。

> 花開的：「紅日從東方露出殷勤和藹的笑臉，向辛苦的戰士們問好道好；閒雲和昨夜的硝煙一起，隨著西風遁去了。早晨的世界，顯得溫和而又平靜。田野裏的綠苗，興奮地直起腰身，嚴冬彷彿在這個大戰到來的時候告別人間，人們也從這個早晨開始聞到春天的氣息。」在現實主義作品裏，景物和環境如此這般的是歷史規律和進程的象徵——正如茅盾所選擇的「子夜」是中國歷史進程的象徵一樣。所以在現實主義的世界裏，形象就是「表象」，這種表象離開歷史的邏輯本身便是毫無意義的多餘之物。[82]

從這樣一個角度再來看丁玲小說中「風景」的巨大變化就不奇怪了，因為要符合「歷史進程」的邏輯要求，風景的「象徵性」就必須要加強，否則就會成為「毫無意義的多餘之物」。不過，這樣一來，小說的「多樣性」就喪失了[83]，「藝術性」似乎也減弱了，但在這時候，作家們要表現的是一個「嶄新」的時代的誕生，「藝術性」已不是首先要考慮的目標。

---

[82] 韓毓海，《從「紅玫瑰」到「紅旗」》（上海：上海遠東出版社，1998），頁75。

[83] 按韋勒克（Rene Wellek）、沃倫（Austin Warren）在《文學原理》（*Theory of Literature*）一書中的說法，在一篇文學作品中，多樣性、複雜性和一致性的程度越高，它的文學價值就越大。

第五章　「橋」上的風景

在丁玲為了表現「歷史的進程」而加強小說中風景描寫的「象徵性」，不惜以犧牲「藝術性」為代價的時候，有一個人卻為了小說的「藝術性」把小說寫得像「小品散文」。這個人就是廢名。

如果說丁玲是滿懷信心往「前」看，那麼廢名卻把審美的眼光轉向了「過去」。1935年周作人編《中國新文學大系：散文一集》時，從廢名的小說《橋》中選取了六節，並在導言中說：「廢名所作本來是小說，但是我看這可以當小品散文讀，不，不但是可以，或者這樣更覺得有意味亦未可知。」[1] 廢名本人則得意地稱他是以唐人寫絕句的筆法來寫小說的。現代小說的散文化在廢名的小說中達到了極致（或走向極端），一個重要的因素就是廢名的小說裏有大量的風景描寫，充滿了詩情畫意。廢名又被認為是文體家，他的文體風格在現代小說中也是很獨特的，雖然在某種程度上已到了「晦澀」的地步。但廢名在現代文學中的影響卻是不小的，沈從文曾說過他寫鄉下的作品是受了「廢名先生的影響」，李健吾論述過《畫夢錄》時期的何其芳所受廢名的影響，朱光潛指出過廢名的小說特別是《橋》「對於卞之琳一派新詩的影響似很顯著」[2]。可以說，廢名在中國現代小說作家中是

[1] 止庵編，《廢名文集》（北京：東方出版社，2000），頁4。
[2] 馮健男編，《馮文炳選集》（北京：人民文學出版社，1985），頁475。

一個「異數」，有研究者曾把廢名和詹姆斯・喬伊絲作過比較：「與喬伊絲一樣，廢名也大致經歷了這樣一個由平淡、樸訥到晦澀奇崛的過程。同為難懂作家的範例，兩個人的命運卻迥然不同：喬伊絲的作品不僅沒有受到冷落和輕視，反而激起學界和批評界不斷探討的熱情。《尤利西斯》（*Ulysses,* 1922）已成為現代主義小說的里程碑，時至今日，國際喬學界幾乎每年都有新的研究成果問世。而廢名作品的境遇就顯得相形見絀了，這位一代奇才在歷史場景的風雨變幻中正在漸漸為人淡忘。」[3]對廢名小說「文學價值」的評估歷來也是見仁見智，有周作人這樣的稱讚其「文章之美」的，也有魯迅這樣的批評其「有意低徊、顧影自憐」的[4]，但不可否認的是，廢名小說中確實包含著「豐富的」內容，他所接受的古今中外的影響都雜列其中，雖然有時顯得有些「生硬彆扭」，融化得不那麼「圓通」。從廢名小說中我們可以看到現代小說的另一幅在今天看來有些「陌生」的面孔，探討其中風景描寫的得失成敗也許會給我們一些有益的啟示。

廢名，原名馮文炳，從小受過比較規範的私塾教育，1922年入北京大學預科，後進英文系學習，直到1929年畢業。他對莎士比亞（William Shakespeare）、賽凡提斯（Miguel de Cervantes）、哈代等西方作家作品比較偏愛，也曾作過深入研究，後來又研讀佛經，並身體力行，參禪「打坐」。廢名一向被列為「苦雨齋四弟子」之一[5]，苦雨翁周作人對他的影響是極為深遠的，不僅是在文學創作上，而且在日常生活中，周作人對廢名都有過很大的幫助。周作人的文學觀（特別是文學趣味）在廢名的小說中也有

---

[3] 格非，《塞壬的歌聲》（上海：上海文藝出版社，2001），頁260。

[4] 《中國新文學大系：小說二集》序。

[5] 其他三人為俞平伯、沈啟无、江紹原。

所體現，以至於沈從文曾這樣為之惋惜：「趣味的惡化（或者這只是我個人的看法），作者方向的轉變，或者與作者在北平的長時間生活不無關係。在現時，從北平所謂『北方文壇盟主』周作人、俞平伯等人，散文中糅雜了文言文，努力使它在這類作品中趣味化，且從非意識的或意識的感到寫作的喜悅，這『趣味的相同』，使馮文炳君以廢名筆名發表了他的新作，我覺得是可惜的。這趣味將使中國散文發展到較新情形中，卻離了『樸素的美』越遠，而同時作品的地方性，因此一來亦完全失去，代替作者過去優美文體顯示一新型的，只是畸形的姿態一事了。」[6] 沈從文在這裏主要指涉的是《莫須有先生傳》，沈的惋惜之處可能也是大多數人的感受，廢名從早期的「優美」轉到後來的「講禪論道」確實讓人難以理解，但廢名的「獨特性」也正在於此。周作人在《懷廢名》一文中說：「廢名的文藝的活動大抵可以分幾個段落來說。甲是《努力週報》時代，其成績可以《竹林的故事》為代表。乙是《語絲》時代，以《橋》為代表。丙是《駱駝草》時代，以《莫須有先生》為代表。以上都是小說。丁是《人間世》時代，以《讀〈論語〉》這一類文章為主。戊是《明珠》時代，所作都是短文……在這一時期我覺得他的思想最是圓滿，只可惜不曾更多所述著，這以後似乎更轉入神秘不可解的一路去了。」[7] 雖然周作人對廢名後來的轉入神秘一路不很滿意，但對以「文章之美」著稱的前期小說卻是大加讚賞的，尤其是對短篇小說集《竹林的故事》和長篇小說《橋》。

---

[6] 《沈從文文集》（廣州：花城出版社、三聯書店，1984），頁99。
[7] 止庵編，《廢名文集》（北京：東方出版社，2000），頁1。

第一節　竹林

廢名幾乎是一進北大（1922年秋）就開始了文學創作，先是他的兩首白話小詩和一個短篇小說發表在1922年10月的《努力週報》上，這給了他很大的鼓勵，但初期的幾篇小說並不很成功。不過廢名很快就讀到了英國女小說家喬治・艾略特（George Eliot）的長篇小說《弗洛斯河上的磨坊》（*The Mill on the Floss*），這讓他領悟到「兒童生活原來都是文章」[8]，他開始挖掘自己的童年和少年時期的生活，這也成了他後來創作的豐富礦藏。廢名的第一部短篇小說集《竹林的故事》於1925年10月由北京北新書局出版，周作人為該小說集作序，周先說「馮文炳君的小說是我所喜歡的一種」，然後談到喜歡的理由之一是「我不知怎地總是有點『隱逸的』，有時候很想找一點溫和的讀，正如一個人喜歡在樹蔭下閒坐，雖然曬太陽也是一件快事。我讀馮君的小說便是坐在樹蔭下的時候」[9]。這其實也是周作人所嚮往的一種「趣味」，一種隱逸、溫和、閒適的情懷。

小說集中的《柚子》（1923年4月）一篇是廢名寫得最早的一篇以兒童生活為主的鄉土小說，寫的是一個美麗善良的女孩柚子的故事。小說有些類似魯迅的《故鄉》，也是以對比的手法寫柚子少年時的快樂與後來不幸的命運（相當於少年閏土和中年閏土的反差），但魯迅的主旨在於「希望」改變「現實」，而廢名在小說中表現得更多的是一種淡淡的哀愁和感慨。小說的前半部

---

[8] 郭濟訪，《夢的真實與美——廢名》（石家莊：花山文藝出版社，1992），頁79。

[9] 黃喬生選編，《周作人書話》（北京：北京出版社，1997），頁189。

分著重寫了「我」和表妹柚子兩小無猜的歡樂時光，如何在外祖母的村莊裏玩耍、遊戲、割春菜等等，鄉村景色和孩子們的自然天性是融合在一起的：

> 抱村的小河，下流通到縣境內僅有的湖澤；濱湖的居民，逢著冬季水淺的時候，把長在湖底的水草，用竹篙子捲起，堆在陸地上面，等待次年三四月間，用木筏運載上來，賣給上鄉人做肥料。外祖母的田莊頗多，隔年便託人把湖草定著。我同柚子畢竟是街上的孩子，見了載草的筏，比什麼玩意兒都喜歡，要是那天中午到筏，那天早飯便沒有心去吃。我比柚子固然更性急，然而這回是不能不候她的，有時候得冒火，幫著她拿剪刀同線，免不了把她芹姐的也誤帶了去。白皚皚的沙灘上，點綴著一堆堆的綠草；大人們赤著腳從木筏上跨上跨下；四五個婀娜的小孩，小狗似的彎著身子四散堆旁；揀糞的大孩子，手裏拿著鐵鏟，也偷個空兒伴在一塊。這湖草同麻一般長，好像扯細了棕櫚樹的葉子，我們拾了起來，繫線上上，更用剪刀修成唱戲的鬍子。[10]

但是好景不長，後來柚子的家裏發生變故，陷入困境，小說後半部分則是「我」從北京回鄉後的所見所聞，再次見到柚子時，「這柚子完全不是我記憶裏的柚子了」，兩人也好像沒有話講，小說結尾處這樣寫道：「吃過早飯，我眼看著十年久別，一夕重逢的柚子妹妹，跟著她的骷髏似的母親，在泥濘街上並

[10]馮健男編，《馮文炳選集》（北京：人民文學出版社，1985），頁10。

不回顧我的母親的泣別，漸漸走不見了。」[11] 這裏抒發的是一種悲涼之感，這也是廢名這篇小說的「文心」所在，他傾心要表達的是一種憂傷的情緒。到了短篇小說《鷓鴣》，廢名雖然仍然是寫柚子的故事，但故事的主線是由鷓鴣起興，引起對柚子的思念，「我」所要表達的是古詩中「鷓鴣聲聲斜陽裏，遍數舊友少一人」這樣的哀歎，抒情成分占了重要的地位，而小說的故事性則減弱了。從這樣的注重營造情調上面，可以看到廢名後來小說的一個基調，也是廢名一向所傾心的「詩到哀處自然工」，悲哀的東西是最美的，也是最能打動人的。正因為廢名這樣注重「悲哀」，後來發展到「厭世」，走入佛教也就不奇怪了。

寫於1924年10月的《竹林的故事》則是廢名早期小說的代表，小說一開始就以素描的方式勾勒出一幅風景畫：

> 出城一條河，過河西走，壩腳下有一簇竹林，竹林裏露出一重茅屋，茅屋兩邊都是菜園：十二年前，他們的主人是一個很和氣的漢子，大家呼他老程。[12]

這裏可以看到舊小說的某些痕跡，對場景與人物的交代顯得緊湊、簡潔。這樣的開頭與《邊城》（沈從文）的開頭有幾分相似。廢名在小說中主要寫的是老程的女兒「三姑娘」的故事。同《柚子》中的小姑娘柚子一樣，小時候的三姑娘也是活潑可愛的，同《邊城》中的翠翠一樣也是「自然之子」，她跟著老程去打魚時，這樣一幅畫面也是充滿生機和趣味的：

---

[11] 馮健男編，《馮文炳選集》（北京：人民文學出版社，1985），頁17。
[12] 馮健男編，《馮文炳選集》（北京：人民文學出版社，1985），頁44。

> 四五月間，霪雨之後，河裏滿河山水，他照例拿著搖網走到河邊的一個草墩上，——這墩也就是老程家的洗衣裳的地方，因為太陽射不到這來，一邊一棵樹交蔭著成一座天然的涼棚。水漲了，搓衣的石頭沉在河底，剩現綠團團的坡，剛剛高過水面，老程像乘著划船一般站在上面把搖網朝水裏兜來兜去；倘若兜著了，那就不移地的轉過身倒在挖就了的蕩裏，——三姑娘的小小的手掌，這時跟著她的歡躍的叫聲熱鬧起來，一直等到碰跳碰跳好容易給捉住了，才又坐下草地望著爸爸。[13]

從這裏可以看出，廢名在這一時期寫的鄉村生活是普通老百姓的平凡、真實的一面，對人物也沒有做過多的渲染（不同於沈從文對翠翠那樣的描寫），一切似乎都是記憶中的生活「實錄」似的，景物描寫也是「樸實」的。三姑娘八歲時老程不見了，青青的草坡上多了一座新墳。竹林底下的生活還是平靜地過著，三姑娘漸漸長大成人，挑著擔子賣菜，維持一家的生計。多年後，清明時節「我」遠道回家，遠遠望見竹林時，「我的記憶又好像一塘春水，被風吹起波皺了[14]。正在徘徊，從竹林上壩的小徑，走來兩個婦人」，有一個就是已經嫁人了的三姑娘。接下來在小說的結尾廢名用了一個很節制的語調來寫「我」複雜的心理感受：「再沒有別的聲息：三姑娘的鞋踏著沙土。我急於要走過竹林看看，然而也暫時面對流水，讓三姑娘低頭過去。」[15] 這可以

---

[13] 馮健男編，《馮文炳選集》（北京：人民文學出版社，1985），頁45。

[14] 這裏廢名化用了馮延巳的詞，「風乍起，吹皺一池春水」。廢名對古典詩詞意境的追尋後為來發展到一個極致，「用典」成了他創作的一個重要特徵。

[15] 馮健男編，《馮文炳選集》（北京：人民文學出版社，1985），頁50。

說是一種「近鄉情更怯」的反應，「我」其實想看見三姑娘，又怕她的變化引起「物是人非」的失落感，「我」只好讓她低頭走過去，聽著她的鞋踏著沙土的聲音，也許只有三姑娘在靜靜的竹林中的背影才是「我」所樂於看到和接受的。與其說這篇小說是寫三姑娘的故事，還不如說主要是抒寫「我」的一種情調，是以「我」的目光來看三姑娘的。這也是廢名小說的抒情性的集中體現。廢名在《說夢》一文中寫道：「我有一個時候非常之愛黃昏，黃昏時分常是一個人出去走路，尤其喜歡在深巷子裏走。《竹林的故事》最初想以《黃昏》為名，以希臘一位女詩人的話做卷頭語——『黃昏呵，你招回一切，光明的早晨所驅散的一切，你招回綿羊，招回山羊，招回小孩到母親的旁邊。』」[16]很顯然，對這樣的情調的追求是廢名在小說中最用心的地方，這在《浣衣母》、《河上柳》等篇中也有所體現。

這一時期廢名小說中的風景描寫主要是為了抒情，營造一種氛圍和情趣，這也頗符合古人論詞的說法：「詞雖不出情景二字，然二字亦分主客，情為主，景是客。說景即是說情，非借物遣懷，即將人喻物。」[17]其實對「竹林」這一景物的描繪已經滲透著廢名的一種古典情懷，「竹」在中國傳統文化中是一種高潔品格的象徵，與「松、梅、菊」一樣成為人格的象徵物，通稱「四君子」，而且「竹」又常常與恬靜、清幽等意境連在一起。如此來看，竹林下發生的故事與竹林的象徵意蘊也是和諧的，其中的人物三姑娘彷彿是與竹林一般的清靜、秀美。廢名在小說中對三姑娘的「淑靜之美」有這樣的描述，她很「好看」，以至於

[16]止庵編，《廢名文集》（北京：東方出版社，2000），頁54。

[17]李漁，《窺詞管見》，參見：傅庚生，《中國文學欣賞舉隅》（西安：陝西人民出版社，1983），頁44。

這種美有一種「威懾力」：「三姑娘在我們的眼睛裏同我們的先生一樣熟，所不同的，我們一望見先生就往裏跑，望見三姑娘都不知不覺的站在那裏笑。然而三姑娘是這樣淑靜，愈走近我們，我們的熱鬧便愈是消滅下去，等到我們從她的籃裏揀起菜來，又從自己的荷包裏掏出了銅子，簡直是犯了罪孽似的覺得太對不起三姑娘了。」[18]

第二節　桃園

1928年廢名的第二個短篇小說集《桃園》由上海開明書店出版，收入《桃園》（1927年9月）、《菱蕩》（1927年10月）等10篇小說，這兩篇小說也是他這一時期的代表作。與前邊的《竹林的故事》相比，廢名更刻意加強了小說的「詩情畫意」，雖然也有悲哀的情緒出現，但更多的是一種「詩化的生活」，給人一種世外桃園的感覺，有時會讓人感到「不真實」。同時他在語言上也更追求簡潔，有時會被人認作「晦澀」。但這正是廢名引以為自豪的東西，在1957年他曾這樣說：「就表現的手法說，我分明地受了中國詩詞的影響，我寫小說同唐人寫絕句一樣，絕句二十個字，或二十八個字，成功一首詩，我的一篇小說，篇幅當然長得多，實是用寫絕句的方法寫的，不肯浪費語言。這有沒有可取的地方呢？我認為有。運用語言不是輕易的勞動，我當時付的勞動實在是頑強。讀者看我的『浣衣母』，那是最早期寫的，一支筆簡直就拿不動，吃力的痕跡可以看得出來了。到了『桃園』，就寫得熟些了。到了『菱蕩』，真有唐人絕句的特

[18]馮健男編，《馮文炳選集》（北京：人民文學出版社，1985），頁49。

點，雖然它是五四以後的小說。」[19] 按周作人在《〈桃園〉跋》中的說法，這一時期的廢名「隱居於西郊農家」，作品的「隱逸性」非常明顯：「廢名君小說中的人物，不論老的少的，村的俏的，都在這一種空氣中行動，好像是在黃昏天氣，在這時候朦朧暮色之中一切生物無生物都消失在裏面，都覺得互相親近，互相和解。在這一點上廢名君的隱逸性似乎是很占了勢力。」[20] 由此可以看出，廢名的小說「禪意」漸濃。還應該提及的是，這時他已開始用「廢名」這個筆名了，為此他專門在日記中寫道：「從昨天起，我不要我那名字，起了一個名字，就叫做廢名。我在這四年之內，真是蛻了不少的殼，最近一年尤其蛻得古怪，就把昨天當個紀念日子罷。1926年6月10日。」[21] 彷彿是隨著名字的「蛻變」，廢名小說中的「風景」也愈來愈走入一種古典意境中去，而離「現實生活」愈來愈遠了。

在《桃園》中，廢名很講究語言的「簡潔」，句與句之間跳躍性增強了，人物的內心活動也是跳躍性的。比如這一段描寫：「秋深的黃昏。阿毛病了也坐在門檻上玩，望著爸爸取水。桃園裏面有一口井。桃樹，長大了的不算又栽了小桃，阿毛真是愛極了，愛得覺著自己是一個小姑娘，清早起來辮子也沒有梳！桃樹彷彿也知道了，阿毛姑娘今天一天不想端碗扒飯吃哩。爸爸擔著水桶林子裏穿來穿去，不是把背弓了一弓就要挨到樹葉子。阿毛用了她的小手摸過這許多的樹，不，這一棵一棵的樹是阿毛一手抱大的！——是爸爸拿水澆得這麼大嗎？她記起城外山上滿山的墳，她的媽媽也有一個，——媽媽的墳就在這園子裏不好嗎？爸

[19]廢名，《〈廢名小說選〉序》（北京：人民文學出版社，1957），頁2。
[20]黃喬生選編，《周作人書話》（北京：北京出版社，1997），頁195。
[21]止庵編，《廢名文集》（北京：東方出版社，2000），頁45。

爸為什麼同媽媽打架呢？有一回一籮桃子都踢翻了，阿毛一個一個的朝籮裏揀！天狗真個把日頭吃了怎麼辦呢？……」[22] 這裏已經有一些「意識流」的味道，把一個小女孩的喜悅、擔憂都寫出來了。至於下邊的這一句「王老大一門閂把月光都閂出去了」歷來也為人稱道，卞之琳說：「這就像受過中國古典詩影響的西方現代詩的一行，廢名卻從未置理人家那一套，純粹繼承中國傳統詩的筆法。」[23] 也就是說，廢名對字句的「推敲」是源於傳統詩意的，比如廢名接下來繼續這樣寫月光：「半個月亮，卻也對著大地傾盆而注，王老大的三牽草房，今年蓋了新黃稻草，比桃葉還要洗得清冷。桃葉要說是浮在一個大池子裏，籬牆以下都湮了，——葉子是剛湮過的！」[24] 這裏其實是寫月光如水，把屋子、桃樹都籠罩其中，但卻不提水字，可以看出很明顯的「雕飾」痕跡，這一傾向的極端就是「晦澀」。

廢名在《菱蕩》中更傾心於描寫風景，大自然的景色幾乎成了小說的主體，對人物、事件卻是一種輕描淡寫的勾勒，有時會讓人覺得連人物形象（比如陳聾子、洗衣婦）彷彿也是為著給「菱蕩」增添色彩而存在的，人物幾乎成了風景的配角。小說先從陶家村的地理位置寫起：

> 陶家村在菱蕩圩的壩上，離城不過半里，下壩過橋，走一個沙洲，到城西門。
>
> 一條線排著，十來重瓦屋，泥牆，石灰畫得磚塊分明，太陽底下更有一種光澤，表示陶家村總是興旺的。屋

---

[22] 馮健男編，《馮文炳選集》（北京：人民文學出版社，1985），頁63。
[23] 卞之琳，《〈馮文炳選集〉序》（北京：人民文學出版社，1985），頁9。
[24] 馮健男編，《馮文炳選集》（北京：人民文學出版社，1985），頁65。

> 後竹林，綠葉堆成了臺階的樣子，傾斜至河岸，河水沿竹子打一個灣，潺潺流過。[25]

這樣的村落風光是清新可人的，有一種古樸韻味。廢名然後又寫到陶家村過橋的地方的一座石塔以及關於塔的傳說，接著他詳盡地描繪了菱蕩圩的地形和風景：

> 塔不高，一棵大楓樹高高的在塔上，遠路行人總要歇住乘一乘蔭。坐在樹下，菱蕩圩一眼看得見，——看見的也僅僅只有菱蕩圩的天地了，壩外一重山，兩重山，雖知道隔得不近，但樹林在山腰。菱蕩圩算不得大圩，花籃的形狀，花籃裏卻沒有裝一朵花，從底綠起，——若是蕎麥或油菜花開的時候，那又儘是花了。稻田自然一望而知，另外樹林子堆的許多球，那怕城裏人時常跑到菱蕩圩來玩，也不能一一說出，那是村，那是園，或者水塘四圍栽了樹。[26]

在這裏，塔、楓樹、山、稻田、菱蕩（還有蕎麥花或油菜花）構成的風景顯得充滿生機，又透露著寧靜、閒適的氣息，有些像孟浩然的詩句「青山郭外斜，綠樹村邊合」所描繪的意境。接下來又是對菱蕩的描繪，小說的前半部分幾乎都是在寫景，在這樣的田園詩般的風光中，才出現了陳聾子和洗衣婦，不過也不是著力去刻畫人物性格或故事，寫的只是他們生活的幾個片斷，

---

[25] 馮健男編，《馮文炳選集》（北京：人民文學出版社，1985），頁70。
[26] 馮健男編，《馮文炳選集》（北京：人民文學出版社，1985），頁71。

而且人物也是和景色融在一起的：「城裏人並不認為菱蕩是陶家村的，是陳聾子的。大家都熟識這個聾子，喜歡他，打趣他，尤其是那般洗衣的女人，——洗衣的多半住在西城根，河水乾了到菱蕩來洗。菱蕩的深，這才被她們攪動了。太陽落山以及天剛剛破曉的時候，壩上也聽得見她們喉嚨叫，甚至，衣籃太重了坐在壩腳下草地上『打一棧』的也與正在捶搗杵的相呼應。野花做了她們的蒲團，原來青青的草她們踏成了路。」[27] 這樣一來，《菱蕩》裏人物與景色的和諧之美似乎也消除了《桃園》中還若隱若現的一份悲哀之思，甚至連小說唯一集中描寫的一個情節，即陳聾子對菱蕩裏兩個洗衣婦的「窺視」也給人一種「世外桃園」的歡悅氣象。當然，這樣的田園景色會讓人想起同樣以寫鄉村風景著名的沈從文，有研究者曾這樣分析過馮、沈兩人的異同：「廢名、沈從文的小說都帶有鄉土氣息和強烈的抒情色彩，但兩人的表現手法卻有很大的不同。沈從文大多採用白描，語言接近口語化，新鮮活潑，語彙豐富雜糅，敘事既簡潔，又雍容。而廢名的敘事語言基本上是書面語體，艱澀而細膩，文體變化詭譎，頗多神秘不可解的因素；沈從文的抒情大多由現實生活所激發，並對現實世界懷有深刻而強烈的關注，廢名小說的抒情性則往往是古典詩詞意境、生活中的玄想、形而上的悟道以及禪意所引起，對於現實生活抱有悲觀、超脫和規避的態度。」[28] 廢名小說的這種特點在長篇小說《橋》中表現得尤為突出。

---

[27] 馮健男編，《馮文炳選集》（北京：人民文學出版社，1985），頁72。
[28] 格非，《塞壬的歌聲》（上海：上海文藝出版社，2001），頁258。

第三節　橋

1932年4月《橋》由上海開明書店出版，只有上卷，分上、下兩篇。同年10月《莫須有先生傳》也由開明書店出版，同樣是一部未能完成的長篇小說[29]。按周作人的分法，《橋》的寫作幾乎與《語絲》雜誌相始終[30]，是廢名《語絲》時代的代表成績，從1925年11月開始寫[31]，延續了很長時間，一直1930年3月。這期間他的大部分時間是寫《橋》，雖然也寫了一些別的文章。緊接著他就開始寫《莫須有先生傳》，這是他《駱駝草》[32]時代的代表作。卞之琳這樣說過：「就他獨特的純正藝術風格，廢名寫小說，應以《橋》上卷為達到高峰。《莫須有先生傳》是他另一個小說寫作奇峰，應該是他的小說絕筆了。」[33]對這兩部小說，廢名本人在1957年說，「在藝術上我吸收了外國文學的一些長處，又變化了中國古典文學的詩，那是很顯然的。就《橋》與《莫須有先生傳》說，英國的哈代、艾略特，尤其是莎士比亞，都是我的老師，西班牙的偉大小說《吉訶德先生》（*Don Quixote,* 1605）我也呼吸了它的空氣。總括一句，我從外國文學學會寫小說，我愛好美麗的祖國的語言，這算是我的經驗」[34]。這兩部風

[29]《橋》出版後，廢名曾續寫了〈水上〉、〈鑰匙〉、〈窗〉等幾章，但還是沒有最終完成。

[30]《語絲》週刊創刊於1924年11月，最後一期出版於1930年3月。

[31]他開始用「廢名」這個筆名是在1926年6月。

[32]《駱駝草》創刊於1930年5月，到11月就因廢名去青島而中止了，只有半年壽命，卻催生了《莫須有先生傳》。

[33]卞之琳，《〈馮文炳選集〉序》（北京：人民文學出版社，1985），頁8。

[34]廢名，《〈廢名小說選〉序》（北京：人民文學出版社，1957），頁3。

格迥異的小說出自一人之手，不免讓人驚訝，但這也充分體現了廢名的才華，可以看到廢名的兩個側面，一個是對夢一般意境的追求，一個則是對「現實」的冷嘲熱諷。而《橋》的意境的營造，則主要由風景描寫來完成。

《橋》的上篇寫十二歲的小林的童年時代的生活，包括他和十歲的小女孩琴子的相識、定親，史家莊的日落日出，祠堂與萬壽宮，小林與孩童們的遊戲等等。下篇則一下跳到了十年後，小林在外地讀了幾年書後回到故鄉，在成年的小林和琴子之間，又加入了一個天性活潑可愛的表妹細竹（比琴子小兩歲），於是三人之間產生許多微妙的感情。因此也有人認為《橋》受了《紅樓夢》的影響，從性情上講，細竹像湘雲，琴子像寶釵[35]，那麼小林則是「情種」寶玉。但廢名傾心的不是「故事」，而是發現生活中的一些「美」，一些有意味的「閒情雅致」。

有人曾戲稱廢名「十年造橋」。在很大程度上說，《橋》整個是由「風景」搭建起來的，這從小說各章的一些標題也可以看出來，比如上篇的「落日」、「洲」，下篇的「沙灘」、「楊柳」、「黃昏」、「花紅山」、「橋」、「楓樹」、「梨花白」、「塔」等等，這類辭彙（意象）也常常出現在中國古典詩詞中，對這樣的「古典意境」的癡迷是《橋》的一大特色，甚至有些篇章的構思就是由一些詩句啟發的。廢名喜歡從古典詩意中獲得靈感，輔以簡單的故事情節，再鋪排點染成某些章節。比如《橋》的下篇第二十一章「梨花白」，是以王維的詩句「黃鶯弄

[35] 郭濟訪，《夢的真實與美——廢名》（石家莊：花山文藝出版社，1992），頁258。

不足」[36]構成全篇的意蘊核心的。第二十三章「塔」，這一章寫到細竹幾天前聽小林說他不能忘卻一個雨中打傘的北方姑娘的形象，於是畫了一張雨中打傘女子的圖畫給小林看。小林由對雨中美人的回憶返回現實，與當前的美人細竹相對照。細竹則由此想到：「下雨的天，邀幾個人湖裏泛舟，打起傘來一定好看，望之若水上蓮花葉。」但小林與琴子有青梅竹馬的婚約，所以只能把對細竹的相戀看成人生的夢境，因此對細竹說：「我感不到人生如夢的真實，但感到夢的真實與美。」在這裏，雨中憶昔、湖中荷葉的比喻、現實如夢、夢的真實與美，這些意象和情感都是由小說中引用的南唐中主李璟的一句詞「細雨夢回雞塞遠」引發延伸而成的[37]。

不僅如此，廢名在《橋》中對古詩詞「掉書袋」般的引用也多達數十次，比如下篇第十一章「路上」寫到琴子與細竹往花紅山踏青，一路上兩人互相取笑，琴子看見細竹穿的紅衣，就說「紅爭暖樹歸」。細竹則說琴子「掉書袋，討厭。」[38]掉書袋子的當然不是琴子，而是廢名，對這一點，曹文軒這樣分析：「廢名掉書袋子，並不令人討厭。就像那個琴子掉書袋子並不真正叫細竹討厭一樣。因為廢名在《橋》中所任的角色是個文化人。文化人愛掉書袋子——沒有一個文化人不愛掉書袋子的。一旦不掉書袋子，他也就讓人看不出是個文化人了。掉書袋子既是文

---

[36]《左掖梨花》全詩是這樣的：「閒灑階邊草，輕隨箔外風。黃鶯弄不足，銜入未央宮。」

[37]李璟《攤破浣溪沙》全詞是：「菡萏香銷翠葉殘，西風愁起綠波間。還與韶光共憔悴，不堪看。細雨夢回雞塞遠，小樓吹徹玉笙寒。多少淚珠何限恨，倚闌干。」

[38]《中國新文學大系》第六集（上海：上海文藝出版社，1984），頁652。

化人的一個徽記，更是文化人的一種情趣。」[39] 按這樣的說法，《橋》上的「風景」表現的正是一種文化人的審美情趣，或者說是一種「象牙之塔」中的情趣。廢名正是以這樣「審美」的眼光來發現「生活」中的詩情畫意的。在上篇第十八章「碑」中寫到「太陽遠在西方，小林一個人曠野上走」，小林在路上左顧右盼，一邊看風景一邊浮想聯翩：

> 那麼西方是路左，一層一層的低下去，連太陽也不見得比他高幾多。他彷彿是一眼把這一塊大天地吞進去了，一點也不留連，——真的，吞進去了，將來多讀幾句書會在古人口中吐出，這正是一些唐詩的境界，「白水明田外」，「天邊樹若薺」。然則留連於路之右嗎？是的，看了又看，不掉頭，無數的山，山上又有許多的大石頭。[40]

這樣直接以唐詩來點化「境界」，是廢名的一慣手法，給人的感覺是他無論怎麼樣描寫風景，想表達的也無非是這樣的「古典」情趣。再比如《橋》下篇第四章「日記」中，琴子和細竹在燈下，琴子用楊柳枝寫了一行字：「寒壁畫花開。」這是引用了庾信的詩。然後又由細竹的一句話（「我捨不得那一硯池好墨，——觀世音的淨水磨的！」）引出琴子在這之前寫的兩行詩：「一葉楊柳便是天下之春／南無觀世音的淨瓶。」[41] 如此這般的在語句之間生發、延伸的「詩意」就一直貫穿在《橋》中，比如

---

[39] 曹文軒，《一根燃燒盡了的繩子》（北京：作家出版社，2003），頁355。
[40]《中國新文學大系》第六集（上海：上海文藝出版社，1984），頁616。
[41]《中國新文學大系》第六集（上海：上海文藝出版社，1984），頁628。

這個「觀世音的淨瓶」再次出現在第十四章「簫」裏，寫到小林走進琴子和細竹打扮的房間，在鏡子面前思緒翩飛：

> 鏡子是也，觸目心驚。其實這一幅光明（當然因為是她們的，供其想像）居嘗就在他的幽獨之中，同擺在這屋子裏一樣，但他從沒有想到這裏面也可以看見別人，他自己。
>
> 「觀世音的淨瓶」裏一枝花，桃花。拈花一笑。
>
> 怎麼的想起了這樣話來——
>
> 不知棟裏雲
> 去作人間雨
>
> 於是雲，雨，楊柳，山……模模糊糊的開擴一景致。未見有人進來。說沒有人那又不是，他根本是沒有人不能成景致的一個人。
>
> 這個氣候之下飛來一隻雁，——分明是「驚塞雁起城烏」的那一個雁！因為他面壁而似問：「畫屏金鷓鴣難道也是一躍……？」
>
> 壁上只有細竹吹的一隻管簫，掛得頗高。[42]

這一章題為「簫」，但寫到簫的就只有這一句，大部分寫的是小林進了兩個女孩子的房間後的「詩意」想像，從一些古典詩詞中鋪開一幅「風景」來，準確地說，這「風景」不是小林看到

[42]《中國新文學大系》第六集（上海：上海文藝出版社，1984），頁664。

的，而是他想像出來的[43]，這也是《橋》中風景描寫的一個「獨特之處」，可以說是廢名的一個「創造」，在其他小說家那裏很少這樣的描寫，別人即使寫不同時空中的風景，也可能用的是回憶的或過去時的手法，會給人以「真實感」，但廢名的「觸物生景」卻是「橫空出世」的，無所依傍的，只是在古典詩意之中跳躍、穿梭。這樣若運用「過度」，就有一種生硬感，讓一般讀者不明所以，當然「高明」的讀者會欣賞其中的「趣味」。這可能也是導致廢名作品「晦澀」的一個原因。周作人在給《橋》寫的「序」中說：「廢名君的文章近一二年來很被人稱為晦澀。據友人在河北某女校詢問學生的結果，廢名君的文章是第一名的難懂，而第二名乃是平伯。本來晦澀的原因普通有兩種，即是思想之深奧或混亂，但也可以由於文體之簡潔或奇僻生辣，我想現今所說的便是屬於這一方面。」[44]

周作人把廢名文章的「晦澀」歸結於「文體之簡潔或奇僻生辣」，而不是因為「思想之深奧或混亂」。廢名小說的文體風格確實夠得上「簡潔」，用字用句很是煞費苦心，句與句之間的跳躍更形成「奇僻生辣」的味道（運用古典詩詞也是一個因素）。至於「思想上」的原因還是有的，在筆者看來，這和廢名「參禪」的趣味是分不開的，在《橋》中有很多地方的描寫就像一段

[43] 當《橋》以「無題」系列登在雜誌上時，周作人曾評價其中的人物形象也是幻象：「這不是著者所見聞的實人世的，而是所夢想的幻景的寫象，特別是長篇《無題》中的小兒女，似乎尤其是著者所心愛，那樣慈愛地寫出來，仍然充滿人情，卻幾乎有點神光了。年輕的時候讀日本鈴木三重吉的《千代紙》中幾篇小說，我看見所寫的幻想少女，也曾感到彷彿的愛好。」參見：黃喬生選編，《周作人書話》（北京：北京出版社，1997），頁195。

[44]《中國新文學大系》第六集（上海：上海文藝出版社，1984），頁566。

段的禪宗「公案」。比如下篇第十八章「橋」裏，寫到小林、琴子、細竹三個人一齊遊八丈亭，這個地方本來就是個供奉佛的所在。小林說起鷂鷹時琴子不回答他的話，小林就問：「你為什麼不答應我？」琴子說：「鷂鷹它總不叫喚，——你要看它就看，說什麼呢？」小林就發感慨道：「這樣認真就起來，世上就沒有腳本可編，我們也沒有好詩讀了。——你的話叫我記起從前讀莎士比亞的一篇戲時候起的一點意思。兩個人黑夜走路，看見遠處燈光亮，一陣音樂又吹了來，一個人說，聲音在夜間比白晝來得動人，那一個人答道——Silence bestows that virtue on it, madam.[45] 我當時讀了笑，莎士比亞的這句文章就不該做。但文章做得很好。」[46] 這樣的對話裏已經有些禪宗裏常提到的「言與不言」的問題，接下來廢名更進一步發揮：

> 琴子已經明白他的意思。
>
> 「今天的花實在很燦爛，——李義山詠牡丹詩有兩句我很喜歡：『我是夢中傳彩筆，欲書花葉寄朝雲。』你想，紅花綠葉，其實在夜間都佈置好了，——朝雲一剎那見。」
>
> 琴子喜歡得很——
>
> 「你這一說，確乎很美，也只有牡丹恰稱這個意，可以大筆一寫。」
>
> 花在眼下，默而不語了。
>
> 「我嘗想，記憶這東西不可思議，什麼都在那裏，而可以不現顏色，——我是說不出現。過去的什麼都不能說

[45] 可譯為：夫人，是沉默賦予它（聲音）這樣的品德。
[46] 《中國新文學大系》第六集（上海：上海文藝出版社，1984），頁677。

沒有關係。我曾經為一個瞎子所感，所以，我的燦爛的花開之中，實有那盲人的一見。」

細竹忽然很懶的一個樣子，把眼睛一閉——「你這一說，我彷彿有一個瞎子在這裏看，你不信，我的花更燦爛了。」

說完眼睛打開了，自己好笑。她這一做時，琴子也在那裏現身說法，她曾經在一本書冊上看見一幅印度雕像，此刻不是記起而是自己忘形了，儼然花前合掌。

妙境莊嚴。[47]

這裏可以說是集中了廢名的所有愛好，既有對古典詩詞的偏愛，又有對「妙境莊嚴」的神往。盲人的一見之所以「燦爛」是因為其中包含了「頓悟」，這就是廢名津津樂道的地方。在《橋》的最後一章「桃林」中也有類似的「禪趣」，小林對細竹說起他做的一個夢，他夢見細竹「宛在水中央」：

細竹說：「做夢真有趣，自己是一個夢自己還是一個旁觀人，——既然只有我一個人在水中央，你站在那裏看得見呢？」

她這一說不打緊，小林佩服極了。[48]

細竹的話裏也似乎藏著「禪機」。夢與夢組成一個「俄羅斯套盒」一樣的東西，夢中夢本來就是一個讓人著迷的問題，彷彿

---

[47]《中國新文學大系》第六集（上海：上海文藝出版社，1984），頁677-678。
[48]《中國新文學大系》第六集（上海：上海文藝出版社，1984），頁702。

莊周夢蝶一樣[49]。《橋》的結尾也是很有「味道」的：

> 細竹要回去，說：
> 「我們回去罷，時候不早。」
> 「索性走到那頭去看一看。」
> 「那頭不是一樣嗎？」
> 她一眼望了那頭說，要掉背了。
> 小林也就悵望於那頭的樹行，很喜歡她的這一句話。[50]

從這兩段描寫中，可以看出廢名在《橋》中的良苦用心之一就是對「禪趣」的追尋，這一點也滲透到小說裏的人物和風景描寫當中。朱光潛曾說過：「小林、琴子、細竹三個主要人物都沒有鮮明的個性，他們都是參禪悟道的廢名先生。」[51]對廢名很瞭解的周作人也曾記述過廢名「參禪」的逸事：「廢名自云喜靜坐深思，不知何時乃忽得特殊經驗，趺坐少頃，便兩手自動，作種種姿態，有如體操，不能自已，彷彿自成一套，演畢乃復能活動。鄙人少信，頗疑是一種自己催眠，而廢名則不以為然。其中學同窗有為僧者，甚為讚歎，以為道行之果，自己坐禪修道若

---

[49] 博爾赫斯曾對「莊子夢蝶」這樣闡釋道：「這樣子的一個比喻是我覺得最棒的一個了。首先，這個比喻從一個夢談起，所以接下來當他從夢中醒來之後，他的人生還是有夢幻般的成分在。其次，他幾乎是懷著不可思議的興奮選擇了正確的動物作為隱喻。如果他換成這樣說：『莊子夢虎，夢中他成了一隻老虎。』這樣的比喻就沒有什麼喻意可言了。蝴蝶有種優雅、稍縱即逝的特質。如果人生真的是一場夢，那麼用來暗示的最佳比喻就是蝴蝶，而不是老虎。」參見：〈博爾赫斯談詩論藝〉，《外國文藝》2002年第2期。

[50]《中國新文學大系》第六集（上海：上海文藝出版社，1984），頁702。

[51] 商金林編，《朱光潛批評文集》（珠海：珠海出版社，1998），頁69。

千年，尚未能至，而廢名偶爾得之，可謂幸矣。廢名雖不深信，然似亦不盡以為妄。假如是這樣，那麼這道便是於佛教之上又加了老莊以外的道教分子，於不佞更是不可解，照我個人的意見說來，廢名談中國文章與思想確有其好處，若捨而談道，殊為可惜。」[52] 這樣來看，廢名在《橋》中的表露的「思想」確是以「禪」為「宗」的，從這一點來看小說中大量的風景描寫，也許才能更深入地理解廢名為什麼那麼耐心、細緻地去寫山水、樹木、村莊、田疇、橋、塔等等，因為在他眼裏，這一草一木、陰晴變化裏都藏著「禪機」，值得他去觀察、體會。曹文軒這樣論述在《橋》中廢名所擁有的「靜觀」的目光：「禪將靜奉為最上等的品質。靜是禪的一個核心，因為，只有一個靜的姿態，才是走入存在、窺其內容的姿態，也只有這個姿態，才能獲得萬古不變的『真』。因此，坐禪就成了一個必須的功夫。廢名在《橋》中最喜愛做的一件事，就是讓他的小林獨在一處凝視大千世界。每寫到這種場景，廢名就很入神，用了很好的文字去寫：『冬天，萬壽宮連草也沒有了，風是特別起的，小林放了學一個人進來看鈴，他立在殿前的石臺上，用了他那黑黑的眼睛望著它響。』小林就是在這種靜觀中得以去除人性的雜質與輕浮。其實，不是小林喜歡靜觀，而是廢名，是廢名把靜觀看得如此重要，又把靜觀看得如此可以經得起審美。」[53] 正因為這樣「靜的姿態」，廢名眼裏「萬物皆靜」，比如下篇第六章「沙灘」裏寫到琴子來洗衣：

---

[52] 郭濟訪，《夢的真實與美——廢名》（石家莊：花山文藝出版社，1992），頁238。

[53] 曹文軒，《一根燃燒盡了的繩子》（北京：作家出版社，2003），頁364。

> 那頭沙上她看見了一個鷺鷥，——並不能說是看見，她知道是一個鷺鷥。沙白得炫目，天與水也無一不是炫目，要她那樣心境平和，才辨得出沙上是有東西在那裏動。她想，此時此地真是鷺鷥之場，什麼人的詩把鷺鷥用「靜」字來形容，確也是對，不過似乎還沒有說盡她的心意，——這也就是說沒有說盡鷺鷥。靜物很多，鴟鷹也最靜不過，鷺鷥與鴟鷹是怎樣的不能說在一起！鴟鷹棲岩石，鷺鷥則踏步於這樣的平沙。[54]

曹文軒認為，「在這裏，廢名把『靜物』這個詞存心理解錯了。因為『靜物』一詞本是指一只花瓶、一只蘋果而言的。但廢名卻看出流動的河水，飄動的浮雲，在草坡上移動的羊群，是和一只在陽光下的玻璃器皿具有同等性質的：靜。整個世界，就是一個靜物。在靜與靜的對望與交流之中，我們領略到了一種蕪雜心靈受其淨化走向聖境的宗教般的感覺」[55]。廢名在「楊柳」一章裏也是把楊柳的蓬勃生機包含在一種「靜」的狀態裏：

> 太陽快要落山了，史家莊好多人在河岸「打楊柳」，拿回去明天掛在門口。人漸漸走了，一人至少拿去了一枝，而楊柳還是那樣蓬勃。史家莊的楊柳大概都頗有了歲數。它失掉了什麼呢？正同高高的晴空一樣，失掉了一陣又一陣歡喜的呼喊，那是越發現得高，這越發現得綠，彷彿用了

---

[54]《中國新文學大系》第六集（上海：上海文藝出版社，1984），頁633。
[55]曹文軒，《一根燃燒盡了的繩子》（北京：作家出版社，2003），頁365。

> 無數精神儘量綠出來。這時倘若陡然生風，楊柳一齊抖擻，一點也不叫人奇怪，奇怪倒在它這樣啞著綠。小林在樹下是作如是想。[56]

這裏有一個奇僻的辭彙「啞著綠」，既是廢名文體上的特色，也顯示了廢名對「靜」、「沉默」一類意趣的癡迷，而這一點又與古詩「相看兩不厭，唯有敬亭山」、「萬物靜觀皆自得，四時佳興與人同」中所表現的情趣與態度相通。與此類似的還有陶淵明的《飲酒》詩：「採菊東籬下，悠然見南山。山氣日夕佳，飛鳥相與還。此中有真意，欲辨已忘言。」可以看到，陶詩同樣鍾情的是一種「靜觀」的姿態。廢名在《橋》中也多次寫到小林處於這種「欲辨已忘言」的狀態，比如「黃昏」一章中寫到細竹離開後，小林一個人還在河上：

> 頭上的楊柳，一絲絲下掛的楊柳——雖然是頭上，到底是在樹上呵，但黃昏是這麼靜，靜彷彿做了船，乘上這船什麼也探手得到，所以小林簡直是搴楊柳而喝。
>
> 「你無須乎再待明天的朝陽，那樣你綠得是一棵樹。」
>
> 「真的，這樣的楊柳不只是一棵樹，花和尚的力量也不能從黃昏裏單把它拔得走，除非一隻筆一掃，——這是說『夜』。」
>
> 「叫它什麼一種顏色？」
>
> 他想一口說定這個顏色。可是，立刻為之悵然，要跳

[56]《中國新文學大系》第六集（上海：上海文藝出版社，1984），頁636。

> 出眼睛來問似的。他相信他的眼睛是與楊柳同色，他喝得醉了。[57]

在這裏，小林尋不到一個詞來說定夜是什麼顏色，他是沉醉在黃昏景色與自己的玄想中去了。小林面對柳絲有所「頓悟」，在黃昏的「靜」中彷彿什麼都能「探手得到」，於是他「搴楊柳而喝」[58]，這也是「參透禪機」的一個舉動。不過，真要說清「禪機」卻是很難的，因為在很大程度上這裏體現的是一種難以言說的「趣味」，而不是「道理」。對這一點，朱光潛曾這樣說過：「老莊和道家學說之外，佛學對於中國詩的影響也很深。可惜這種影響未曾有人仔細研究過。我們首先應注意的一點就是：受佛教影響的中國詩大半只有『禪趣』而無『佛理』。『佛理』是真正的佛家哲學，『禪趣』是和尚們靜坐山寺參悟佛理的趣味。」[59]在這樣的追求「禪趣」中，廢名彷彿把世間的一切都化作了「趣味」，對「平常的」一件事情往往也做一番鋪張議論，比如在《莫須有先生坐飛機以後》（1948）中對「揀柴」（他的兩個孩子純與慈上山去揀柴）這樣的事情也極盡鋪陳渲染之能事，讓人歎為觀止：

> 冬日到山上樹林裏揀柴，真個如「洞庭魚可拾」，一個小籃子一會兒就滿了，兩個小孩子搶著揀柴，笑著揀，天下從來沒有這樣如意的事了。這雖是世間的事，確是歡喜的

57《中國新文學大系》第六集（上海：上海文藝出版社，1984），頁640。

58廢名在這裏化用了禪宗公案中常見的「棒喝」，不過，「楊柳喝」也很有趣。

59商金林編，《朱光潛批評文集》（珠海：珠海出版社，1998），頁33。

> 世間，確是工作，確是遊戲，又確乎不是空虛了，拿回去可以煮飯了，討得媽媽的喜歡了。他們不知道爸爸是怎樣的喜歡他們。是的，照莫須有先生的心理解釋，揀柴便是天才的表現，便是創作，清風明月，春花秋實，都在這些枯柴上面拾起來了，所以燒著便是美麗的火，象徵著生命。莫須有先生小時喜歡鄉間塘裏看打魚，天旱時塘裏的水乾了，魚便俯拾即是，但其歡喜不及揀柴。喜歡看落葉，風吹落葉成陣，但其歡喜不及揀柴。喜歡看河水，大雨後小河裏急流初至，但其歡喜不及揀柴。喜歡看雨線，便是現在教純國語讀本，見書上有畫，有「一條線，一條線，到河裏，看不見」的文句，也還是情不自禁，如身臨其境，但其歡喜不及揀柴。喜歡看果落，這個機會很少，後來在北平常常看見樹上棗子落地了，但其歡喜不及揀柴。明月之夜，樹影子都在地下，「只知解道春來瘦，不道春來獨自多」，見著許多影子真個獨自多起來了，但其歡喜不及揀柴。[60]

再回到《橋》上來。從以上所引的風景描寫中可以看出，廢名似乎把風景也「宗教化」了，雖然表達的只是一種參禪的趣味。在這樣的「風景」裏似乎沒有「雜質」，一切都顯得清明、澄亮。但是小說中畢竟寫的是三個青年男女的故事（特別是在《橋》下篇中），透過小林（或廢名）這個男性的目光，還是可以看到一種「慾望」包含其中，儘管廢名已經對它進行了「過

[60]《馮文炳選集》（北京：人民文學出版社，1985），頁275。

濾、淨化」處理。比如第十一章「路上」寫到細竹同琴子兩個往花紅山的途中的一個情景：

> 兩邊草岸，一灣溪流，石橋僅僅為細竹做了一個過渡，一躍就站在那邊岸上花樹下，——桃李一樣的一棵，連枝而開花，桃樹尚小。雙手攀了李花的一枝，呼吸得很迫，樣子正如擺在秋千架上，——這個枝子，她信手攀去，盡她的手伸直，比她要低一點。這樣，休息起來了，不但話不出口，而且閉了眼睛，搖一搖發。發還是往眼上遮。離唇不到兩寸，是滿花的桃枝，唇不分上下，枝相平。琴子過橋，看水，淺水澄沙可以放到幾上似的，因為她想起家裏的一盤水仙花。這裏，宜遠望，望下去，芳草綿綿，野花綴岸，其中，則要心裏知道，水流而不見。琴子卻深視，水清無魚，只見沙了。與水並是流——橋上她的笑貌。[61]

這裏把細竹（女孩子）與桃樹、桃花融在一起描寫，是傳統的「人面桃花相映紅」的重現，而且「離唇不到兩寸，是滿花的桃枝，唇不分上下，枝相平」，這樣的句子隱含著一種「口唇」慾望，一方面是指細竹的唇對桃花的「垂青」，另一方面也暗示了細竹的雙唇也豔若桃花。更明顯的例子是在二十一章「梨花白」中，小林看細竹說話：

> 看她口若懸河，動得快。小林的思想又在這個唇齒之間了。他專聽了「有一枝桃花」，凝想。

[61]《中國新文學大系》第六集（上海：上海文藝出版社，1984），頁651-652。

> 回頭他一個人，猛憶起兩句詩——
>
> 黃鶯弄不足
> 含入未央宮
>
> 一座大建築，寫這麼一個花瓣，很稱他的意。又一想，這個詩題是詠梨花的，梨花白。[62]

雖然廢名在這裏引用古詩來營造詩意，「一座大建築，寫這麼一個花瓣」明指的是梨花，但在另一方面又何嘗不是在寫細竹「唇齒之間」的桃花之色，細竹的唇齒之間彷彿也是一座未央宮。這中間還是曲折隱晦地表達出一種對細竹身體（以唇齒為象徵）的「慾望」。在另一處，這種對女性身體的慾望就表露得更明顯了，這是在第十五章「詩」中，細竹向小林說著去花紅山的見聞，小林當她低頭時也稍微一低眼，「觀止矣！少女之胸襟。」這一個感嘆號把男性的慾望目光表露無遺。接下來小林的內心活動就更清楚明瞭：

> 她這麼的說，小林則是那麼的看了，此時平心靜氣的，微笑著。「回來的時候，怎的那個急迫的樣子？——琴子就不相同。汗珠兒，真是荷瓣上的露，——只叫人起涼意。」這恐怕是他時間的錯誤了，因為當著這清涼之面而想那汗珠兒。於是已經不是看她，是她對鏡了，中間心猿意馬了一會兒，再照——又不道「自己」暗中偷換！自

---

[62]《中國新文學大系》第六集（上海：上海文藝出版社，1984），頁686。

己在鏡子裏涼快了。他實到了這樣的忘我之境。

他要寫一首詩，沒有成功，或者是他的心太醉了。但他歸咎於這一國的文字。因為他想像——寫出來應該是一個「乳」字，這麼一個字他說不稱意。所以想到題目就窘：「好貧乏呵。」立刻記起了「楊妃出浴」的故事，——於是而目湧蓮花了！那裏還做詩？慢慢又歎息著：「中國人卑鄙，fresh總不會寫。」[63]

這樣一段心理活動實在是暴露了小林的「不潔」的想法，雖然他也在歎息說是中國文字的「貧乏」和中國人的「卑鄙」。小林想像細竹走得熱了，出了汗，就把汗比作「荷瓣上的露」[64]。然後小林又想像細竹對著鏡子換衣裳的情景。小林在心猿意馬之中竟要寫一首詩！有趣的是，廢名在這裏用了一個英文詞fresh（疑為flesh），而不是直接用漢字「身體或肉體」，彷彿這樣就會「潔淨」一些。但前邊引用的典故「楊妃出浴」和「目湧蓮花」還是把內心的慾望洩露了。從這一點可以看出廢名的矛盾之處，一方面他要寫出青年男女相處的「詩意」，另一方面又不可

---

[63]《中國新文學大系》第六集（上海：上海文藝出版社，1984），頁666。

[64]廢名在這裏把汗比作「荷瓣上的露」，很明顯是一種「古典美」，可與福樓拜筆下的「汗」作一比較。福樓拜在《包法利夫人》中寫道：「亮光從煙囪下來，掠過壁爐上的煙灰，煙灰變成天鵝絨，冷卻的灰燼映成淡藍顏色。愛瑪在窗、灶之間縫東西，沒有披肩巾，就見光肩膀冒小汗珠子。」納博科夫（Vladimir Nabokov）評道：「請注意，陽光陰險地溜進來，把壁爐鐵板上的煙灰變成天鵝絨，冷卻的灰燼變成淡藍顏色。愛瑪的裸肩上冒小汗珠子（她穿著敞領衫），這一點也請注意。這是最完美的意象。」參見：納博科夫，《文學講稿》（*Lectures on Literature*）（北京：生活・讀書・新知三聯書店，1991），申慧輝譯，頁195-196。納博科夫的細心（他注意到愛瑪穿的是敞領衫）讓人笑絕。

避免慾望「本能」的力量，因此他盡可能用「詩意」來遮掩「本能」，但有時卻不能完全做到，因此在表達上顯得猶猶豫豫。這可能也是中國文化傳統「揚靈抑肉」的傾向帶來的困惑，有趣的是，廢名在日記中也曾記述過自己一些「不潔淨」的思想，比如1926年6月10日記他去北海遊逛的一些事：「水果鋪門口不上三十歲的女人把奶孩子吃，我真想走慢一點，瞧一瞧那奶。走進北海，牆上失物登記的牌子，第一行：拾得戒指一枚。我隱隱聽得見我心上陡起的念頭：『戒指！怎麼我總沒有碰見？』隨又笑了。白白的花了我五十枚銅子，很少有女人，更說不上好看的，腦子裏又七想八想，不像平日悠閒，走不上一圈出來。」[65] 廢名於1927年把這些日記在《語絲》上發表出來，想來他還是有很「天真、可愛」的一面，有一些喜劇色彩[66]。廢名在《橋》中最明顯的寫男女肌膚之親是在下篇第二十章「楓樹」中，寫到小林小時候與狗姐姐的故事，狗姐姐親過小林[67]，成人後小林又在楓樹下與狗姐姐相會，「親狗姐姐一嘴」，這已是廢名最「大膽」的描寫了。

---

[65] 止庵編，《廢名文集》（北京：東方出版社，2000），頁45。

[66] 廢名在1930年曾批評沈從文在《蕭蕭》中流露的「輕薄」之氣：「文章是寫得很好的了，我一口氣讀下去，讀到篇末敘述蕭蕭姑娘漸漸感到生產之期，人家容易看出她的腹部變化，雖是幾句話，（原書不在手頭，無從引證）我卻替這篇文章可惜了，而作者的主觀似乎也提示給我們了，我以為那不免有點輕薄氣息，也就是下流。作者的思想到底怎麼樣？他對於他的主人公到底取怎麼一個態度？是不是下筆時偶爾的忘形？我不禁要推想。」參見：止庵編，《廢名文集》（北京：東方出版社，2000），頁106。雖然這種指責有些牽強附會，但廢名自己確實在小說中竭力避免這種「輕薄氣息」，因此他的小說中的人物往往有一種不食人間煙火的「脫俗」味道。

[67] 若以《紅樓夢》相比附，狗姐姐之於小林就相當於襲人之於寶玉，似乎是一種「啟蒙」的角色。廢名絕不寫小林與琴子、細竹的親密舉動，就像曹雪芹絕不肯寫寶玉與寶釵或黛玉的親密一樣，這也許同樣是一種對「清潔」的癖好。

第四節　小結

如前所述，廢名小說中的風景描寫其實是為表達他的「趣味」，特別是一種古典詩意和「禪趣」。在他這樣的「審美目光」下，自然風景在他的早期小說（以《竹林的故事》為代表）中還有一些樸素的鄉村氣息，雖然帶著憂鬱和哀傷，但透露著一種對人間世情的關注。在後期的小說（以《橋》為代表）中，自然風景卻彷彿除盡了「人間煙火氣」，專注於「悟理證道」，往往是由風景引發出一番「議論」來，比如《橋》下篇第十章「清明」中寫到小林和琴子、細竹三人去上墳：

> 陰天，更為松樹腳下生色，樹深草淺，但是一個綠。綠是一面鏡子，不知掛在什麼地方，當中兩位美人，比肩——小林首先洞見額下的眼睛，額上髮……
>
> 叫他站住了，彷彿霎時間面對了Eternity[68]，淺草也格外意深，幫他沉默。[69]

在這裏，松林裏的景色與兩個美人（指琴子和細竹）的顏色交織在一起，讓小林感到是面對了「永恆」，因為有這樣的「頓悟」，他又「沉默」了。這些都是一種「參禪」的體驗。接下來小林看到墳時又忍不住對另一種「永恆」——「死」來一番議論，他對琴子說：「誰能平白的砌出這樣的花台呢？『死』是人

[68] 可譯為：永恆、不朽等。

[69] 《中國新文學大系》第六集（上海：上海文藝出版社，1984），頁647。

生最好的裝飾。不但如此，地面沒有墳，我兒時的生活簡直要成了一大塊空白，我記得我非常喜歡到墳頭上玩。我沒有登過幾多的高山，墳對於我確同山一樣是大地的景致。」[70] 把「墳」看成是大地的景致，雖有悖「常理」，但在廢名這樣「參禪」的人看來，這何嘗不是一種「超脫」呢。因此小說中的風景往往給人一種「夢幻般」的印象，各種美的意象紛至遝來，有時也叫人「目不暇接」，會產生一種「隔膜」感，換句話說就是「晦澀」。但廢名本人對「夢」卻另有一番看法，他追求的也許正是這種「夢幻」感，比如在《橋》的下篇第二十三章「塔」中，小林由細竹的畫談到「細雨夢回雞塞遠」的詩意，細竹表示了對他的「佩服」。小林接著對細竹說：「我常常觀察我的思想，可以說同畫幾何差不多，一點也不含糊。我感不到人生如夢的真實，但感到夢的真實與美。」並進一步引用別人的話發揮道：「英國有一位女著作家，我在她的一部書裏頭總忘不了一句話，她的意思好像說，夢乃在我們安眠之上隨意繪了一個圖。」[71]可以說，廢名在這裏表露了他的「人生觀」，他看重的是「夢的真實與美」。這也影響到他的文學創作，就是對夢幻意境的追尋，甚至這種意境已脫離了「日常生活」的基礎，只是在一種意象或觀念中存在。對這一點，廢名自己也不諱言，比如在二十二章「樹」裏，寫到琴子和細竹兩人在壩上樹下站著玩，從看螞蟻上樹說到貓「惟不教虎上樹」的寓言。接著廢名寫道：「話雖如此，但實在是彷彿見過一隻老虎到樹頂上去了。觀念這麼地聯在一起。因為是意象，所以這一隻老虎爬上了綠葉深處，全不有聲

[70]《中國新文學大系》第六集（上海：上海文藝出版社，1984），頁649。
[71]《中國新文學大系》第六集（上海：上海文藝出版社，1984），頁693。

響，只是好顏色。」[72] 在這裏，廢名描寫「老虎上樹」只是覺得這種「意象」有一種「好顏色」，完全是一種「感覺派」或「意象派」的筆法。這與廢名所津津樂道的「想像的雨不濕人」有異曲同工之處。在「清明」一章中，小林、琴子、細竹三人在松樹底下談話，天上的雲「漸漸布得厚了」，當細竹說「下雨我們就在這裏看雨境，看雨往麥田上落」時，她「一眼望到阪當中的麥田」，彷彿真的看到了雨中麥田的景色。琴子則笑對細竹道：「那你恐怕首先跑了。」但琴子一面心裏喜歡——「想像的雨不濕人」[73]。在「茶鋪」一章裏，廢名則借琴子的話表明：「有許多事，想著有趣，做起來都沒有什麼意思。」[74] 按照這樣的「趣味」，廢名筆下的風景往往是把「想像性」的場景當作「實有的」來描繪，而且常常是即興發揮，給人一種突如其來之感，在驚訝之餘，有時會感到這樣的描寫非常「有趣」，但有時也會讓人莫名其妙。

當然這種對「想像性」的追求與廢名的藝術觀緊密相關的，這一點在他前期小說中也有所表現，在後期則更加明顯。1925年他的第一個短篇小說集《竹林的故事》初版時，他把自己翻譯的波德賴爾的詩《窗》放在書後代跋，並對此解釋道：「波特萊爾題作《窗戶》的那首詩，廚川白村拿來作鑑賞的解釋，我卻以為是我創作時的最好的說明了。」[75] 馮譯波特萊爾的《窗》開頭是這樣的：

---

[72]《中國新文學大系》第六集（上海：上海文藝出版社，1984），頁687。
[73]《中國新文學大系》第六集（上海：上海文藝出版社，1984），頁649。
[74]《中國新文學大系》第六集（上海：上海文藝出版社，1984），頁655。
[75]《〈竹林的故事〉贅語》，《廢名文集》（北京：東方出版社，2000），頁9。

> 一個人穿過開著的窗而看，絕不如那對著閉著的窗的看出來的東西那麼多。世間上更無物為深邃，為神秘，為豐富，為陰暗，為眩動，較之一枝燭光所照的窗了。我們在日光下所能見到的一切，永不及那窗玻璃後見到的有趣。在那幽或明的洞隙之中，生命活著，夢著，折難著。

從這段譯文中也能看出廢名注重內心想像的藝術觀。有研究者把「廢名小說中的想像性」進行分類並加以描述，認為小說中「虛擬性的內容一般通過以下幾種類型來展示：1、人物想說，但實際上並未說出的話。2、人物想像中的場景（實際上並未發生）。3、對可能性場景的假設。」[76]而廢名之所以看重「想像」是有他深刻的「心理動機」的，與他的藝術觀、出世思想等緊密相關：「廢名似乎很擔心他筆下的詩意與美落到實處，彷彿它一經現實生活的薰染，立刻就變了味[77]。在作者眼中，現實世界帶有種種侷限，不盡人意，甚至令人厭膩，寫作的必要性並不在於複現這一世界，而是提供一個豐富、有趣得多的想像世界。從寫作技法上說，實為虛，虛為實恰成對照。一方面，與現實生活相應的故事的實體部分，他通過省略與空白將它忽略、虛化；另一方面，對於夢幻、想像、玄想和轉瞬即逝的意念，廢名則將它實體化，並佔據了敘事的中心，這也從一個側面反映出廢名超越現實生活的強烈動機與願望，也燭照出作者內心時隱時現的出世企

---

[76]格非，《塞壬的歌聲》（上海：上海文藝出版社，2001），頁320。

[77]廢名這種想法有時顯得「偏執可笑」，他在《橋》中借小林的嘴巴說：「我每逢看見了一個女人的父和母，則我對於這位姑娘不願多所瞻仰，彷彿把她的美都失掉了，尤其是知道了他的父親，越看我越看出相像的地方來了，說不出道理的難受，簡直的無容身之地，想到退避。」參見《中國新文學大系》第六集（上海：上海文藝出版社，1984），頁701。

圖。」[78] 也因為這樣的小說寫法上的「虛實」結合，再加上「悟道」的「重任」，廢名小說的風景描寫（特別是《橋》中）顯得「晦澀難懂」，儘管裏面蘊藏著古典的詩意。和沈從文小說中的風景描寫比較起來，廢名的寫法有些「先鋒」（注重探索和實驗）的味道，難免露出破綻，不過他的「創造性」也在於此，這也正應了一句古話，成也蕭何，敗也蕭何。廢名的令人讚歎和令人惋惜也在這裏。

[78] 格非，《塞壬的歌聲》（上海：上海文藝出版社，2001），頁326。

結　語

從魯迅、沈從文、蕭紅、丁玲、廢名這五位現代作家的小說中，我們大致可以看到中國現代小說中「風景描寫」的不同面貌。他們每個人在處理風景描寫時呈現出不同的風格特徵，而這種差異又與他們的藝術觀乃至世界觀的不同有關，同時與個人所受的影響（來自傳統的、外國的）、文學理想或趣味亦密不可分。這些作家描寫的大多是「自然風景」，似乎面對的都是自然界中的花草樹木、河流山川，但進入他們的「視野」後都進行了「藝術處理」，此花已非彼花。

魯迅作為中國現代小說的開山鼻祖，他處理筆下的風景描寫時多是服從「揭示病痛以引起療救的注意」的主旨，因此他的「風景」的象徵性較強（比如《狂人日記》和《藥》中的描寫），即使是相對來說比較「樸素寫實」的風景（比如《故鄉》和《祝福》中的描寫）也是為著批判、否定「現實」服務的。這是總的傾向，當然在他的小說中「風景」並不總是符合這樣的「現實主義」成規的，有時也是在表達個人的趣味（比如《在酒樓上》中的描寫）。沈從文則在小說中對鄉村自然風景的「美」獨有情鍾，在描寫時也不遺餘力，極盡鋪陳渲染之能事，可以說是現代小說「風景描寫」的一個高峰，更重要的是，沈從文小說中的「風景」的一筆一畫都是為著修築他心中的「人性小廟」。蕭紅描寫自然風景有她作為一個女性的獨特的視野，而且她把個人體驗、對生命本身的「澈悟」都融進了她描畫的一草一木當中。丁玲小說中的「風景」是多變的，與她本人的生活、革命道路都息息相關。廢名筆下的「風景」給人一種「古典」時代的印象，雖然他是在「現代」寫的，也充滿著詩情畫意，但因為廢名本人獨特的「趣味」而難於被一般人理解。

以上是前面五章描述的概況，當然每個作家處理風景描寫的「個性」特徵都體現在小說的細節當中，比如魯迅如何寫故鄉的荒村，沈從文如何寫邊城的渡口，蕭紅如何描繪黃瓜枝蔓的生長，丁玲如何寫晨曦中的果樹園，廢名如何闡發「細雨夢回雞塞遠」的意境等等，作家個人的才華在這些細節中才得以展現。這五位作家都很少寫到「都市風景」（丁玲早期小說中略有涉及），儘管他們的小說多是在城市中寫的，讀者也多是城市中的「文明人」。這一點可能和中國文化傳統中比較重視所謂「天人合一」有關，在農業文明中，人們更多地和大地、天空「親密接觸」，由此形成了親近自然的抒情傳統，這也影響到現代小說家，有研究者指出，「現代抒情小說家對大自然山光水色的那一份眷顧之情，欣賞自然山水的特有審美方式，借山水自然抒情寄慨、坦露性靈、闡述人生哲學、創造藝術風格等等，都不難從魏晉以降的山水詩和山水遊記散文中找到某種歷史的聯繫」[1]。儘管有這樣的繼承傳統的一面，但現代小說家描寫風景時已不僅僅拘泥於「古典」意境（廢名好像是一個特例），更多地帶上了「現代的」色彩，比如魯迅描寫風景的背後寄託著「改造國民性」的希望（儘管有時他也懷疑），沈從文寫風景彷彿是在樹立「人性」的榜樣，是倚靠著「審美教育」來「曲線救國」，丁玲

[1] 方錫德，《中國現代小說與文學傳統》（北京：北京大學出版社，1992），頁226。

則是旗幟鮮明地參與到「現代民族國家」的建立中去。蕭紅和廢名兩人似乎脫離了「時代」、「歷史」的印跡，前者專注到個人生命體驗中去，後者則在某種古典「禪趣」中流連往返。這也體現了現代小說家面對「自然風景」時的複雜性。不過，對欣賞者來說，現代小說中「自然風景」面貌的多樣性會帶來不同的審美享受，這也算是現代小說充滿生機的一個方面吧。但無論怎樣，在這些小說中的「自然風景」背後，可以看到他們各自的「審美的意識形態」，他們其實都打著各自的「旗幟」，有各自的心理動機和慾望，這些東西才是構成他們小說「豐富性」的重要部分。

其實，除了對「自然風景」的描寫外，中國現代小說對「都市風景」的描寫也是一個突出的特徵[2]。或者在某種意義上說，正是出現了「都市風景線」，才更多地讓生活在都市中的現代小說家把「懷舊」的目光投向了鄉村的「自然風景」。有研究者稱，這或許是一種懷鄉病：「『鄉土之戀』幾乎是現代文學中的貫穿母題。在鄉土中國由農業文明向現代工業文明轉型的過程中，一批批的青年被拋出故鄉封閉而凝滯的生活軌道，於是，一批批漂泊他鄉過羈旅生涯的遊子產生了。這使得現代文學中總排遣不掉一種時代性的懷鄉病情緒。」[3] 因此，可以說現代小說中的「自然風景」是與「都市風景」相對照而產生的：「現代文學一個經久不衰的題旨，是令人夢徊縈想的鄉土和兀立的喧囂卑俗的都會。這不奇怪，在重農輕商的國度，田園詩自有幾千年文學傳統的強勁支撐，而城市的形象從來都是陌生、膚淺和駁雜難辨

[2] 本書把「風景」限定在「自然風景」，主要是出於篇幅上的考慮。作為補充，在結語中簡要論述一下「自然風景」與「都市風景」的關係。

[3] 吳曉東，《夢中的國土——析〈畫夢錄〉》，參見：王曉明主編，《二十世紀中國文學史論》第二卷（上海：東方出版中心，1997），頁259。

的。人們一提起鄉土，各種各樣沉積已久的文學意象會聯翩而至：鄉土是遊子心中的一汪清水和一片家園，如沈從文美麗沅水、辰水之端的茶峒邊城，蕭紅呼蘭河畔的陽春三月；鄉土是永恆的童年，是魯迅記憶中少年閏土托出的『一輪金黃的圓月』；鄉土還是風俗歷史的『根』，是蹇先艾黔省的水葬，彭家煌的湘人活鬼，魯彥的浙地冥婚；鄉土，尤其是敞露的至大至廣的母親胸懷，臺靜農的小說集便題名《地之子》，標明了鄉土的慈母性質。」[4] 由此可以看到，鄉村風景是讓人「夢徊縈想」的，彷彿「天然的」得到了人們的讚美，而「都市風景」則是到了以穆時英、劉吶鷗為主的「新感覺派」的筆下才得以呈現，傳達出一種現代的「都市感覺」。在穆時英那裏，上海跳起了「狐步舞」，而劉吶鷗小說《風景》的第一句就是：「人們是坐在速度的上面的。」這完全是與鄉村「自然風景」大相徑庭的另一種面孔，沒有了那麼多的「詩情畫意」，而是充滿了一種現代的「頹廢」色彩，對此劉吶鷗在1926年11月10日給戴望舒的信中這樣辯解說：「電車太噪鬧了，本來是蒼青色的天空，被工廠的炭煙布得黑濛濛了，雲雀的聲音也聽不見了。繆賽們，拿著斷弦的琴，不知道飛到那兒去了。那麼現代生活裏沒有美嗎？那裏，有的，不過形式換了罷，我們沒有Romance，沒有古城裏吹著號角的聲音，可是我們卻有thrill, carnal intoxication[5]，這就是我說的近代主義。」[6] 很顯然，在這裏鄉村自然風景與都市風景的「對立」有

---

[4] 吳福輝，《老中國土地上的新興神話——海派小說都市主題研究》，參見：王曉明主編，《二十世紀中國文學史論》第二卷（上海：東方出版中心，1997），頁341。

[5] 劉自己譯為「戰慄和肉的沉醉」。

[6] 王曉明主編，《二十世紀中國文學史論》第二卷（上海：東方出版中心，1997），頁353。

點兒類似「靈與肉」的衝突。儘管穆時英曾借用「自然風景」來描繪過一個女人的身體[7]，但其中的「色情」成分是很明顯的。「都市風景」在一定程度上是「慾望」的代名詞，而鄉村的「自然風景」則會讓人得到精神上的「昇華」，比如馮至曾這樣說過：「昆明附近的山水是那樣樸素，坦白，少有歷史的負擔和人工的點綴，它們沒有修飾，無處不呈露出它們本來的面目：這時我認識了自然，自然也教育了我。在抗戰期中最苦悶的歲月裏，多賴那樸質的原野供給我無限的精神食糧，當社會裏一般的現象一天一天地趨向腐爛時，任何一棵田埂上的小草，任何一棵山坡上的樹木，都曾給予我許多啟示，在寂寞中，在無人可與告語的境況裏，它們始終維繫住了我向上的心情，它們在我的生命裏發生了比任何人類的名言懿行都重大的作用。我在它們那裏領悟了什麼是生長，明白了什麼是忍耐。」[8]把劉吶鷗的話與馮至的話作一比較，可以發現一個有趣的「病例」，即當人們得了「都市文明病」後，治療的一個「藥方」就是「自然風景」[9]。

但是這味「藥」很難有什麼療效，無論是在文學作品中，還是在現實生活中，我們常常看到的是鄉村「自然風景」（連同鄉村生活方式、倫理道德等）被現代「都市風景」所侵蝕、污染。在中外小說中，都可以看到這種「侵蝕」的景象，比如費茨傑拉德（Scott Fitzgerald）在《夜色溫柔》（*Tender is the Night,* 1934）中寫妮可爾在巴黎購物，在羅列了一批她買的物品的清單後，他這樣寫道：

---

[7] 穆時英小說引文見本書的《緒言》部分。

[8] 馮至，《山水》（石家莊：河北教育出版社，1995），頁80。

[9] 沈從文的小說《三三》中也曾寫到過城裏的病人到鄉下來是為呼吸新鮮空氣治病。可以說在沈從文那裏，對鄉村的讚美與對城市的批判是互為表裏的，正因為城裏的「墮落」，沈才把更多的「頌歌」唱給了鄉村。

> 妮可爾是機智靈巧與辛勤勞作相結合的產物。為了她，火車從芝加哥啟動，越過美洲大陸的圓肚皮駛向加州；口香糖廠冒出濃煙，聯繫帶一節一節增長；男工拌牙膏、抽漱口水，大桶小桶忙個不停；女工到了八月就趕製番茄罐頭，到了耶誕節前夕就在廉價商店裏拼命幹活；混血印第安人在巴西的咖啡種植園裏辛苦勞作，夢想家發明了新拖拉機，反而被剝奪了專利權。所有這些人只不過是為妮可爾提供什一稅的一部分人罷了，一切都像一個完整的系統，搖搖晃晃，發出震耳欲聾的吼聲，向前滾動著，為妮可爾的大肆購買等進程添上一層燥熱的紅潤。這紅潤頗像面對熊熊燃燒的大火堅守崗位的消防隊員的興奮表情。[10]

大衛・洛奇認為這中間潛伏著自我毀滅的危險，「這一動力在鐵道上行駛，沿著自己的軌道，蔑視所有的路徑、穿過一切障礙，後面拖載著各種階層、各種年齡、各種地位的生靈。這是一種無往不勝的怪物，是死神」[11]。在西方，對以這種動力為象徵的「資本主義工業文明」的批判一直是現代小說的一個常見主題。但在中國，問題要複雜得多，因為中國近代以來是以屈辱的方式被迫接受這種「資本主義現代文明」的，但又不得不承認它是「進步、文明」的代表，後來這種「屈辱、恨」又變成了「嚮

[10] 大衛・洛奇，《小說的藝術》（北京：作家出版社，1998），王峻岩等譯，頁70。雖然費茨傑拉德在這裏對這列為滿足妮可爾的貪婪之心而轟轟隆隆前進的火車不無嘲諷之意，但費氏本人的奢華、揮金如土也是很有名的，可見人的心底真是一個「慾壑難填」的無底洞。

[11] 大衛・洛奇，《小說的藝術》（北京：作家出版社，1998），王峻岩等譯，頁74。

往、愛」。茅盾的小說《虹》（1929）一開頭在描繪了自然景色之後就寫到了這種文明的另一個象徵物——輪船：

> 旭日的金光，射散了籠罩在江面的輕煙樣的曉霧；兩岸的山峰，現在也露出本來的青綠色。東風奏著柔媚的調子。黃濁的江水在山峽的緊束中澌澌地奔流而下，時時出現一個一個的小旋渦。
>
> 隱約地有嗚嗚的聲音，像是巨獸的怒吼，從上游的山壁後傳來。幾分鐘後，這模糊的音響突然擴展為雄糾糾的長鳴，在兩岸的峭壁間折成了轟隆隆的回聲。一條淺綠色的輪船很威嚴地衝開了殘存的霧氣，輕快地駛下來，立刻江面上飽漲著重濁的輪機的鬧音。[12]

在這樣的「奇偉清麗的巫峽的風景」中，梅女士出場了，她對這輪船是充滿讚美之情的，對輪船旁邊的木船（傳統農業文明的象徵）的窘境則無動於衷：「梅女士看著這些木船微笑：她讚美機械的偉大的力量；她毫不可憐那些被機械的激浪所衝擊的蝸牛樣的東西。她十分信託這載著自己的巨大的怪物。她深切地意識到這個文明的產兒的怪物將要帶新的『將來』給她。在前面的雖然是不可知的生疏的世間，但一定是更廣大更熱烈：梅女士毫無條件地這樣確信著。」[13] 這裏有一個褒貶分明的比喻，即在輪

[12] 茅盾，《虹》，參見：《茅盾選集》第一卷（北京：人民文學出版社，1997），頁3。

[13]《茅盾選集》第一卷（北京：人民文學出版社，1997），頁11。當然對乘輪船的感受還有另外一種描寫，比如圖森（Jean-Philippe Toussaint）的《照相機》（1989）中完全沒有梅女士那種「樂觀」情緒：「渡船剛剛開出紐黑文港，我還看得見遠處海岸上的點點燈火所形成的一條虛線。大海

船的「機械的偉大的力量」面前，木船則成了行動遲緩的「蝸牛」。這個比喻似乎也很形象地說明了以木船為代表的「自然風景」如何在以輪船為代表的「都市文明」的激浪的衝擊下黯然失色。因此在現代小說家筆下優美的鄉村「自然風景」的背後，其實還隱隱透露出一種難以說清的痛楚（這在沈從文的小說中表現得尤其突出），他們也明白這種「自然風景」正在漸漸遠去，儘管他們還努力在一張張白紙上畫出「最新最美的圖畫」，儘管他們還竭力想用自己的筆把愈來愈淡、愈來愈模糊的「背影」描畫得更加清晰。

昏沉沉的，幾乎是一團漆黑，天空中沒有星光，月光在遠處與海融合在一起。甲板上幾乎沒有什麼人；我的背後，兩個戴風帽的人躺在一條長凳上，毛毯一直蓋到肩胛。我手靠船舷欄杆，豎起大衣領子，注視著渡船在海面上行進。我們不可抗拒地前進，我自己也能感到自己在前進，劈風斬浪，毫不費力。我同時感到自己正在逐漸死去，也可能還苟活著，我捉摸不透，這事情那麼簡單，我對此無能為力。我讓渡船載著我在黑暗中不斷前進，我盯著波浪捲起的泡沫有力地拍打著船身，發出使人感到寧靜的拍擊聲，這聲音透出溫柔和寬厚，我的生命在前進，對，在這個不斷湧現的浪花泡沫之中。」參見：讓—菲力浦・圖森，《浴室、先生、照相機》（*La Salle de Bain, Monsieur, L'appareil-Photo*）（長沙：湖南美術出版社，1998），孫良方、夏家珍譯，頁221。

參考文獻

一、理論著作

1.《西方美學史》朱光潛著，人民文學出版社1981年版
2.《資本主義的動力》布羅代爾著，楊起譯，三聯書店、牛津大學出版社1997年版
3.《沈從文小說新論》王潤華著，學林出版社1998年版
4.《「灰闌」中的敘述》黃子平著，上海文藝出版社2001年版
5.《沈從文批評文集》劉洪濤編，珠海出版社1998年版
6.《恩怨滄桑——沈從文與丁玲》李輝著，百花文藝出版社1992年版
7.《從「紅玫瑰」到「紅旗」》韓毓海著，上海遠東出版社1998年版
8.《新文學現實主義的流變》溫儒敏著，北京大學出版社1988年版
9.《十九世紀文學主流》勃蘭兌斯著，人民文學出版社1997年版
10.《中國現代小說史》夏志清著，劉紹銘等譯，傳記文學出版社1985年新版
11.《浮出歷史地表》孟悅、戴錦華著，時報文化出版有限公司1993年版
12.《小說的藝術》大衛・洛奇著，王峻岩等譯，作家出版社1998年版
13.《未來千年文學備忘錄》卡爾維諾著，楊德友譯，遼寧教育出版社1997年版
14.《小說的藝術》亨利・詹姆斯著，朱雯等譯，上海譯文出版社2001年版
15.《世變緣常》范智紅著，人民文學出版社2002年版

16.《政治無意識》詹姆遜著，王逢振、陳永國譯，中國社會科學出版社會1999年版
17.《二十世紀中國文學史論》王曉明主編，東方出版中心1997年版
18.《中國現代小說與文學傳統》方錫德著，北京大學出版社1992年版
19.《跨語際實踐》劉禾著，宋偉傑等譯，三聯書店2002年版
20.《知識的戰術研究》韓毓海著，中央編譯出版社2002年版
21.《後現代主義與文化理論》傑姆遜講演，唐小兵譯，北京大學出版社1997年版
22.《結構主義以來》約翰・斯特羅克編，渠東、李康、李猛譯，遼寧教育出版社、牛津大學出版社1998年版
23.《知識考古學》蜜雪兒・福柯著，謝強、馬月譯，三聯書店1998年版
24.《「革命」的現代性：中國革命話語考論》陳建華著，上海古籍出版社2000年版
25.《蕭紅評傳》葛浩文著，北方文藝出版社1985年版
26.《日本現代文學的起源》柄谷行人著，趙京華譯，三聯書店2003年版
27.《丁玲與中共文學》周芬娜著，成文出版社有限公司1980年版
28.《抗爭宿命之路》李楊著，時代文藝出版社1993年版
29.《丁玲與中國新文學——丁玲創作六十周年學術討論會專集》，廈門大學出版社1988年版
30.《丁玲研究資料》袁良駿編，天津人民出版社1982年版
31.《丁玲研究在國外》孫瑞珍、王中忱編，湖南人民出版社1985年版
32.《小說修辭學》布斯著，華明、胡曉蘇、周憲譯，北京大學出版社1987年版
33.《當代敘事學》華萊士・馬丁著，伍曉明譯，北京大學出版社1990年版
34.《小說門》曹文軒著，作家出版社2003年版
35.《周作人書話》黃喬生選編，北京出版社1997年版
36.《小說面面觀》福斯特著，蘇炳文譯，花城出版社1985年版
37.《現代性社會理論緒論》劉小楓著，上海三聯書店1998年版
38.《中國文學欣賞舉隅》傅庚生著，陝西人民出版社1983年版

39.《人間詞話》王國維著，上海古籍出版社1998年版
40.《鐵屋中的吶喊》李歐梵著，嶽麓書社1999年版
41.《陳平原小說史論集》，河北人民出版社1997年版
42.《當代英語世界魯迅研究》樂黛雲主編，江西人民出版社1993年版
43.《魯迅比較研究》藤井省三著，陳福康編譯，上海外語教育出版社1997年版
44.《英雄與凡人的時代》唐小兵著，上海文藝出版社2001年版
45.《王瑤全集》第三卷，河北教育出版社2000年版
46.《沈從文傳》金介甫著，符家欽譯，中國友誼出版公司2000年版
47.《普實克中國現代文學論文集》普實克著，李燕喬等譯，湖南文藝出版社1987年版
48.《蕭紅小傳》駱賓基著，北方文藝出版社1987年版
49.《塞壬的歌聲》格非著，上海文藝出版社2001年版
50.《朱光潛批評文集》商金林編，珠海出版社1998年版

二、作品

1.《親愛的提奧》文森特・梵谷著，平野譯，南海出版社2001年版
2.《青銅時代》王小波著，花城出版社1997年版
3.《沈從文文集》，花城出版社、三聯書店1984年版
4.《沈從文別集》，嶽麓書社1992年版
5.《沈從文選集》第四卷，四川人民出版社1983年版
6.《浴室、先生、照相機》讓－菲力浦・圖森著，孫良方、夏家珍譯，湖南美術出版社1998年版
7.《新鮮的荊棘》臧棣著，新世界出版社2002年版
8.《山水》馮至著，河北教育出版社1995年版
9.《茅盾全集》第一卷，人民文學出版社1984年版
10.《蕭紅文集》，安徽文藝出版社1996年版
11.《丁玲選集》第二卷，四川人民出版社1984年版

12.《一根燃燒盡了的繩子》曹文軒著，作家出版社2003年版
13.《廢名文集》止庵編，東方出版社2000年版
14.《中國新文學大系》第六集，上海文藝出版社1984年版
15.《馮文炳選集》馮健男編，人民文學出版社1985年版
16.《南北極》穆時英著，九洲圖書出版社1995年版
17.《花之寺》凌叔華著，上海古籍出版社1997版
18.《魯迅小說集》，人民文學出版社1990年版
19.《魯迅散文集》，人民文學出版社1993年版
20.《海明威短篇小說選》，鹿金等譯，上海譯文出版社1981年版
21.《都柏林人》詹姆斯・喬伊絲著，孫梁等譯，上海譯文出版社1984年版
22.《陶庵夢憶》，作家出版社1995年版
23.《宿草集》吳組緗著，北京大學出版社1988年版
24.《聖經》現代中文譯本，聖經公會1975年版
25.《廢名小說選》，人民文學出版社1957年版

後　記

多年之後，面對一無所有的藍天（當然是躺在大地上），我會想起2000年三月的那天下午，我在北大五院的一間屋子裏參加入學面試的情景。我第一次面對面地見到了謝冕老師、洪子誠老師和曹文軒老師。給我印象最深的是謝老師的兩隻眼睛那樣炯炯發亮，像照片中見過的朱光潛先生的眼神；洪老師靠在沙發上，氣定神閒；曹老師比我想像中的年輕得多，他問我一個與納博科夫有關的問題。是他們領我入門，好像武俠小說中的三個高手一樣允我上山學藝，我自然是喜不自禁。三年光陰轉瞬即逝，我自覺功夫尚淺，但已是要下山的時候了，惜別之情難於言表（只好一開始先「挪用」馬爾克斯的句子來烘托一些「滄桑感」），往後人在江湖，念及三年師徒情緣，深知滴水之恩，當湧泉相報。

這三年中我比原來多讀了一些書，在學業上的些許進步也全依賴中文系諸位師傅的傾心指點。他們極具個人風格的一招一式都讓我受益匪淺，比如洪老師著述的從容樸素（我也很喜歡洪老師寫的一些散文）、曹老師清新優美的小說（《草房子》讓我體會到小說中「情感」的魅力，讀到哥哥桑桑背著妹妹上城牆一段讓我不禁落淚）、張頤武老師對當下文化現象的敏銳觀察（他很快就發現了張藝謀電影《英雄》與小布希「反恐」的親密關係）、李楊老師對當代小說的獨到解構（我更多地理解了什麼是「解構批評」）、臧棣老師語感特異的詩（我喜歡讀像《菠菜》

這樣營養豐富的詩）、韓毓海老師課堂上的飛揚神采（他有一次講《日瓦格醫生》讓我覺著又看了一遍同名電影）等等，這些都成了我日後可頻頻回首的「風景」。在論文開題、寫作、預答辯期間，蔣朗朗老師、計璧瑞老師也給我提出了中肯的建議，啟發了我的思路，我在此也一併深表謝意。

我要特別感謝我的導師曹文軒老師。曹老師對我的學習、生活、擇業一直都很關心，悉心指導我的學位論文的寫作，從選題、論證、章節結構乃至論文格式都嚴格要求，並給我提供了一些很有用的資料。桃花潭水深千尺，不及紅瓦簷下情（曹老師著有長篇少年成長小說《紅瓦》）。

現在已是五月了，回顧這將近一年的寫作經歷（從去年七月開始動筆），夏秋冬春，苦甜參半。最後摘引我在冬天寫的一首《雪地跋涉》，獻給我的老師們，並以此作為對過去三年日子的紀念：

從三十樓的東邊走過去
一陣冷風在我額頭左右各打了一巴掌
同時五十米外建築工地上的探照燈
也讓我的眼神略感驚訝

大約十六年前一個冬天的夜裏
我一個人在雪地上
風也吹著我的額頭
村子在遠處

沒有一點兒燈火
我一個腳印、一個腳印地
在雪地上跋涉
不緊不慢

夏放
記於燕園30樓316室
2003年5月1日

要文評04　PG1119

旗幟上的風景

——中國現代小說中的風景描寫

作　　者	張夏放
主　　編	蔡登山
責任編輯	劉　璞
圖文排版	楊家齊
封面設計	秦禎翊

出版策劃	要有光
製作發行	秀威資訊科技股份有限公司 114 台北市內湖區瑞光路76巷65號1樓 電話：+886-2-2796-3638　傳真：+886-2-2796-1377 服務信箱：service@showwe.com.tw http://www.showwe.com.tw
郵政劃撥	19563868　戶名：秀威資訊科技股份有限公司
展售門市	國家書店【松江門市】 104 台北市中山區松江路209號1樓 電話：+886-2-2518-0207　傳真：+886-2-2518-0778
網路訂購	秀威網路書店：http://www.bodbooks.com.tw 國家網路書店：http://www.govbooks.com.tw
法律顧問	毛國樑　律師
總 經 銷	易可數位行銷股份有限公司 地址：231新北市新店區寶橋路235巷6弄3號5樓 電話：+886-2-8911-0825　傳真：+886-2-8911-0801 e-mail：book-info@ecorebooks.com 易可部落格：http://ecorebooks.pixnet.net/blog

出版日期	2014年3月　BOD一版
定　　價	270元

Printed in Taiwan

國家圖書館出版品預行編目

旗幟上的風景：中國現代小說中的風景描寫 / 張夏放.
-- 一版. -- 臺北市：要有光, 2014.03
面； 公分. -- (要有光；PG1119)
BOD版
ISBN 978-986-99057-8-7 (平裝)

1. 中國小說 2. 現代小說 3. 文學評論

820.9708 103001446

讀者回函卡

感謝您購買本書，為提升服務品質，請填妥以下資料，將讀者回函卡直接寄回或傳真本公司，收到您的寶貴意見後，我們會收藏記錄及檢討，謝謝！

如您需要了解本公司最新出版書目、購書優惠或企劃活動，歡迎您上網查詢或下載相關資料：http:// www.showwe.com.tw

您購買的書名：________________________________

出生日期：________年________月________日

學歷：□高中（含）以下　□大專　□研究所（含）以上

職業：□製造業　□金融業　□資訊業　□軍警　□傳播業　□自由業

□服務業　□公務員　□教職　□學生　□家管　□其它____

購書地點：□網路書店　□實體書店　□書展　□郵購　□贈閱　□其他

您從何得知本書的消息？

□網路書店　□實體書店　□網路搜尋　□電子報　□書訊　□雜誌

□傳播媒體　□親友推薦　□網站推薦　□部落格　□其他________

您對本書的評價：（請填代號　1.非常滿意　2.滿意　3.尚可　4.再改進）

封面設計____　版面編排____　內容____　文／譯筆____　價格____

讀完書後您覺得：

□很有收穫　□有收穫　□收穫不多　□沒收穫

對我們的建議：________________________________

____

____

____

請貼
郵票

11466
台北市内湖區瑞光路 76 巷 65 號 1 樓
秀威資訊科技股份有限公司 收
BOD 數位出版事業部

（請沿線對折寄回，謝謝！）

姓　　名：＿＿＿＿＿＿＿＿　年齡：＿＿＿＿　性別：□女　□男

郵遞區號：□□□□□

地　　址：＿＿＿＿＿＿＿＿＿＿＿＿＿＿＿＿

聯絡電話：(日) ＿＿＿＿＿＿＿＿ (夜) ＿＿＿＿＿＿＿＿

E-mail：＿＿＿＿＿＿＿＿＿＿＿＿＿＿＿＿